U0489001

当代文学的现场

时代的声音

尚书房

名流相馆

同时代的写作者

当代文化名流的传奇与轶事

邱华栋◎著

图书在版编目（CIP）数据

同时代的写作者／邱华栋著．—北京：地震出版社，2013.9
（名流相馆）
ISBN 978-7-5028-4327-4

Ⅰ.①同…　Ⅱ.①邱…　Ⅲ.①中国文学－当代文学－文学评论－文集Ⅳ.①I206.7-53

中国版本图书馆 CIP 数据核字（2013）第 169631 号

地震版　XM3012

同时代的写作者

邱华栋　著

责任编辑：张　平
责任校对：孔景宽　凌　樱

出版发行：地震出版社

北京民族学院南路 9 号　　邮编：100081
发行部：68423031　68467993　　传真：88421706
门市部：68467991　　传真：68467991
总编室：68462709　68721982　　传真：68455221
E-mail：seis@mailbox.rol.cn.net
http：//www.dzpress.com.cn

经销：全国各地新华书店
印刷：北京振兴源印务有限公司

版（印）次：2013 年 9 月第一版　2013 年 9 月第一次印刷
开本：710×1000　1/16
字数：283 千字
印张：21
书号：ISBN 978-7-5028-4327-4/I（5016）
定价：38.00 元

书越读越少（代序）

邱华栋

天天摸书，却觉得书是越读越少的，这是我的一种十分真实的感觉。可难道书不是每天都增加的吗？现在，据说我国每年就要出版十万种以上的新书，怎么能说书越读越少呢？其实，读书三十多年，到现在，我发现，大部分出版物都是一些经典作品的衍生物而已，品种多了，可是绝对的质量增加很少，只是版本的不断翻新。

我读书经历了三个层次。第一个层次，或者说读书的第一重境界，就是见书就读，什么书都读。这是一个人刚开始接触书的时候，他就像一张白纸，他什么都吃进，他求知欲极强，他非常想也非常需要读书，他必须读书，于是他见书就读了。我在小学、中学和大学时代都是这样，很少有我不读的书，凡是我见到的、感兴趣的，我统统去读它。不加鉴别，没有太多选择，凡是应该读的书都去读它。大约小学五年级的时候，我已经读完了四大名著：《西游记》、《水浒传》、《三国演义》和《红楼梦》，这都是古文的。我半懂不懂，连蒙带猜地读完了它们，有些地方还配合小人书看。这样看起来就更好懂一些了。我现在记得阅读过的书，还有《中国动物故事集》，加拿大作家西顿的《狼王波洛》，等等。此外还有大量的童话，就记不得了，像格林童话、安徒生童话，应该都是那个时候读的。而不删节的《金瓶梅》，更是到了大学时代才读完的。中学的时候我还读了很多当代文学杂志，对王蒙以降的一百多个当代作家发表在八十年代的作品，我大都阅读过。后来，我经常遇到他们中间的一些人，还能够回忆起多年以前，阅读他们一些具体作品的情况。

上大学的时候，我一方面阅读先秦以来的文学作品，也读读莫言、苏童等十几个当代所谓“先锋派”作家的作品，另外一个方面，就是全面阅读西方大师级作家的作品，像莎士比亚、歌德、博尔赫斯、海明威、福克纳等一百多个人的作品，我记得，我当时是按照大学图书馆外国文学部藏书字母的顺序来阅读的，此外，开始阅读其他人文类图书，历史、哲学、人类学、心理学书籍等等都读。我当时还有一个梦想，当大作家，就是必须把文、史、哲都打通，那种畅快读书的感觉，真是很过瘾。不过，我离这个目标还很远。

读书的第二个层次，就是读一部分你特别喜欢的作家作品。这是我现在正在经历的阶段，到这个阶段，你会发现，原来你的兴趣和兴奋点在缩小范围，也许他们只有十几个人，但是，你应该读他们的全集和文集，甚至还该读有关他们的传记、研究资料和他所处时代的其他背景资料，这样，你就会把这些作家吃透，你会明白，他们在他们的时代里，到底是如何写作，这些作家和他的时代的关系如何。这一点很重要，因为你必须明白没有一个作家能够完全超越他所属于的时代。你也明白了，从人到文，你为什么喜欢这些作家和作品，为什么会缩小到这一小部分人。在这个阶段，我大致搜集齐了我最喜欢的作家的所有中文译本，没有中文译本的，我尽量找英文本来阅读。这个阶段，我喜欢的中国作家，本书就占了很大部分。这本书大都是我写下的关于同时代的作家们的作品的印象和感悟。我记得巴尔加斯·略萨曾经说，对于他来讲，文学批评首先就意味着表扬。他所写下的很多书评，都是对同时代的作家作品的表扬、评判和鼓励。这也就成了我写下这些文章的基调。

然后，就是读书的第三重境界，这个层次或者境界就是只读一本或几本你最最喜欢的书，或者反复阅读你喜欢的一两个作家，然后精心研究他的作品，你深深地进入这样一部书，或者，进入这样一个作家创造出来的全部自足的文学世界，你完全被这个世界所征服了，你需要了解他的全部，你必须像掘地三尺一样去读这本书。这个境界是很难达到的。很多人在读书的第一重境界之后，就消失了，不再读书了，因为后来的生存把他压垮了，他们没有通过读书去发现他自己，然后他就消失了。第二重境界，很多人也达到了，他们在阅读小范围的他们真正感兴趣的作家之后，也许会变成和那些杰出的作者一样的人。而第三重境界，需要你去确定阅读一本书的时候，这多少变得有些困难了。我就很难确定我最喜欢的是哪一本书，它到底在哪里？它是《红楼梦》、《金瓶梅》吗？它是《复活》和《百年孤独》吗？它是《尤利西斯》或《追忆似水年华》吗？我无法确定它。现在你应该明白了，我说书越读越少的意思了。人类文化是一个金字塔，人类的精神现象是有高度的，一旦你攀缘到了一定的高度，那么这之下的很多东西，就不用理会了。虽然现在每年出版有十万种中文图书，可是大部分是精神和文化含量都很低的东西。很多书都是对经典文化和古典文化精神的再开发再利用再普及，没有太多的原创含义。所以，品种虽然多，都是在低水平的重复和复制。而且，当代人写的书，由于还没有经过时间的淘洗，因此也不用读太多。很多书，我们只需要读它开头的几句话，再随便翻一翻它，我就知道，这本书处在什么样的精神和创新层次，因而我会加倍地将目光投向那些已经被时间淘洗后，剩下的少数我感兴趣的东西。

最近这几年，有些人在说读图时代和电子书时代来临了。电子书取代纸质书的预测也被人提起。但是，我想纸书是很难死亡的。只要人类还在使用语言，文字就不会死，由文字引发的人的想象力，也会更丰富，所谓的人们只读图不读文字的时代，就永不会存在。所以，现在，我经常重复阅读一些我最喜欢的书籍。一本纸书拿在手里的感觉，是唯一的、不可替代的，犹如这本书被评点的每个作家，都是那么的独具特色和生机盎然。

2013 年 7 月于北京

目　录

智者王蒙讲道理

王蒙是当代作家中的智者，年近80，最近两年创作仍旧十分活跃，出版了自传三部，谈论老子、庄子的书一版再版，写中国现实政治的《中国天机》引起了很大关注，中短篇小说也不断发表，仍旧见功力。

安徽教育出版社推出了“王蒙的道理”精装盒装丛书一套，非常精美，我在机场书店里看到有些爱不释手，回京后拿到一套，仔细地翻阅了两个星期。

这套书由《老子的帮助》《庄子的享受》《我的人生哲学》《红楼启示录》和《读书阅人》五册构成，有的作为单行本过去出版过，我也看过。可以说，集中了最近几年王蒙除小说之外的杂著精华。说是杂著，可是每一册分明又十分专业，比如谈老子、庄子，谈《红楼梦》，比很多学者还有见地。丛书名为“王蒙的道理”，还是旨在呈现王蒙作为当代文学大家和巨匠的智慧。众所周知，王蒙很年轻就被打成了“右派”，被发配到新疆伊犁，在新疆待到了1970年代末期，才回到了北京，成为“归来派”作家最重要的一员，爆发出巨大文学创造力，仕途也很辉煌，官至文化部长。退休之后也依旧非常活跃，读书写作爆发力仍旧强劲，这套书可以说是他一生的思想和智慧、人生经验和阅读体会，阅世读人读书思考的精华和大成。

王蒙是一个公认的聪明智慧、才华灼人的人，现在，则是一个更加睿智聪慧慈祥大气的老人。我喜欢王蒙的书，首先在喜欢他这个人。你想想，一个人经历了中国的20世纪波诡云谲的历史风云，依旧能够谈笑风生，积极应对时代变化和人生的起伏，既能对付明枪暗箭，也能从生活中找到那么多的乐趣，达观地活着，其间的智慧是我们大多数人缺乏的，也是很想从他那里得到的。而且，王蒙之善于学习也有目共睹，我和他接触不多，但是却感触很深。一次接见外宾，我们的结巴英语还没有出口，王蒙已经主动地迎上去，用英语和人家攀谈起来，非常勇敢。仔细地听，他讲的英语口语感觉很到位。当年，他在新疆，维吾尔语学得也很快，在公社广播站里念毛主席语录，维吾尔族群众还以为是中央人民广播电台的播音员念的。

王蒙特别有语言天赋，但是后天的勤学苦练也很重要，学习英语也是如此，整天拿个小本子，随时地利用零碎时间进行学习，有机会讲就大胆地讲，还尝试翻译了美国作家约翰·契佛的几个短篇。可见，人的学习潜能是无穷的。王蒙没有读过大学，但是，你说他的学问，哪些教授和博士可以敢于一拼？就拿研究老子、庄子、《红楼梦》的教授、专家、学者来比较，谁敢声称他比王蒙写得好、解读得好？读着几册书，我是浮想联翩，觉得一个人一旦进入一种自由之境，随便写什么，说什么，都是好文章，大文章。因为，这个人已经活到那个境界了。

的确，读他的《老子的帮助》和《庄子的享受》，我是分明地感到得到了帮助和享受。就在昨天，电视上还播放了湖北随州拜谒炎帝的大典，祖先的文化一脉下来，在当代得到了更多的延续。老子的智慧，庄子的思辨，于今天的我们有着很多的启发。从这两本书到王蒙总结自己的人生经验的《我的人生哲学》，其间的思想痕迹都是有关联的。由是再看他的文学观，读书观，阅世阅人观，看他另外的两本书《红楼启示录》和《读书阅人》，就都能够了然了，其间的思想的踪迹，情感的延续，理性的思考，智慧的衍射，都是那么的有机地联系着。

在今天这个道德水准下降，连我们的食物都全面值得怀疑，贪官污吏横行，价值观崩溃的时代，读王蒙的书，就可以找到重新进入中国文化的文脉，由他上溯，就会到达中国文化和哲学的源头，在那里，我们也许可以找到思想和智慧的慰藉，并作为个体生命，来适应我们这个伟大而独立的文明在全球化时代里的艰难、痛苦而辉煌的转型，因为，作为一个古老的独立于西方的文明，我们有我们的思想体系、智慧和那些真正的智者，王蒙，也是那文脉悠长中的一个。

刘心武：他穿越了这个时代

——《刘心武文存》四十卷出版谈片

刘心武是30多年来当代文学史上的贯穿式人物，新时期当代文学的开端在哪里？绝大部分论者现在都认为，是刘心武的短篇小说《班主任》。

《人民文学》杂志1977年11月号上发表了刘心武的这篇小说，从此，一个文学的新时代开始了，刘心武也被称为“伤痕文学之父”。尽管“伤痕文学”是拿另外一个作家卢新华的短篇小说《伤痕》（发表于1978年8月11日的上海《文汇报》上）来命名的，但是《班主任》的先声夺人和它所呈现出的强烈的新文学的气息，牢牢地占据了新时期文学的开端和发轫之作的位置，并被30多年以来的各种版本的当代文学史所不断加固。“伤痕文学”的出现，主要在于思考和揭示“文革”带给中国社会和中国人民的深重灾难，“伤痕文学”起着重新描述历史与修复人们真实的感情和记忆的作用。因此，这个准文学流派的诞生在1970年代末期登场是恰逢其时。

现在来阅读《班主任》这篇小说，肯定会觉得它的艺术上的粗糙，一些特定时代的政治语言充斥在小说里。但是，从1977年的角度看，这篇雨后春笋般诞生的小说却有着振聋发聩、直指人心的力量。这篇小说的主要人物是某中学的班主任张老师，小说以他的视点来看两个学生在“四人帮”垮台之后的精神状态。一个是小流氓宋宝琦，他是一个坏小子，偷窃、撒谎、抢劫、愚昧，干了不少坏事，是有名的小坏蛋，别的老师都不敢要，但是张老师却接收了他，愿意当他的班主任，而且在学习和生活中不断地帮助他，和他渐渐地靠近。

另外一个是女生谢惠敏，她是班上的团支部书记，按照一般的看法，她是一个品学兼优的学生，学习成绩好、本质纯正，听老师的话，但是实际上她却是一个头脑僵化、没有任何判断力的盲从者，她的言谈和举止、行为和思想，都深受“四人帮”时期的文化专制主义的影响，她时刻不忘要“揭露”、“批判”和“斗争”，要时刻反对“资产阶级作风”，而且连《牛虻》这样的书，她也认为是黄书和毒草。显然，谢惠敏这样的好孩子、好学生，在精神层面上也是深受“文革”流毒影响的，是更加可怕的。在小说中，这两个学生以对称和相互比较的方式出现，但是，他们都不是中国未来的建设真正需要的人，他们在精神层面就是残疾的和病态的人，因此，在小说的最后，主人公张老师代替作者刘心武发出了“救救孩子!”的强烈呼声。

《班主任》的发表引起了读者的巨大共鸣，光是读者来信就有2000封，可见这篇小说在当时的影响力。《班主任》的成功之处就在于，它刻画了新一代年轻人的精神状态和心灵世界，在一个需要清理历史、轻装上阵的时刻，它为时代向前走提供了反思的契机，以鲜明的文学形象，来展示了“文革”的阴影在孩子们的行为和思想中的可怕影响，使得我们看清楚了历史的真相，从而来有能力在反思历史的同时，去重新规划当前和未来。因为未来必须要新人、年轻人去实现和创造。以《班主任》为代表的“伤痕文学”的诞生，就是在一个特定的历史时期和历史语境里思考和给我们的一个答案，由此，无论新时期的历史和文学史，都获得了一个新的、真实的起点，《班主任》的文学史地位的形成，也恰恰在于这一点上。

下面，说说我和他的交往。1993 年，我受一家杂志的委托，去采访他，那是我第一次见到他。此前，我已经读过了他发表的大量作品，深受其影响，我是带着崇敬的心情，作为一个大学刚刚毕业参加工作的小记者，去采访他的。他的家在安定门外护城河边的一幢塔楼里，进门之后，我看到客厅不大，但是屋子里盆栽植物生机盎然，三只大花猫在跳上跳下地警觉地观察我。我记得那次采访很成功，因为我对他的作品耳熟能详，所以，我们聊得很愉快。我第一次的印象里面，刘心武非常和蔼可亲，知识渊博，视野开阔，观点犀利但又待人宽厚。

那个时候我 20 多岁，在一家报社工作，精力旺盛，白天写新闻，晚上写小说，一年能够发表 20 多篇小说。一年后的某一天，他出其不意地给我打来了一个电话，问我，很多文学杂志上那个和我同名的写小说的，是不是我？我告诉他就是我。他很高兴，说，他正给华艺出版社主编一套“城市斑马丛书”，希望我把那些小说编辑整理好给他，可以出一本小说集，就放到丛书里。他还告诉我，这套丛书还有朱文一本，张小波一本，都是第一次出版小说集。并且，他主动说，你的小说集的序言，我来写！

我很高兴，确实有受宠若惊之感，也非常激动，于是赶紧整理好了一本小说集《城市中的马群》，交给了他和出版社。我 18 岁的时候出版过一本小说集，可是，毕竟那是少年写作，不值一提。而这本书，才是我迈上文坛的真正意义的第一本书。我想当时不仅对我，对朱文和张小波应该也是如此。而他给我写的序言的题目叫《和当下共时空的文字》，准确地捕捉到了我的小说的意义和特点，给了我很大的鼓励。等于说我迈上了文坛，很大程度就是依靠刘心武的“第一推动”。

从此，我们就经常联系了。我们还作了多次的对话，对当下的文学和文化问题，对城市建筑和规划发表了看法。过去，我听一些作家说，他的脾气有些怪，可是，多年的交往，我从来没有发现他的脾气古怪过。而且，他属于那种一旦接受了你，和你成了好朋友，关系就一直很好，很不容易改变的人，值得信赖与尊重。我发现他对年轻人都特别好，尤其对一些虽然很边缘，但却是真正优秀的作家很关注。比如，某一天，他读到王小波的一些作品，非常喜欢，就想尽办法找到了王小波，请他吃饭聊天，写评论文章。我记得王小波来的聚会一共有两次，每次吃饭，不仅有王小波，他还约了我和另外的两个朋友，就在离他家不太远的一个餐馆里。都是刘老师做东，谈天说地，大家聊到很多文学文化问题，席间，王小波有些话说得非常有意思。然后大家喝了不少酒，我记得王小波很能喝酒，轻微地醉了，脸红红的，说了很多有趣的话。深夜，我们散场走出去，我还问王小波，你做自由撰稿人，稿费不够养活自己怎么办，王小波笑了，说，我还有个大货的车本，我当货运司机肯定没有问题！没有想到不久之后，他就心脏病发作去世了。在电话里，刘老师和我叙谈起他，叹息和惋惜了很长时间。

他经常给一些年轻的作家提供机会。某一天，他和法国大使馆文化专员吃饭，那个专员是一个汉学家，也是他的作品的翻译者和研究者，他就特意地带上我和祝勇参加，不遗余力地推荐我们。后来，我的几种小说法文本的翻译出版，也都是他牵线搭桥。2004 年中法文化年的举办中，他出版的作品法文翻译本在短时间就超过了 6 种，法国最有影响的报纸《世界报》《解放报》《费加罗报》都对他的作品进行了热烈深入的评介。

他总是对处于边缘地位的作家非常关注。我还记得，在王朔的小说遭到各种批评的时候，他能够写文章支持王朔，对王朔大为赞赏。作家王刚也是一个天马行空、独来独往的人物，前些时候出版了一本长篇小说《英格力士》，刘老师很喜欢，立即撰写了书评，还请王刚一起聊天吃饭。后来我见到王刚，他给我说起这件事情，忽然就有些哽咽了。王刚也是一个新疆出生的刚强汉子，他一直很少和文坛人士来往，因此，当一个前辈作家十分真诚地、充满了激情和喜悦地欣赏他的作品、不遗余力地推荐他的作品时，从来都觉得自己是边缘化的王刚，当然会很感动，我也很理解他的哽咽。刘老师对新作家总是很好奇，现在，我在一家文学杂志当编辑，他就经常在电话里问我，最近，有什么样的新闻？有什么样的新作家？还特地让我给他介绍了现在很活跃的“80后一代”作家们的情况。

一晃多年过去了，这些年月，我们一些年轻的作家借着给他过生日的由头，喝了好几次酒，每一次场面都非常热闹，也非常令人难忘。我们都知道，他经历丰富，过去当了很多年的中学老师，后来，又当了《人民文学》的主编，1987年，他因为杂志当年1、2期合刊刊发了马建的小说《亮出你的舌苔或空空荡荡》而遭到停职处理。于是有一天，在一个酒局上，诗人张小波问他，当时，被停职了，遭到了这样大的打击，他是什么心情？他沉吟了片刻告诉我们，当时，他是从电视上的新闻联播上看到这个新闻的，一开始心情自然有些沉郁，和妻子一起在公园里散了很长时间的步，然后就慢慢地接受并且释然了。他说，一个人总是要受到各种各样的挫折，但是你总要在这个时候挺住，并且相信自己能够渡过难关。

我印象里，他很喜欢和很普通的市民来往，有很多这样的朋友。引车卖浆者之流，门口修自行车的老大爷等等，都是他的朋友，他掌握的知识谱系相当的博杂，和他聊天说话，你可以得到大量的知识和信息，也非常有趣热闹。他还是一个很有情义的人，有一天，我忽然接到他一个电话，在电话里，他的声音很沉重：“我们家的××去世了。”我愣了半天才明白过来，原来，他家的一只养了10多年的漂亮的波斯猫，去世了。他说了一些这只猫的故事，最后，很难过地告诉我，他们全家到郊区书房外的樱桃树下，把那只猫给掩埋了。对猫如此，何况对待朋友亲人？

这套四十卷本文存里收录的是他50多年来最重要的作品，包括五部长篇小说《钟鼓楼》《四牌楼》和《栖凤楼》等，还有中篇小说二十多部《如意》《木变石戒指》《小墩子》等，短篇小说《班主任》《白牙》等几十篇，纪实文学《519长镜头》和两部非虚构作品《私人照相薄》《树与林同在》，以及他的散文集《人生非梦总难醒》，和谈人生、友谊与爱情的散文集《献给命运的紫罗兰》，还有大量的建筑评论、剧本、小小说等，以及《刘心武揭秘〈红楼梦〉》，基本上可以一览他重要作品的全貌了。短篇小说《白牙》是刘心武后期小说的代表作，白描中透露着荒诞，精致简洁到了极点。中篇小说《如意》《小墩子》和《木变石戒指》大都创作于 10 多年前，是他的某种我称之为“民俗现实主义”的代表作，分别被改编成了影视剧，产生了很大影响。

而他的小说的扛鼎之作，当然是“三楼”系列：长篇小说《钟鼓楼》发表于 1984 年，这部小说在当时引起了巨大反响，获得了茅盾文学奖、“《当代》文学奖”、人民文学奖和北京市政府奖。这部小说的结构非常巧妙，用橘瓣式的结构，写了一天的事情，通过北京胡同里一家普通市民的婚礼，写到了几十个人物，从一天延伸到了几十年，有着大量的民俗的、社会学的信息，今天读来也是当之无愧地可称之为最近 30 年最重要的长篇小说之一。获得了上海市文学大奖的长篇小说《四牌楼》和《栖凤楼》，继续延续着他对北京人民俗与文化心理积淀和生存范式的探索，创作时间跨度达十多年，构成了三座令人瞩目的小说山峰。这三部长篇小说构成的“三楼系列”，我觉得，和 1988 年获得诺贝尔文学奖的埃及作家马哈福兹的代表作“三街系列”——《宫间街》《思宫街》《甘露街》相比，毫不逊色。对这三部小说的解读与评价、细读与研究也才刚刚开始。

纪实文学《519 长镜头》是当代纪实文学的发轫之作，通过对 1985 年的一次北京的足球骚乱事件，透视了当时国人的普遍心理，在当时，引起了巨大的社会反响，人们争相传阅以为快事。而《私人照相薄》则是在《收获》杂志开设两年的专栏，通过对一些普通中国人家藏照片的解读，描绘了经历历史沧桑巨变的中国人及其家庭的命运。长篇非虚构作品《树与林同在》，仍旧是普通人的一曲漫长而温暖忧伤的命运歌谣，他为一个很普通的北京人任众，写下了一本图文本的传记，表达了他十分独特的文学观，那就是，中国人都是由任众这样的普通人，构成了民族的森林。对个体命运的关怀和关切，对个体命运的悲悯与打量，是文学抵抗野蛮历史击打与侵害的责任和反击。而他的300多万字散文随笔中间的精华，表达了他历经岁月沧桑之后的对人生、婚姻、爱情和命运的思考，也是一个作家对人生最真切的感悟，发表出版的当年就深受年轻的读者喜欢。

从1950年代发表作品，到1977年发表短篇小说《班主任》，一直到眼下刚刚出版的《刘心武揭秘〈红楼梦〉》等的畅销，他在国内外出版的各种版本和翻译本的作品单行本，已经超过了200种。像他这样有着耐力和活力的长跑运动员般的作家，现在并不多见了。

一直到今天，无论在文坛的中心地带，还是边缘地带，无论在风口浪尖上，还是在波谷地带，他都泰然处之，神情自若，只是拿作品不断地说话，不断地参与当下的文学进程。因此，要了解30年中国当代作家的心路历程，他是一个绕不过去的大师级人物，他是一个不可抹杀的文化存在。

《红楼梦》的梦外梦

——谈刘心武的《〈红楼梦〉八十回后真故事》

我听说，“百家讲坛”的收视率不如以前了，这才又请老将出马，这不，又请刘心武来讲《红楼梦》了。心武师从人到文我都很熟悉，作为一个不可忽视的小说家，心武师在当代文学史上留下了他巨大的脚印。因此，后来他竟然搞起“红学”研究，既是顺理成章，也让一些专门吃“红学”饭的人眼红，曾经集中火力对他的观点大加挞伐。其实，一个多元化的时代里，很多人却仍旧有着可怕的专制人格，令人不齿。对《红楼梦》的研究、诠释、甚至是过度诠释，都应该秉持一种开放的、宽容的态度才好。

这本《〈红楼梦〉八十回后真故事》，在他过去的很多关于《红楼梦》的文章和书籍中都有吉光片羽的展示，这一次更加系统集中地展示了一遍。说起来，“红学”研究，从胡适到周汝昌，又从周汝昌到刘心武，这是一条非常清楚的线索。我读胡适的《跋乾隆甲戌脂砚斋重评石头记》《跋乾隆庚辰本脂砚斋重评石头记钞本》，读周汝昌的著作，到读这本《〈红楼梦〉八十回后真故事》，从考证到“索隐”，它们之间有着清晰的继承和发扬的关系。

“红学”研究蔚为大观，派别林立，山头众多，争论异常热烈，早已经是过度阐释了。而且，我甚至觉得，“红学家”都成了骂人的话了，早晚要和“汉学家”一样让人不爽。就我自己读《红楼梦》的经验，我只有一次是把通行本一百二十回的后四十。读完了，其余几次，都是读到八十回就再也读不下去了，因为，后面续的四十回实在是味同嚼蜡，令人倒胃口。而对《红楼梦》后面数十回的探佚，从胡适考证甲戌本的时候就开始了，那个时候，胡适就通过脂本的很多眉批和夹评，发现了很多线索证明，其人物命运是后来印刷的通行本不一样的。由此，才揭开了对《红楼梦》八十回后真故事的探佚的序幕，最终，也就有了我们眼前的这本《〈红楼梦〉八十回后真故事》。

且不去谈心武师的一些探佚结果是否真的符合曹雪芹的原意，这本书，我觉得最出彩的地方，是70多岁的心武师，动用了自己大半生的经验，对曹雪芹的《红楼梦》这样一部悲剧之书的悲剧气息的总体把握。因此，他对人物最终命运的解读才有了说服力。你看，高鹗的续书，很多地方很呆板僵硬、腐朽而没有灵气，虽然有一个悲剧性的结局比较靠谱，但是人物的细节和命运的安排却并不合理。而刘心武则发挥了他杰出小说家的想象力，根据各种手抄本的评语线索，推导出《红楼梦》散佚的部分中那些令我们牵挂的人物的更具悲剧性的结局，让我们看到了和通行印刷本大不相同的一个《红楼梦》，让我们看到了一个树倒猢狲散、白茫茫一片大地真干净的人生的大悲剧和大结局，让我们感受到了曹雪芹内心深处的那种幻灭和绝望，忧伤和难以排遣的失落。这才是最有意思的，才是心武师的贡献所在。

再回到“诠释和过度诠释”的问题上来。这是意大利当代哲学家、小说家翁贝托·埃科一本演讲对话集的题目，对一本书的诠释和过度诠释，是我们这个时代的特征。我读过很多“红学”著作，明显地感觉到《红楼梦》已经被过度诠释了。就我个人而言，我喜欢一种残缺美，我喜欢维纳斯那没有胳膊的模样，我想，有一天要真的给她找到了胳膊，那我非崩溃不可，很可能自杀。因此，对于《红楼梦》，我内心里永远只有八十回。

不过，勇敢的心武老师给我们提供了一个极其有趣的解释和探佚，试图完璧，他的努力带有着执拗的渴望事物完美的劲头，让我钦佩，也加深了我们对《红楼梦》的理解。在这一点上，任何的诠释甚至是过度的诠释，都是可以理解和存在的，何况，这是一本多么有趣而丰富的书。让我们因此而更加热爱伟大的《红楼梦》吧。

最近，微博上传言，×××把新《红楼梦》电视剧里面的女演员都搞了一遍，也不知是真是假。当时，北京电视台热播电视剧《红楼梦》，的确引发了热议，尤其是导演李少红，被网民骂得是相当惨。我首先就不大喜欢演员的化妆。那明明是戏曲演员的装扮，怎么搞到《红楼梦》的角色上了！不要迷信叶锦添，那是一个不靠谱的家伙啊。

其次，我特别厌恶里面的旁白——这又是听了有些“红学家”的主意了：不许离原著太远！结果导致电视剧本身的重大缺陷。其实，也怪不得李少红，怪的是任何伟大的文学作品，一旦被拍摄成影视作品，和原著都会差很多，都会被人感到不满意的。衡量一部伟大文学作品的标志，就是伟大作品是具有抗拍性的，就是你影视的表现力再强，你都是无法表现出伟大文学作品的全部的。比如，《安娜·卡列尼娜》是这样，《百年孤独》是这样，莎士比亚的戏剧也是这样。因为，每个人都有自己心目中的一个安娜·卡列尼娜和林黛玉，都有自己的一个哈姆雷特和李尔王，你影视作品一旦具象成一个人，那就不会让所有人满意，何况如今的电视剧，背后左右一部戏的力量和利益太多，现在谁都知道，主管领导、制片人、专家、投资方、社会关系、导演等等，都要介入一部戏，注定会使李少红的《红楼梦》让一些人不满意。

《红楼梦》我30年时间里读过大概五六遍，每次读，对小说和人生的看法都不一样。而且，眼看着“红学”这么热闹，我也读了不少“红学”著作。红学研究蔚为大观，派别林立，山头众多，争论异常热烈，昨天，我还在读台湾人赵同的《颠倒红楼》，他言之凿凿地说，《红楼梦》是曹雪芹他爸爸写的，不是曹雪芹写的。这么不靠谱的猜测也被他敷衍成一本书。还有一位欧阳健先生，坚持认为，脂砚斋就是虚构的一个骗子，他的各个评本都是后人伪造的，也专门写了砖一样厚的专著。这也是很有趣的说法，应该重视，但是信不信，那就看你自己的水平和鉴赏能力了。还有人索性把小说里的人物和清朝的历史人物一个个地联系起来，写砖一样厚的书。哎呀妈呀，真是有意思啊。不过，一个多元化的时代里，对《红楼梦》的研究、诠释、甚至是过度诠释和胡说八道，都应该秉持一种开放的、宽容的态度才好。因为，至少，大家都热爱这本书。

真， 是单纯和暧昧的

——刘心武《世道人心》代跋

要从刘心武老师多年创作的散文随笔中，精心挑选、编辑出三本主题明确的书来回馈读者，对于我这个编者来说，是有一定难度的。一是，刘老师的散文随笔的创作时间比较长，至今已经有50年的写作历史了，30多年来，他写下了至少300万字以上的散文随笔，量比较大，遴选起来比较麻烦，二是他的散文随笔风格多样、内容丰富多彩，并不统一，在题材上也非常广泛，可以说是包罗万象、五彩缤纷，很多文章于他是兴之所至，随手拈来，是真正意义上的随笔。但是，按照出版社的意思，这三本书既要有机联系，又要体现他所创作的某个比较确定的主题，以这样的标准来挑选他的散文随笔中的精华，就有一定的难度了。

好在心武老师积极配合，在编选这三本书的时候，他略作思考，就定下来三本书的主题，分别是和真、善、美有关。这就让我眼前一亮。的确，要从他相当多的文章中概括出三本书的主题，可以说，这些年，他大都围绕着这三个主题来写作的。于是，编选他的散文随笔三卷精华集的思路，立刻就清晰了。

我记得我们是坐在一家咖啡馆里确定了编辑思路的。在我们的面前，堆积的是他30年来出版的很多散文随笔集，其中有不少都已经多年未再版了。还有他这些年写的一些新作的打印件。首先，要确定的就是《世道人心》卷的选目。刘老师拿出一盒彩色的水彩笔，他说："真理，是暧昧的。"我看见，这个时候他微微地迟疑了一下，就从水彩笔盒中拿出一支褐色的彩笔，开始在一本本书、一篇篇打印的文章中，画出关于《世道人心》卷的篇目来。可是，这个时候，我在一边却多少有些疑惑，难道真，或者真理，竟然是暧昧的吗？既然真，或者真理是暧昧的，那么我们还可以靠近真，或者真理吗？真从来都是不明确的？不是黑或者白，红或者蓝，而是褐色的幽暗和复杂，混沌和两可？

那天，我最终没有问刘老师，为什么真，或者真理是暧昧的，为什么他要给这本《世道人心》选择褐色的笔触，我想，这一定是他这个年龄才能深切体会出的人生况味。等到后来，我一篇篇地阅读所选的文章的时候，我也分明感受到了那种人生中求真路途的困难，和真或者真理的暧昧。因为，真理也许总是要处于我们追求的过程中，它总是显得不那么确定，又似乎有些影影绰绰的确定，而我们在确定从生活中、生命中可以发现真的时候，谁都不要以为，你找到了终极的真，或者真理。

因为真，或者真理也许始终是相对的，是不能够完全确定的，但是，却又有着一个朦胧的影子在促使我们继续去追寻。可是，即使如此，人生中的真，或者真理，也是仍旧值得我们去“日日求真”，因为，寻求真的过程那本身的清晰和欣悦，永远都大于你得到暧昧的真的时候的混沌和具体。

善， 是生命中的绿意

——刘心武《草根情怀》代跋

在挑选确定《草根情怀》卷的篇目时，我看见刘老师从水彩笔盒子里面拿出来的，是一支绿色的水彩笔。他笑着说，“善，应该用绿色来标明，因为，善是我们生命中的绿意。”然后，就开始在多年以前出版的很多散文随笔集中，一篇篇地划了起来。绿色的道道在那些篇目上划过，像一条条绿色的枝条，在这个春天的夜晚延伸。如果恶要用黑色来标识的话，那么善的绿色，将使得恶的黑色变得忽然就迟疑了混沌了。

收在这本《草根情怀》卷的文字，大都记载了心武老师和人交往、相遇时候，善所带给他内心的震动和感动。这些文章也如同善本身的那种绿色，在你阅读的时候，将带给你瞬间的生机盎然。在日常生活的那种平和与庸常中，只有善才可以让我们的生命更美好。我一篇篇地阅读收在这本书中的篇章，不断地感受到善的力量和善的生机，实际上是隐藏在我们的日常生活中，隐藏在我们的日常经验当中的。这些篇章，虽然大都是他记述日常生活中，感受和体味到生命中善的细节和瞬间的文字，可是他能够让善的绿芽猛然绽放成璀璨的花朵。

我认识心武老师有很多年了。我知道他做过多年的中学老师、出版社和杂志社的编辑，虽然他是一个文化名人，但是，他却愿意结交三教九流、平民草根，和很多引车卖浆者都成了朋友。我说一个有趣的小事情：有时候参加聚会，朋友们开着好车，比如奔驰宝马来接他，他只要坐上去，一会儿就觉得不透气、难受，头晕恶心不舒服了，要赶紧下车喘口气儿。只有坐他多年交下的一个村友“三哥”开的一辆四处漏风的小面包车，他才很舒服，无论是上山也好，进村也好，在长安街上奔跑也好，都觉得非常的舒服自在。我记得那个“三哥”酒量不错，脸膛黑红黑红的，人也很朴实。他是刘老师在机场附近买的寓所“温榆斋”小区里交的朋友，平时就靠开车赚点生活费。我们也笑他，怎么偏偏就不能坐好车呢？怎么有福还不能享受呢？他也笑而不答。

在和平常百姓交往中去体会善、去发掘善，是这本书收入的所有文章的核心。善，是我们日常生活中的润滑剂，是我们可以在生活中感受到的最为温暖的东西。如果我们能够时时向善，那么恶就会自然减少。善，如同春天里面的柳枝，注定将带给我们荒芜的生命以美好，如果我们在生活中总是能够和善相遇，那么我们的生命就被生机所充盈。

美，是艳丽多姿的

——刘心武《寻美感悟》代跋

看着心武老师为《寻美感悟》卷挑选篇目，选择了一根粉红色的水彩笔，开始在一些篇名上划起来的时候，我自己倒笑了。

我有些吃惊，怎么他用粉红色来标识和代表美呢？这倒挺好玩的。这个时候，我刚好看见一个穿粉红色衣服的少女，脸蛋儿也是粉嫩粉嫩的，袅袅婷婷地走进了咖啡馆，和在那里等待的男朋友见面，一时间，少女的那种娇媚和青春气息扑面而来，的确很美丽。也许，在心武老师的心目中，美，应该就是青春的、躁动的、按捺不住的那种生命气息的东西，就是这种粉红色吧。所以我笑了一阵子，看着那个粉红色少女的背影，就什么都理解了。

收在这本《寻美感悟》卷中的篇章，所涉及的领域很多，因为，刘老师的兴趣本来就非常广泛，他对建筑、电影、旅行、书籍、音乐、戏曲、饮食文化都有兴趣，他自己也经常在野外写生，画一点水彩画。我知道多年前举行的某个拍卖会上，他的一幅很小的风景水彩画还拍出了几千元的价格呢。可见，他一直善于在日常生活和俗世生命中去寻找美，并且把自己的生活变成享受美、体验美的人生。

我还记得，我们曾经在一家西餐店吃饭，说起如何吃西餐，刘老师也是头头是道，我喝汤的时候喜欢汤勺朝外哙，他就笑着指出来，在西方，这喝汤的时候，勺子就应该朝里哙。他对建筑、音乐、诗歌的欣赏水平也很高，因此，他不断地在这些领域发现美，寻找着美丽，也记述发现这些美时的那种欢欣。而这种欢欣，就是收在这本书里的文字。做一个美的鉴赏家，当然还需要一双独特的眼睛，也更需要有一颗敏感的心。这些文章，都是他发现美和寻找美的时候的心得体会。其实，他用自己的实践，让我们明白了一个道理，要想保持生命的粉红色，就应该不断地去寻找生命与生活中的美，这才可以不断地体味到生命与生活丰富的滋味。人应该做一个美的发现者和鉴赏家，才能把自己的人生过得有滋味。

的确，如果我们生命中没有对美的发现和欣赏，那么我们的生命会多么的枯燥啊，如果我们体会不到生命艳丽的颜色，那么，我们的生命也会多么的干燥和无趣。

莫言：　叙述的狂欢

——评莫言的长篇小说《檀香刑》

我觉得，2012 年莫言获奖对很多从事文学的人来说，是特别兴奋的事，那几天的前后我们都很激动。我在 2010 年出过一套三册的读书笔记，叫做《静夜高颂》，把 1920 年以来最重要的人类小说家分成欧洲、美洲、亚非几大洲来分析，里面选了三个华裔作家，其中大陆的只有莫言。我个人觉得，莫言获奖有一个理由很简单，那就是，他是一百年来不断发展的浪潮涌动的、在全世界一波波兴起的世界文学浪潮的重要一环。最近一百年看世界文学发展，我注意到文学有一种创新的热潮，从 1920 年代的欧洲到 1950 年代的美国文学兴盛，到 1960 年代的拉美文学爆炸，又到 1980 年代以来无国界作家兴起和中国当代文学 30 年的黄金期，这是一个大脉络。

我在那三本书里清理了一遍，写了 66 个小说家。简单说，也就是从 1920 年代的卡夫卡、詹姆斯・乔伊斯到美国文学二战以后的兴起，1960 年代末期拉美文学爆炸，再到 1980 年代以后的比如拉什迪等无国界作家的兴起以及莫言这样的代表亚洲文学兴起的民族作家群，这世界文学是一个整体，一个全景现象，是一环接一环的走着，所以，莫言获奖是世界文学的一环。人家诺贝尔文学奖的评委视野非常宽阔，尺度很大，你在世界上哪个地方有贡献，就把你放在尺子里量。在这个意义上，莫言是一百年来世界文学大环节中最近的最重要的一个。三年前，我的那本书里早就说过莫言早晚会获奖，以书为证。

另外，莫言获奖，我觉得也有他个人修来的福气。中国作家中作品好、人品好的人，莫言最有代表性。很多作家东西很好，但有的人各有各的毛病。老莫很好，待人做事都很好。所以，人活在世，多积德，多行善，最后就有好报。莫言是我在作家圈子里非常佩服的一个人，一个艺术上的大师和狂徒，一个生活中的好人和最值得信赖和尊敬的人。我记得，2012 年 4 月伦敦书展上，因为偌大的会场上找不到我们的活动房间，莫言、阿来、刘震云每个人都帮助我拎着两捆我们《人民文学》的英文版《路灯》杂志，气喘呼呼地在会场找了半个小时，每个人都流了一脑袋的汗。

对于像莫言的长篇小说和短篇小说，与国外杰出的作家相比都毫不逊色——我这么评价他是在我的极其广泛的阅读基础之上作出的。如果让我来挑选他的一部小说，那我就挑选《檀香刑》。我记得，当时我看完了《檀香刑》之后大吃一惊，我直接的阅读感觉，和我当初阅读福克纳的《我弥留之际》所带来的阅读快感和震撼是一样的，甚至要更加的亲切，毕竟，莫言是一个中国作家，可以说《檀香刑》是一部不折不扣的杰作，它打着历史小说的幌子，颠覆了历史小说，从本土资源当中获取了创造性的源泉，在小说的结构和叙述上“大踏步撤退”，却真正地抵达了现代小说的终点。

这是一部现代小说而不是一部传统小说。表面上看，它从传统的中国小说甚至民间文学当中吸取了相当的营养成分，有很多说部的外形，也有民间说唱文学的影子，但是，这部小说首先就强调了声音，它的大部分叙述，都是由小说的主人公的内心独白构成的，在小说的第一部分和第三部分都是主人公的声音，叙述了故事的来龙去脉。

小说的时间在叙述人的讲述当中，也不是线性的，而是交叉重叠的，甚至从过去回到了未来，又从未来回到了现在和过去，从而把一个发生在 1900 年前后的历史时间叙述得如此鲜艳和斑驳。对小说时间的探询是一百年来西方小说的主要的花招，莫言显然已经了然于心于手了。对声音的强调恰恰是现代小说的特点，但是莫言的这本书的声音带着主人公全部的信息，这声调高低音质各异的声音不断地把小说的叙述推向了真正的高潮。

对比如凌迟和檀香刑这样的中国人发明的酷刑的逼真描绘，是这部小说最触目惊心的地方。阅读这样的章节是需要强健的神经的。一些女性告诉我她们受不了这样的情节。我甚至都感到了我在阅读这些章节的震颤，对酷刑的真切描绘是莫言的小说走向狂欢叙述的最后的铺垫。在莫言的过去的杰作当中，像《红高粱》《欢乐》《食草家族》以及《天堂蒜薹之歌》里，都有着一种狂欢的叙述氛围，莫言在《檀香刑》当中再次找到了这种狂欢叙述的调子，通过对把小说人物推向行刑台，从而让他创造的主人公把一出无比悲壮的历史活剧，在一阵紧似一阵的语言的音乐当中推向了结局大悲大喜的高潮乐章。

小说的结尾，几个主人公全部在行刑场所出现，这一幕就像是伟大的戏剧场景那样，所有的紧紧纠缠的人物关系都一次了断了，在一个舞台上全部有所交代，达到了最终的狂欢之后的平静与死寂，小说完美地结束了。

这部小说给我的感受相当的复杂，从这部小说当中我看到了影响莫言的各种元素：传统说部、民间说唱、意识流、戏剧、魔幻现实主义、地方史志……在很短的文字里我无法说清楚，我觉得它是当代汉语小说罕见的收获之一。

我给予《檀香刑》极高的评价，是因为它将像一个标杆，开启我们从传统资源获得再生性力量的一个真正的开端。我认为，我们终于有了毫不逊色的伟大作品了。

阿来印象

和阿来见过不多的几次面，印象却很深刻。这首先来自于我对他的作品的阅读——见到他之前很久，我就已经熟悉他的作品了。我记得，自己第一次读到阿来的作品，还是在1989年，那一年里我正在上大学二年级，我在书店里偶然见到了他的第一部小说集《旧年的血迹》，是收在作家出版社出版的影响很大的那套“文学新星丛书”里的一种，我拿到手里的感觉，很有些爱不释手，就立即买了下来。

通过《旧年的血迹》就可以看出来，他的小说和当时很多作家的风格迥然不同，尤其和那个时期的“先锋派”小说家们不一样，带有一种更加纯粹的品质。收录在《旧年的血迹》里一共有10个短篇小说：《老房子》《奔马似的群山》《环山的雪光》《寐》《旧年的血迹》《生命》《远方的地平线》《守灵夜》《永远的嘎洛》《猎鹿人的故事》。这10个短篇小说有着福克纳的短篇小说所达到的尖锐和深度，民俗学、人类文化学的潜在影响滋润在字里行间，但是却描述了一种人类的普遍状况。

1999年，阿来又出版了另外一部小说集《月光里的银匠》，是在《旧年的血迹》的基础上扩充而成，收录了他后来又写的一些中短篇小说，使他的中短篇小说序列显得整齐而具体。

还是在1999年，在那一年里，“行走文学”突然大行其道，各家出版社都策划了“走黄河”、“走西藏”、“走新疆”的活动，我记得李敬泽、龙东、林白他们走的是黄河，我和李冯、徐小斌走的是新疆，阿来和范稳等人走的是西藏。在北京的西藏大厦，云南人民出版社召开了“行走西藏”丛书的发布会，阿来到场了。

我看到，他是一条精壮汉子，个子不高，沉默寡言，心中有数。“行走西藏”那套书印制精美，封面的色调是藏族喜欢的那种深红色，沉着而凝重，带有一些神秘而黏稠的力量。阿来的那本长篇游记体散文叫做《大地的阶梯》，记载了他从四川进入西藏，仿佛是沿着大地的阶梯，不断地向上攀爬的过程。在阿来的脚下，在他的心目中，大地的阶梯似乎无穷地展开，一步步，向雪域高原而去，向着那神圣的拉萨进发，大地的阶梯不断地升高，升高到一个和天空接得很近的地方。

《大地的阶梯》是一部10多万字的整体性的散文作品，我想，阿来今后也很难再写这类的文字了，其间弥漫着一种沉思者、游走者的思考和观察，对大自然、社会、底层人民生活的境况的描述，共同构成了这部作品的血肉。

阿来的作品不算多，他是以少胜多，作品几乎部部是精品。他在1989年的时候还出版过一部诗集《梭磨河》，但是我一直没有找到那个版本，只是在人民文学出版社推出的《阿来文集》中读到了他的诗歌作品。阿来还写诗，这是我没有想到的。他的诗风带着对大地的浓厚感情和感觉，是对自然的礼赞，对故乡的吟唱，即使放到1980年代的语境中看，比当时中了现代主义诗歌流毒的、很多自大狂诗人们写得也好多了。

表面上看，阿来似乎并不在意诗歌的形式，而是在其间贯穿浓烈而又被压抑住的感情，使我想起来美国一些诗人，比如杰弗逊、史蒂文森、约翰·阿什伯瑞的诗风来。我想他假如在《梭磨河》里走得再远一些，就到了加里·斯奈德的“禅诗”的境地，或者，退一步，他就会在聂鲁达和惠特曼的大地主义的诗歌风格里找到相同点。阿来诗歌的隐秘的激情被控制得很好，我想，很多杰出的小说家都有写诗的经历，我自己也是这样，从1984年开始到如今我从来都没有停止过写诗，只是后来很少发表罢了。诗是语言中的黄金，对诗的锤炼将使一个人在小说写作中带有语言的灵性。

阿来最著名的作品，当然是长篇小说《尘埃落定》。这部出版于1998年、稍后获得了第五届茅盾文学奖的作品，被认为是历届茅盾文学奖中最好的作品之一。对《尘埃落定》的评论和研究很多，我很难再在其赞誉有加的评论之上锦上添花。但毫无疑问，《尘埃落定》是最近30年少数几部最值得重视的汉语长篇小说之一。也许是在福克纳的《喧哗与骚动》和马尔克斯的《百年孤独》的双重影响下，阿来写出了他自己的这部最重要的作品，也许，这干脆就是一部是从石头缝里诞生的小说，它的原创性使它没有受到任何外来的影响，以阿来天才般的对故乡、四川藏区阿坝地区的凝视所形成。

我注意到，阿来属于那种厚积薄发的作家，他一直在悄悄地积累，不到成熟的时候是不会拿出自己的作品的。2007年，我们一起在大连参加一个笔会，闲聊的时候，我注意到他所带的是几本当代西方最新的文化理论著作的译本，足见其视野开阔，敏感和博学。2008年夏天，新疆的《回族文学》组织了一个活动，我和阿来都参加了，那次活动是在我的出生地、新疆昌吉市举行的，吃过了晚饭，喝了不少新疆酒，阿来、评论家黄发友教授和我，在我小时候经常行走、如今已经有些面目全非的街道上行走，谈到了文学写作的边缘和中心问题，谈到了我在这里的童年的感觉，谈到了少数民族文学和中心话语文学，言谈甚欢。

在第二天上午的讲座中，面对台下的汉族、回族、哈萨克族、维吾尔族、蒙古族、锡伯族、满族等少数民族写作者，阿来沉着地、口若悬河地、逻辑清楚地谈到了他作为一个用汉语写作的藏族作家的处境，对母语的理解、对强势语言和弱势语言的关系的理解，非常具有启发性。他侃侃而谈，从他在美国参观了一些印第安人的保留地谈起，由此犀利地进入到对少数民族作家处境的探讨上，讲述了用非母语写作的两难处境和具有的优势。

2009年，我拿到了他的长篇小说《空山》的第三卷。《空山》第一卷出版的时候，从书名上判断，我以为这部小说带有浓厚的禅意，可实际上，这是一部结构机巧、以六个大中篇构成的“橘瓣式”长篇小说，六个部分以向心的结构，结构了一个叫机村的地方的当代历史，并予以深度的批判。机村，实际上是阿来对自己的故乡的代称，是他从故乡再度出发的一个原点。三卷本、长达60多万字的小说《空山》，以一些人、一些事、一些地理环境，环绕成一个巨大的花环状的叙事圈，展现了20世纪的历史在一个偏僻的中国乡村的浓重投影。

他的新作《格萨尔王传》我还没有看到，我相信依旧是一部值得期待的作品。虽然这部书是英国一家出版机构在全球范围内寻找优秀作家来讲述自己民族的神话故事，有点像命题作文，但是，阿来的这部小说最值得期待，因为，他其实一直能以神话原型在当代的变形的方式来讲故事。

阿来已经超过50岁了。这个年龄对于他，可能会使他到达一个随心所欲的创作之境。让我简单地回顾一下他的经历：1976年，17岁的阿来初中毕业之后开始务农，次年，他到阿坝州一个水利建筑工程队当工人，开过拖拉机，当过机修工，会摆弄那些复杂的机械。这一年的恢复高考使他进入马尔康师范学校学习，毕业之后，他足足当了5年的乡村教师，再后来，他到成都担任《科幻世界》和《飞》杂志的主编多年，使一本科幻杂志变成了畅销的出版物。2009年，不再担任杂志主编的阿来当选为四川作家协会主席。

在近30年的创作生涯里，阿来的写作大部分都是业余时间写作，到2009年，我想，他终于可以如愿以偿地有更多的时间从事专门的、心爱的写作了，而在《空山》之后，阿来喷薄欲出的，会是什么样的作品？

苏童小说里的意象和语调

——简评他的短篇小说《仪式的完成》

苏童是当代短篇小说大家。他的小说里有着南方的类似诗歌意象的东西，也有着独特的语调，就是那种透明的、带着雾气和水汽的语调。

试图从苏童那些琳琅满目的一百多篇短篇小说中，挑出来一篇进行分析，对于我似乎相当的困难。这是因为，在我看来，他的几乎每篇短篇小说的水平都是稳定而高水准的，而且大都成为一个系列，比如，他的枫杨树乡系列，由此形成了一串串优美、幽暗而又华丽的珠子，被一个个的意象所烘托，在其南方才子所特有的那种极其润滑和精巧的叙述语调中，完成了一个个的玄思妙构。而他晚近的短篇小说，更是几乎都挑不出来一个废字，其叙述语言的干净透明，到了炉火纯青的地步。

有一年，记得是在武夷山参加作家出版社的一个笔会，刚好我俩住在一个屋子里，我当面向他表达了我对他的短篇小说的尊崇与喜爱。所以，我几乎很难从他的那些小说中，挑选出一篇特别值得注目的短篇来进行分析与强调。

因此，在选择他的小说进行点评的时候，我就决定按照直觉，根据天意来选择先行出现在我的脑海里的小说进行评说。最先在我的脑海里出现的他的一篇小说的题目，是《1934 年的逃亡》，但是，这是一个中篇小说。我记得，第一次读到这篇小说的时候，我正在武汉大学中文系一年级学习，它带给我的震惊是无比巨大的，显然，我知道，一个重要作家、一个我会很喜欢的作家诞生了，那部小说的语调使我进入到1934年那个幽暗岁月的深处，类似梦境般的水下世界折射出来的苍白而缤纷的光亮在不断闪烁。由于当时有一个所谓的先锋派存在，由此可以展开很多话题，但是，因为这是一个中篇小说，根据体例，我无法在这里进行分析，只好放弃了。

于是，接着，在我的脑海里又出现了他的一个短篇小说的题目《乘滑轮车远去》，这篇小说，我记得是发表在20世纪80年代末期某一年的一本《上海文学》杂志上的。读到这篇小说的我才19岁，离开乘滑轮车在街上冲撞的年龄不远，所以，那篇小说带给我无尽的对刚刚失去《刺青时代》的怀念。从某种程度上讲，阅读苏童，成了我和我在大学的几个刚刚离开了青春迷茫期的同学加文学青年，奋力走向文学之路的见证和凭借、灯塔与路标。而他只比我们大七八岁，他用自己独特的语调讲述的一切，对我们来说都是那么的亲切和熟悉。不过，我翻阅了我手头他的各个版本的短篇小说集，我发现，在新近出版的两种三卷本的短篇小说集——广西师大版和上海文艺版的小说集里，这篇小说都没有被他收入，显然，作为一篇早期短篇小说，它已经不被他所看重了。那么我也放弃吧。

接着，在我的脑子里，又出现了一篇小说的题目《仪式的完成》。我记得这篇小说发表在1989年某期的《人民文学》杂志上，《仪式的完成》这篇小说，在苏童的短篇小说当中，是十分独特的，它和他的枫杨树乡系列小说几乎毫不相干，和他的那些关于少年《刺青时代》记忆的系列小说也没有什么瓜葛，和他晚近干净如稻草的对当下生活的描绘与把握的那些小说，也没有关系，这篇小说是十分独特和独立的，在他的整个短篇小说当中，是一个异数。因此，让我拿它来开刀吧。

这篇小说可以说是一篇寓言小说，一篇预先设定结局的深度意象小说。尽管他的很多小说中都有诗歌所具有的一个核心的意象深藏其间，但是，这篇小说还具有寓言的性质，是非常罕见的。这固然和当时所谓的先锋派的崇尚空幻和玄虚的文学潮流多少有些关系，但是，苏童个人强烈的气质仍旧贯穿在小说当中。

小说的叙述由一个民俗学家从省城出发，抵达八棵松村搜集民间故事，调查当地的民俗——拈鬼开始。他在村口，就碰见了一个神秘的老人，正在锔一口破裂的龙凤大缸，这个大缸作为道具将被后来的情节认真使用。其实，开头即预设了结局，即这个民俗学家将死于自己的调查——我刚开始读到这篇小说的第一段的时候，就感觉到，这个民俗学家活不成了。也许是我过于聪明了？我记得当时我就紧张地翻看了结尾，果然，这个民俗学家死于自己的民俗调查了。

首先，把握这篇小说，你要明白，小说是有一个明显的叙述者存在的，就是“我”。你在这里可以把这个“我”当成作家本人，这个神秘的叙述人是整个事件、也就是民俗学家死于自己的民俗调查的事件的旁观者。这个叙述人的视线很确定，就是旁观者，洞察一切，但是从来也不施加援助，就仿佛新小说派干将阿兰·罗布·格里耶的《窥视者》中的窥视自己妻子是不是在和别的男人通奸与调情那样，有一个人，叙述者，也在远远地打量和观看这个民俗学家，最后不可避免地滑向无法被他掌握和预知的死亡的结局。所以，这个叙述人和民俗学家是共时空的，他的冷酷和不动声色，是作家本人独特的抽空了情感色彩的无情语调所决定的。

但是，这个叙述人又非常隐晦，他在小说当中一共只出现了三次，而且，不完全是全知全能的，他看见了民俗学家的抵达，但是并不参与民俗学家调查的全部过程，只是凭借一些道听途说，结构了民俗学家最终死亡的这个事件。在小说的第一段中，叙述人“我”就出现了，“民俗学家朝八棵松村走着，实际上他也成了我记忆中的风景”，这就明确地告诉你，这个叙事人就是在场者。

到了小说的中后部分，叙述人再次出现了一次：“我听说事情发生在民俗学家离开八棵松那一天”。在这个时候，小说中的民俗学家已经完全地模拟了、复活了当地拈鬼民俗的全部过程，最后，是他自己，成为抓到了有“鬼”字样的箔纸，而60年前就死掉了的一个叫五林的人的鬼魂，依然附体在民俗学家身上，使他成为了人鬼——民俗学家弄假成真了，他本来要复原一个残酷民俗仪式的过程，但是他最后成了要被处死的人鬼。所以，小说在这里显现了一个寓言的悖论。

但是，毕竟，这个残酷的民俗似乎已经在当下死去，民俗学家即使是五林附体的人鬼，他不可能按照民俗，被当地人用乱棍打死在一个大缸里。否则，村子里的人会被当成刑事犯罪分子给逮捕的。按说，这个民俗调查与游戏，到这个时候就可以结束了，民俗学家自己也不敢往下玩了，可是，民俗的隐秘力量是无比巨大的，它将像魔鬼被放出来了一样将完成整个过程。它那不可低估的毁灭力量仍旧存在，仍旧需要喝人的鲜血。最终，叙述人听说，民俗学家在离开村子的时候，因为要追赶早先他碰到的那个村口神秘的锔缸老人，被一辆卡车撞死了。最后，他奇怪地出现在了那口巨大的龙凤缸中，用他自己的死亡，完成了他自己进行的这个民俗调查仪式的最后部分，不同的是，他不是被乱棍打死的，而是被一种神秘的力量所裹胁的。没有人需要为他的死真正负全责。

于是，在最后一段，小说的叙述人又出现了：“我认识那位民俗学家……在他的追悼会上，我听见另外一个民俗学家像自言自语说，这只是仪式的完成。”到了最后，点题了，这就是仪式的完成——我们也许可以确定，这个诡异的叙述者，就是造物者和命运的掌握者本人，尽管他和民俗学家认识，甚至还是朋友，但是，他知道民俗学家的命运，而民俗学家对此却茫然无知——这是当时先锋派小说家的基本的观念，叙述人如同上帝，完全掌握自己笔下人物的全部命运，这和今天，21世纪最初的10年里的中国小说当中的采用的叙述人的位置、视点已经完全不同了。

这篇小说结构精巧，气氛诡异，前后呼应，所有的细节都是那样的生动和吻合，叙述语调诡异而平静，在里面深藏着一个意象，就是拈鬼的仪式，具有哥特式小说的气质，最终，小说上升到了寓言的高度——我们绝对不能低估民俗所具有的恶魔般的性质与它巨大的破坏性力量，一旦你不尊重它，他就要喝你的血，要你的命。

人间的信义与人心的力量

——严歌苓《小姨多鹤》：从小说到影视

在以往的概念里，海外作家主要都是一些老华侨作家，他们书写的经验也都是海外华人在西方世界里的边缘性生存和历史悲情的展示。但是，最近十多年以来，由大陆出去的一批用汉语写作的新作家，他们以全新的体验和视角，书写了全球化时代里华人在世界范围之内的生存图景。和以往的华侨作家的边缘性、悲情性写作大为不同，他们以更为复杂的经验表述，将这个全球化时代里的移民现象和离散状态书写得淋漓尽致，同时，他们对祖国和家园的眺望，又提供了一种新的文化视野和批判的眼光，构成了当代文学写作的非常重要的一股生力军。这些作家包括严歌苓、张翎、虹影、陈河、陈谦、袁劲梅、田原、张惠雯等数十位中青年作家，共同构成了新海外作家汉语写作的群体，这个群体也成了新世纪一个十分独特的文学现象。

正是由于这样一批作家的出现，汉语文学的疆域陡然发生了地理学意义上的扩展，汉语文学的疆域进一步地扩大了，新海外作家以势不可挡的创作激情和实绩，引起了国内文坛的瞩目。这支“海外军团”在全球化的语境下，身处两种乃至更多种文化，多年来坚持不懈地操持汉语，以一种“在别处”的视角观察中国和世界，独出机杼，发出他们独特的文学之声。

时下的影视剧，似乎呈现出一片繁荣。从我的口味上来说，我不喜欢那些过于娱乐化和搞笑的影视剧，对一些谍战戏也兴趣不大。

我喜欢我们的影视剧，能够展演人的命运，不是具有表面的喧哗，而是具有直指人心的力量。由严歌苓的小说改编的电视剧《小姨多鹤》，在孙俪绝佳的角色演绎中，则具有这样震撼心灵的力量。

严歌苓的小说创作似乎和影视很容易结缘，这是因为她的故事讲得比较好，具有奇观性和传奇性。《小姨多鹤》的故事就具有传奇性，讲述了一个被战争遗弃的日本孤女在中国的命运和遭遇，是一曲20世纪亚洲女性的悲歌。这个女子名字叫竹内鹤或者朱多鹤，作为日本开拓团在东北的产物，她必须承受日本侵略者、她的同胞加在她身上的所有的命运，她必须在后来的历史风云变幻中，去抉择人生中最为艰难的选择：生，还是死，爱，还是不爱。但是，其实她没有更多的选择，最终，她嫁给了一个中国男人张俭，成为张俭的妻子小环。于是，从此，多鹤和小环是一个人，一个日本女人和中国女人的聚合体，在漫长的岁月里，她必须一次次地在历史风雨中面临艰难的选择，在选择中考验自己的心、考验人之为人的道德。由此演绎出了人的歌泣悲哭的命运来。

我想，也许，这部小说和电视剧，还可以用另外一个女人的名字来命名：《母亲小环》。我们的读者和观众，在小环的面前，肯定会映照到自己的内心深处，会和小环来心心相印。因为，你看她，一个弱女子，她生机勃勃，她跳荡深沉，她懂得爱，也懂得恨，她心里面有一种本能和直觉的强大力量，让这个女人在任何历史情景下，都不背离做人的基本原则，知道什么是情与义，什么是欺骗和背德。《小姨多鹤》所描绘的，就是人间的信义和人心的力量。这个叫小环和多鹤的女人，她在屈辱和困苦中笑着，卑微和琐碎地生活着，但是她有尊严，凛然不可犯，她的信义和心灵的力量天高地广，浩然无边。

看和读《小姨多鹤》，我们都不得不把自己放进去，因为它很感动人，会让我们无法置身事外，会把自己放到她的命运里，会感到人生的困难和矛盾。同时，还要把我们自己的情感和记忆放进去，把我们爱的能力和恨的能力也放进去，因为，面对一个人的命运和她的心灵世界，我们不可能无动于衷。在对世界的理解过程中，我们穿越困难和矛盾的迷雾，获取了爱和恨的力量，并会将这力量赋予我们自身。

《小春秋》里的点石成金

很多人都知道李敬泽是一个点石成金的文学评论家，对当代文学的发言举足轻重，而且，作为编辑家的眼光也很令人折服，他可以迅速地从沙子里淘金，发掘那些文学苗子，并褒奖其长，助其成长。其实，他还是一个读书种子。1984 年 20 岁的他从北京大学中文系毕业，分配到《小说选刊》杂志社当编辑，好多年里，业余的时间里哪里都不去，就闷在宿舍里读书。出了门，无论是飞机火车轮船上，都悄然地捧着一本书，任书内的风景和书外的景象一同在眼前流过。由此，你想想，这么一个读了 30 年书的人，他肚子里装的东西就可想而知了。但是，他属于厚积薄发型的人，不大愿意写鸿篇巨制：敬泽兄出版的十多种著作中，没有一本是鸿篇巨制和长篇大论，大都是短文和短章——就连游记，也被他出版成《反游记》——就像这本新出版的《小春秋》一样。

《小春秋》是一本读书笔记，所涉及的书有《诗经》《易经》《论语》《孟子》《吕氏春秋》《史记》《战国策》《离骚》《韩非子》《长阿含经》《酉阳杂俎》《东京梦华录》《牡丹亭》《陶庵梦忆》《板桥杂记》《笑林广记》等，42 篇文章，才区区 8 万字，平均下来，每篇不到两千字，就提纲挈领地把上述这些皇然巨著一网打尽了。而且，他的文风轻巧、幽默、风趣，谈笑风生之间，以举重若轻和四两拨千斤的功夫，就把那些典籍的精髓点出，与当下生活巧妙相连，切中时代之痒，使我们知道了我们来自哪里，又应该从那母体记忆中继承什么。

精短、简洁、犀利、妙趣横生，是这本书的基本风格。试看一些篇章的题目：《马车夫与高跟鞋》《君子之睡眠问题》《办公室里的屈原》《澡堂子引发的血案》，再看某个篇章的开头："阿房宫，一大烂尾楼也。本来我们以为阿房宫已被项羽烧掉了，可一群考古队员发现了问题——"于是，你会在一种精神体操和精神桑拿中，和作者一起经历中国历史与文化之美的展现。《小春秋》里因此也有着一针见血的见识，有着拈花一笑的智慧，有着一声棒喝的顿悟，有着一杯茶下肚的惬意和轻松。

冯唐的长篇小说《不二》读后感

小说家里大才不多，现今世道，蒙人已经很难，必须见真章。冯唐写完了成长题材的三部曲，我原以为他写完了经验世界的东西，难以为继了，不料写出来了《不二》，让我这个天天读小说，读了30年小说的人也大惊失色。我都不想写小说了，因为有了冯唐，你还写什么写？

《不二》注定是一部刺人眼目，乱人心神的小说。这部小说是见佛杀佛，见人杀人，关键看你是什么人，你就会读到你眼睛里的自己——自然，道学家会看到大逆不道，性瘾者和黄色小说爱好者也会得到感官和想象力的极大刺激，而滚滚肉身之外的精神云海，也弥漫在小说的每一行中。所以我说，《不二》真的是一部奇书。

其实，冯唐自己已经点明小说的主旨了："小说纯虚构，内有异兽，摄人魂魄。不负责通过满足一般审美习惯让人身心愉悦，不负责歌颂现有正见维系道德基础，不负责遵从主流把人往高处带。杀父杀母，佛祖前忏悔。在成长之外，我决定写我最着迷的事物。通过历史上的怪力乱神折射时间和空间范围内的谬误和真理。"

因此，在谬误和真理之间，在沉重的肉身和缥缈的精神之间，《不二》横空出世。小说奇特地将形而下和形而上、将肉体和精神结合得纹丝合缝。

"子不语怪力乱神"，子不语的那些东西，如今，冯唐要用三本小说来说了。怪力乱神都是非常可怕的、谁都不敢和不愿意面对的东西，冯唐在做了。小说严重地挑战了我们的神经、肉身、精神的边界，审美的定势，以及，我们自身狭小、阴暗、逼仄和脆弱。因此《不二》又是一面照妖镜。妖看到妖，人看到人。

冯唐又说："这本书的流传，很可能让我多了一种精神和世俗掺杂的死法：被没参透的佛教徒打死。这个世界，任何时候，参透的佛教徒都远远少于没参透的。如果我写的不是佛教而是回教或者基督教，这种死法的可能性几乎是百分之百。"

的确，《不二》在眼下的语境和境遇里，出版要费点周折。但是，《红楼梦》，《金瓶梅》，哪个不是出版上费了周折？哪个不是手抄本流传经年？

我还想，冯唐多虑了，萨尔曼·拉什迪不是活得好好的？老婆都换了好几个，最近又出版了一部新小说。实在不行，我看冯唐还可以改写童话，也必定是大手笔。写"黄书"天下第一黄，写童话，也是天下第一纯美。

我们的肉身就处于这么一个世纪：大多数人对天才，对大才都是恐惧的。因为平庸和禁忌使他们感到安全和舒坦，冒犯和大胆使他们恐惧和难堪。而正是这种恐惧和难堪，才使人类有望从天才那里获得自我提升的唯一机会和通道。

中国经济总量都"老二"了，冯唐的《不二》正当其时，冯唐，这个时代的天才和大才作家早已横空出世。

蒋一谈的写作姿态

我和老蒋蒋一谈认识快20年了。很多人可能不知道，蒋一谈在1990年代初期，就出版过《方壶》等几部长篇小说。那个时候，他从北京师范大学中文系毕业没有多久，血气方刚，志向远大。后来，为了生计，他投身到编辑出版行当，一直到成功地创办“读图时代”图书公司。到了前几年，忽然有一天，他告诉我，要重新坐到书桌跟前写小说了，而且，他还要专门写短篇小说，并且列出来了好几部集子的书名，打算以每年一部的速度，再度返回写作状态。

我自然是很高兴，而且，我由衷地为他要实现自己的文学梦想而感到兴奋。我觉得他的想法很正确。如今，写作已经是一个很个人的爱好了。写作具有意义，引起关注，必须要在写作姿态和形态上，贡献出符号价值。当别人都在写长篇小说的时候，老蒋退后一步，宣布只写短篇小说，这是很令人惊讶的事情。谁都知道，现在的短篇小说集很难出版。但是老蒋有底气，这很大程度上源于他的自信，和对出版行当的熟悉。

很快，从2009年开始，每到5月份，他就会出版一部短篇小说集：《伊斯特伍德的雕像》《鲁迅的胡子》《赫本啊赫本》《栖》，四本书在出版形态上也很独特，都是小开本，封面都是人的脸，分别是克林特·伊斯特伍德、鲁迅和赫本的我们很熟悉的脸。这么鲜明的写作姿态和符号化的出版形式，很容易就引起了关注。而且，在今年，包括我就职的《人民文学》杂志，以及《上海文学》《山花》《十月》等多家刊物都同时发表了他的短篇小说，蒋一谈横空出世了。

那么，老蒋的四本书，30 多个短篇小说，到底写了一些什么？他的写作对于当代文学来说，有着什么样的意义？综合起来说，我觉得他传达了极其微妙的、复杂的当代人的经验，但是又无法用一个词汇概括他的小说风格。他就像是一只狡猾的兔子或者一只非常美丽的不断蜕变的蝴蝶，当你张网想捕捉他的时候，他已经逃走了，他的脑子里已经在开始想着下一本小说集将要写什么了。而且，那本小说集一定会出人意料，我了解他，他在写作的不断自我挑战中才能够找到乐趣，才会不断地有鲜活的构想。

短篇小说很难写，前一段时间，我们单位招考一名编辑，在面试环节有一道题目，就是“为什么现在短篇小说越来越衰落”，考生们大都从网络传媒的兴起谈起，认为短篇小说又难写又没有什么收益，文学杂志又是纸介出版物，受众面日益减少，加上现代人的生活节奏非常快，因此，短篇小说就不那么受欢迎了。这么说似乎有道理，但是也不见得大有道理。尤其是“现代人的生活节奏非常快”这个理由，就更站不住脚，按说，节奏快才要读短篇小说的，君不见，眼下的《小小说选刊》《故事会》和《微型小说选刊》的发行量都非常大。因此，短平快的东西按说不应该衰落，因此，我们那道考题“为什么现在短篇小说越来越衰落”实际上是一个虚拟的题目，答案也许恰恰相反。

比如，读蒋一谈的《伊斯特伍德的雕像》中 9 个短篇小说：《枯树会说话》《教堂》《公羊》《坐禅入门》《两公分》《熊猫来敲门》《微笑》《兄弟约定》《伊斯特伍德的雕像》。总体看，蒋一谈的文风明显受到了卡佛的短篇小说的影响，但是却有他自己的发现和创造。《枯树会说话》，讲述了一棵枯树和一对年轻夫妻之间的某种很微妙的联系，传达的是中国乡村关于生育和繁衍的基本理念；《教堂》则通过姐姐和弟弟之间的关系，来呈现信仰和日常生活之间的空白地带；《公羊》则对中产阶级夫妻的婚姻、孩子等出现的复杂微妙的缠绕做了一个透视，十分精彩，这里面，公羊是一个象征物；《坐禅入门》则是这个小说集里最让我喜欢的一篇小说，以一个自杀的女人和和尚的对话，把一桩禅的公案做了一个特别好的文学想象和解释；《两公分》则由一桩农村常见的住宅高矮的邻里纠纷，折射出现在农村激烈的社会矛盾；《熊猫来敲门》将一个失业青年在北京的遭遇表现得淋漓尽致，把一个人和一个城市的关系做了解读；《微笑》十分简约地描述了一场车祸带给一对夫妇的影响，精彩异常；《兄弟约定》以另外的方式展现了父亲和儿子的关系；《伊斯特伍德的雕像》是这本书中篇幅最长的小说，讲述了两个艺术家之间缠绕的复杂关系，并传达出人生的苍茫感，雪和有硬度的雕像是这篇小说中闪光的基点。总体看，这些小说都在传达这个时代的一些侧面的生活场景，描绘了各色人的内心，写法简练生动，而且，整本小说可以统一为一个主题——“来自生活的威胁”，是来自生活中莫名的威胁，使很多人的生活分崩离析。

我想起来，像这类以系列短篇小说构成一本书的写法，在20世纪里有不少精彩的作品：詹姆斯·乔伊斯的《都柏林人》、舍伍德·安德森的《小城畸人》、巴别尔的《骑兵军》、奈保尔的《米格尔大街》，都是这种体裁的佳作和典范。比如，《米格尔大街》中的几十个人物栩栩如生，他们生活在一个十分闭塞的小地方，却觉得自己生活在天堂里。他们都有着令人啼笑皆非的命运和遭遇、生活的喜乐和困境，小说叙述扎实，语言平实，情景生动活泼，刻画人物的细节准确生动，寥寥几笔就把一个人写活了，弥漫着奈保尔的人道关怀和善意的讽刺，具有串珠式和橘瓣式小说的形式感，实在是20世纪短篇小说中的珍品。我把这类小说叫做“橘子瓣小说”，因为它们每一篇都像一枚橘子瓣一样地紧紧簇拥在一起，形成了一个向心的结构。

蒋一谈的这种写作姿态特别重要。在商业化、网络化的写作尘嚣中，他表现出一种非常纯净的，一种纯艺术、纯小说的写作方式，使人耳目一新。也许这是一种中产阶级的写作姿态，甚至，就是一个骨灰级的文学爱好者的写作姿态，但是，这种写作姿态，恰好开启了中国短篇小说写作的未来。因为，在他之前，只有欧美作家有专门写短篇然后直接出书的，在出版的形态上，他就指示了一个方向，顽强地将一种出版的风潮改变了。听说有的出版社立即决定出版当代作家的短篇小说系列了，还有的城市，也打算专门设立颁发给短篇小说家的文学奖了，我猜这和老蒋的推动都有关系。

每次见到蒋一谈，我们都要热烈地谈到文学史上的那些短篇小说大师。前两年，谈得比较多的是卡夫卡、博尔赫斯、胡安·鲁尔弗、契诃夫、芥川龙之介、雷蒙德·卡佛、约翰·契佛和V. S. 奈保尔，后来谈到了《骑兵军》《都柏林人》《怀俄明故事集》《东京奇谭集》《宇宙奇趣》，现在，是哈金和拉什迪的最新短篇小说集以及《纽约客》上刚刚发表的短篇小说，他打印出来和我一起欣赏。还有中国作家写得比较有意思的短篇小说。可以看出，老蒋是放眼四海，胸怀万仞，写作的师承和营养，都是非凡的。

我也提议，下一本不见得是某个历史文化名人的名字作为符号了，因为，他的第一阶段完成了，在表达经验世界的写作上，他走得很好，有的小说呈现出了另外的一种面貌，就是超验的、象征的手法来概括眼前的人类生存境况，比如《中国鲤》。这是他很好的一条路径。卡尔维诺早期的作品是重的，现实主义的，但是很快，卡尔维诺找到了飞鸟一样轻的写作姿态，而想象力就是巨大的翅膀。蒋一谈，你老兄是不是也要用想象力的翅膀，轻盈地飞到这个时代的天空里呢?

什么是非虚构文学？

——以《十四家：中国农民生存报告》为例

在很多国家的书店里，我们都会看到，和虚构的文学——小说、诗歌、散文、戏剧书籍相邻的区域，摆放的都是非虚构的作品。非虚构的书籍包括了传记、历史著作、报道、写实文学和调查报告等等，文体和品种很多，是非常重要的出版物，可见非虚构文学这个筐里可以装进很多东西。

非虚构文学的提法，主要诞生在美国上个世纪60年代，是因为美国作家痛感无法将丰富无比的社会现实以小说的形式完全地表现出来，或者在用虚构的文学表现的时候，缺乏更为深广和尖锐的力度，因此，非虚构文学就大行其道了。代表作有杜鲁门·卡波蒂的《残杀》，诺曼·梅勒的《白种黑人》和《夜幕下的大军》，汤姆·沃尔夫的《名利场大火》等作品，这些作品都是以美国的真人真事作为描写的对象，但广泛地调动了文学包括小说在内的各种技巧，使非虚构文学充满了文学的表现力和张力，在表现美国社会急速变化的过程中那些社会事件方面，具有独特的优势。

我们改革开放这30多年，中国社会的变化也是无比巨大，每天发生的社会新闻有时候甚至超越了作家的想象力，因此，非虚构文学有着旺盛生长的环境和强大的动力。我想，非虚构文学，首先就是来自大地和生活中的，传达的经验是活生生的，要有人气和地气，要很具体的，都是发生在历史和现实中的真实的事情的文学表述。

我所就职的《人民文学》杂志在两三年的时间里，在非虚构栏目里发表了自传、历史重述、田野调查、当代社会写真等多种文体的非虚构作品，目的就是引领更多的优秀作家投身到非虚构写作当中，去最大可能地表现复杂、生动、多变的当代生活。由于《人民文学》最近两年的大力倡导，“非虚构文学”表现出一种别样的形态，发表了一些引起广泛影响的作品，比如《梁庄》和《中国，少了一味药》。

可“非虚构”到底是什么？作为编辑，我也说不完全，但是收到的稿子，哪些不是非虚构，我却马上就看出来了：带报告文学腔的，一定不是我们要的非虚构。为什么报告文学丧失了原先的魅力？是因为有些报告文学成了金钱和权力的吹鼓手和工具，因此丧失了非虚构文学的无限接近事实的独特品性。有人问我，报告文学、纪实文学就不算非虚构文学？我回答：算啊，凡是不是虚构的文学，那就都是非虚构文学。可报告文学将非虚构文学搞得狭窄了，媚俗了，而我们倡导的非虚构文学，就是要恢复非虚构文学的生机、文体的生动和表现内容的广阔。

江苏文艺出版社最近出版的《十四家》是一部非虚构文学的杰作。陈庆港的这部《十四家：中国农民生存报告 2000—2010》，我是较早的读者，稿子早就到了我的手里，当时很想发表，但篇幅大，不好删节，加上书有出版档期，不能耽误，另外我们发过女学者梁鸿写的《梁庄》，题材上有些相近，虽然我取出部分内容编成了《三家：十年》，还是没有发出来，因此，很是遗憾。书拿到手里时我是格外的亲切。

陈庆港的这本《十四家》，简单地说，写了甘肃、云南、山西、贵州四个省的十四个偏僻乡村的农民家庭，分别是车应堂、车换生、车虎生、郭霞翠、王实明、李子学、高发银、王天元、蒋传本、史银刚、李栓忠、李德元、王想来、翟益伟这十四个家庭在 21 世纪头 10 年里的变化。10 年的时间里，时光快如闪电又慢如蜗牛走过的痕迹，一点点都印在了那十四个家庭的生活里。这十四个家庭，他们在10年的时间里，和这个国家的命运紧紧地靠在一起，他们生老病死，他们顽强地生存、坚定地活着，他们在生活面前抗争、收获、溃败、欢欣，他们借债还钱、远走他乡，他们一步一个脚印，丈量家乡和外地，世界和国家的道路。在他们的内心里，有着什么样的愁闷和期盼？有着什么样的哀伤和呼唤？一幕幕生活的日常景象的下面，又隐含着什么样的对人的命运、本性的理解？在这本书中，都有精细的、平实的呈现。江苏文艺出版社出版的《十四家》是一部非虚构文学的杰作。

可以说，这十四个家庭，完全是中国亿万农民的缩影，作者虽然只跟踪了十四个家庭，却折射了时代、国家、三农、人生等诸多的色彩，使这部作品显现了朴实无华而又具有特别品质。它就像一颗巨大的琥珀，将10年的时光固定在里面，里面那十四个家庭，几十口人，在活动，在缓慢地向你走来，又缓慢地消失。从写法上说，作者的叙述语调非常朴实无华，娓娓道来，但却震撼人心。结构上，如同时光的轮回，季节的更替，采取了截面的方式，分为四章：第一章，夏天，2000年；第二章，秋天，2004年；第三章，冬，2007年；第四章，春，2010年。大地，人和时间就这样不断地循环往复，季节更替，造就了时光影像中的人的生命。这是一部命运之书，土地之书，中国农民之书。这是一部饱含了深情的书，一部凝视之书，一部时间之书。10年，三千六百多天，在十四个家庭里的演化，成就了这本书，也成就了中国人自己。要想了解我们自己，这本书就是最好的途径，可以去无限地接近我们内心的家乡。

虹影：　小说魔术师

——虹影长篇小说《上海魔术师》谈片

在虹影的这个长篇小说《上海魔术师》发布会上，我说两点：第一点，对世纪文景的感觉。世纪文景作为一个新的出版机构，有非常强烈的人文追求，你们有非常好的团队，比较年轻，我看他们显然属于新一代出版人，充满朝气，也很有品位。你们对书的选择特别有眼光，你们实际上在营造一种理念，这种东西是当下的出版界比较少的。比如你们土耳其作家帕慕克作品系列的推介，就非常有眼光。你们还出版了很多好书，我基本上都买。

你们现在跟虹影合作，可以明显看出来，即要抓特别好的当代西方文学最新的东西，当时我看到一些英文书出版的消息的时候，很想看中文书，结果，你们很快就出来了。虽然出版品种还不是很多，但是都散发一种非常强烈的人文气息。

第二点，我谈谈对虹影新书《上海魔术师》的印象。

虹影是一个不断地挑战写作难度、不断拓展写作题材、不断在超越自我的作家，是一个小说魔术师。一个作家写到一定程度，要追求一种难度，继续写下去，不得不进行自我挑战，她一直在不断的这样做，包括她的短篇集和诗集我都很喜欢，但是，上海三部曲的出版，是非常令人吃惊的事情。因为她按说没有过多地在上海生活的经验，但是，她却可以运用艺术家天才的想象来处理这个题材。从《上海王》到《上海之死》再到这本最新的《上海魔术师》，我可以看到她的雄心，就是不断地寻找新的写作资源，不断地开拓自己的文学领地。

其实，中国作家现在也面临着全球化背景下的市场竞争。对中国作家来讲，好多人意识不到这个问题，在全球化背景下我们参与各种各样的出版竞争，好多中国作家处于弱势。但是她却在小说写作的题材上，从自我的书写比如《饥饿的女儿》到《上海魔术师》这样她经验之外的作品，显示了她有两把刷子，一把是和自我有关系的，另外的一把刷子就是历史情景之下的想象。

《上海魔术师》这本小说，小说内部的时间是凝滞的，而空间却很饱满，她将全球都瞩目的现代中国符号之一上海，做了特别好的艺术想象。历史不过是她编织花毯的材料，历史也是毒蛇，不断地纠缠着我们的记忆与生活，从而造成了一种奇异的效果。小说的叙述结构方式，呈现了相当的信息量，和小说的巨大的张力，以及包容力。这部小说的元素相当复杂，我一向认为，和历史有关的小说，其实都是当代小说，不存在真正的历史小说，因为一切历史都是当代史。从《上海魔术师》来看，它显示了虹影的绝佳的综合能力，和消化这些历史与想象的世界繁杂影像的能力。虹影就是这样穿梭在历史和现实之间，把想象的个体生命的历史，掺杂在真实的历史中，以如此大的地理、时间和心理范围来结构小说，中国当代作家中确实还没有，而虹影一个弱女子做到了这一点了。在这一点上，她可真是强有力的。

而且，虹影的小说里面还有诗性，这可能和她多年写诗有关。这也是虹影的小说之所以写得很有语言的魔幻感和贴切感的原因。

无国界的漂移

——介绍虹影的新作《阿难》

如今国际文坛上，最受欢迎或者说最受关注的一些作家，是一批“无国界”作家，男作家像拉什迪、石黑一雄、迈克尔·翁达日、本·奥克利、奈保尔、哈金（金雪飞），女作家有虹影和阿伦德哈蒂·罗伊等等，这些作家都是英语文学的亮点和出版界的宠儿。像拉什迪，一直是诺贝尔文学奖的最有力的竞争者，仅仅因为宗教的原因，前几年差一点获奖，可能是瑞典诺贝尔评委会的一些委员也害怕被刺杀吧，但是仍旧有三个评委因此抗议，并且退出了评委会，可见拉什迪的魅力。

石黑一雄出生在日本，但是却可以写英国过去的管家故事，像代表作《盛世遗踪》和《上海孤儿》特别受英国人的喜爱。迈克尔·翁达日是《英国病人》的作者，他出生在斯里兰卡，在英国受教育，生活在加拿大，但是在全世界游历，写作的题材也非常的广泛。而奈保尔已经获得了诺贝尔文学奖，自然更是万众瞩目。本·奥克利是尼日利亚作家，他的《饥饿的道路》是后殖民文学的代表作，也是诺贝尔文学奖的有力的竞争者。

罗伊是英国布克文学奖的获得者，她现在是印度文坛的明星，常常对印度的妇女和社会问题发言。哈金出生在中国沈阳，他的小说《等待》获得了美国福克纳小说奖和全国图书奖，这都是相当不容易的。虹影是最近一些年在西方非常受欢迎的中国作家，她的很多作品被翻译成了几十种文字，在欧美的一些书店中，都摆放在特别显眼的位置，在那个位置出现的女作家，曾经是弗吉尼亚·伍尔夫和玛格丽特·杜拉斯，可见虹影的受欢迎程度。

这些作家的共同特点是，他们一般都有第三世界国家背景，往往出生在印度、斯里兰卡或者中国，然后在英美等国生活与写作，大都用英文直接写作，既丰富和拯救了已经流露出暮气的英语文学，又拓展了他们出生地的文学想象的空间。

虹影曾经是这些“无国界作家”中耀眼的一员。她最近的小说尤其呈现了无国界的特征，比如长篇小说《K》，就是描写一个英国人三四十年代在中国的生活。因为涉及凌叔华女士和英国人朱力安的情感生活，所以虹影还吃了官司，最后这个官司似乎不了了之了——这是题外话了。我觉得，在《K》之后，虹影在结构小说和运用材料的才能方面已经炉火纯青了。她刚刚出版的长篇小说《阿难》，就是一部“无国界”题材的杰作。

这部小说新近由湖南文艺出版社出版，开印数就是12万册，很不错。我花了三天的时间读完了这本书。小说的时间和空间的跨度都很大，从印度到中国，从40年代延伸到今天的生活，可见历史永远都是毒蛇，不断地纠缠着我们的记忆与今天的生活。小说从作者去印度寻找自己80年代崇拜的歌星阿难说起，然后就进入了如同乱麻一般纠缠着我们的历史记忆，而这个记忆又和今天的现实生活相互叠加，从而造成了一种奇异的效果。小说是片段式的叙述的，一边讲述小说主人公在印度的追寻，另外一方面不断地在印度历史和当下中国现实生活中来回跳跃，呈现了相当的信息量，和小说的巨大的张力，以及包容力。

这部小说的元素相当复杂，你既可以看作是虹影的一部半自传式的小说，也可以看作是一部虚拟的惊险小说，甚至是一部有生死别离的爱情小说，最让我会心的地方是，小说从描写当下中国商场犯罪，到印度去进行信仰之旅，其间的连接竟然没有任何的障碍，显示了虹影的综合能力，和消化这些当代世界繁杂的影像的能力。

里面有我们熟悉的中国商场“成功人士”的经历，也有我们不熟悉的印度风情与历史。

虹影就是这样穿梭在历史和现实之间，把想象的个体生命的历史，掺杂在真实的历史中，把传奇的国度印度，和今天无比丰富、光怪陆离的中国连接在了一起，并且还在向英国延伸，地理范围如此巨大，是中国作家中非常少见的，虹影用她的大气和灵巧的笔，描绘了这个炫目的景观。以如此大的地理、时间和心理范围来结构小说，中国当代女作家中确实还没有，而虹影做到了这一点。

在这一点上，她可真是强有力的。

纠缠在历史的水草里

——虹影新作《孔雀的叫喊》解读

解读虹影并不是一件容易的事情，因为虹影前些年成了一个国际自由作家，足迹遍布海内外，因此她写作的着眼点，不是山坳上的观众可以细致地体会到的。她确实比很多女作家大气和开阔，这显然和她的阅历以及国际化的视野有关系。

但是任何一个作家的写作，不管你飞多高、走多远，和你的母语与故土的联系是无法割舍的，都是对已经构成你的生命体验和文化记忆的一种解释和重构，一种追忆和模拟，一种反抗与投降，一种通奸和自渎。因此，虹影这些年，是完全在用另外的一种眼光，重新打量着我们历史的现在进行时，和历史的过去时，时间和空间的纠缠，构成了她小说的内部结构，人物的命运，也变成了对历史和时间本身的解释，这是她的优势所在。

在她最近的几部小说里，人物的命运如同绝望的溺水者一样，纠缠在时间和历史那布满了暗影的水草里无法脱身，而始作俑者虹影则带着悲悯之心，打量着她笔下的主人公，心情复杂地不施援手。

这部《孔雀的叫喊》就是一部关于在时间和历史中，个体命运和个体生命价值的毁灭和再生，以及和大自然正在进行较量的、不知道最后谁是胜利者的一则寓言。这部小说的故事是在两个时空中进行的，一个是当下的西南三峡，一个是几十年前的历史痛苦的深红色记忆沼泽，两个时空的转换和解释，类似于在世的伟大的瘫痪物理学家霍金的一些宇宙学理论那样，不同的时空之间，有一些可以互相迅速抵达的虫洞相连接。在这部小说中，就有一个时空的虫洞，这个虫洞是转世说，通过转世，把两个时空的人物命运变成了互相解释、互相成为对方的因果的镜子，这是这部小说结构上的最大的秘密，和最令我们动心的地方。

而故事情节不过是虹影铺陈她的寓言的一个手段：一个女基因科学家，在收到了来自三峡工地上的丈夫的一件东西之后，产生了对丈夫的怀疑，于是，她去了三峡，观察评估她丈夫和她的婚姻有什么样的工程质量问题。于是，在向着过去的时空旅行的过程中，她了解了自己家族的历史秘密，这个秘密与被自己的父亲当年处死的妓女和禅师有关。接下来，所有的问题要解决了，可是在解决问题的同时，历史那暗影里的野兽，却咬了每一个了解了邪恶历史的知情人一口。

小说的时空转换犹如万花筒，犹如隐藏着巨大的红龙的深渊。而向着记忆旅行的伟大作品中，令我们记忆犹新的是康拉德的《黑暗的心脏》，以及科波拉的电影《现代启示录》，这样的文本结构是一种神话原型，虹影在这个原型上，又顽强地加进了一个自己的钉子，令被这个原型勒紧了脖子的我们，有些透不过气来。

和早年激情四射的虹影小说相比，这部小说的语言恢复了平实轻灵，但是仍旧保留了作为诗人的虹影在语言上的那种飞翔感，那是一种铁与血互相滋润的磁性，引人入胜而又饱含着多义的温情。

林白：强劲的写作产生了现实

对于所谓的作家“用脚写作”的说法从去年就开始了，我们一些人都参与了的，我看到在报纸上也有批评的意见，就是说作家在走马观花，用脚写作不过是在作秀而已。其实我的内心里有一点认同这种观点，因为对于一个陌生的地方，你只是经过那里，你就可以写出一本厚厚的书，这是非常令人怀疑的。当然，还要看你所去的地点，西藏和新疆是一个十分容易产生游记的地方，所以，去那里“用脚写作”，再坏也坏不到哪里去。但是当我听说一帮人马走黄河的时候，我想这个黄河这个妈妈河可是不太好写出彩来的，况且里面还有几个女士凑趣，这更加让我觉得“用脚写作”已经接近尾声了。

我们走新疆的书还没有出来，他们走黄河的书已经问世了。在此之前我已经从《花城》杂志上看到并且阅读了林白的《枕黄记》，读完之后还是大吃一惊，我没有想到的是《枕黄记》带给了我很多新鲜的阅读经验，林白凭借这本书重新打开了她的写作，找到了新的写作资源和写作的形式，这本走黄河的书不仅提升了游记本身，也是林白的一个突破和她不断面临的新的起点。

林白的笔完全是一支生花的妙笔，她用强劲的写作，产生了关于黄河的事实，这是我的感叹之一。整个的《枕黄记》的叙述的调子都非常的清亮，一扫林白小说当中的阴郁和低沉，变得阔大和高远。整本书让我想起了青海的谣曲的节奏和简约，透漏出的气息是十分的健康明快，这是我们往常从林白的小说里很难碰到的情绪。

我想出门行走对女作家来说绝对是一件好事情，对于林白来说，确实使她漂亮地终止了一贯的小说语调，给我们带来了耳目一新的声音和想象。

我觉得林白的《枕黄记》已经超越了一般的游记，实际上这仍旧是一本小说，只是这是一本纪实色彩浓厚的边缘文体的佳作。林白在这本书里数次启程，仿佛不断地面临一个起点，林白不断地从北京出发，从黄河的入海口那里上溯而行，直到黄河的发源地青海，整个的旅程在叙述上是一直向着一条河流的源头挺进的过程。

这种向着一条河的源头进发的叙述让我想起了类似的文学艺术作品，比如康拉德的《黑暗的心脏》、卡彭铁尔的《消失的足迹》、科波拉的电影《现代启示录》，这些作品都是向着一条河的挺进，不同的是他们所上溯的河流分别在亚洲的越南、拉丁美洲的亚马逊河，还有欧洲的河流。但是林白要上溯的是我们的妈妈河，这条多灾多难的河流这几年传来的消息都是断流的消息，和下游的水段经常枯竭的消息，这样一条也许已经在垂死的河流，一个作家对她的上溯能够为我们带来什么样的惊奇？

在《枕黄记》中，林白彻底地变成了一个诗人、摄影爱好者、游客、人种学家和地方志搜寻者，在《枕黄记》的文体上我们也可以感觉到她的非常自由的变化和叙述，把一本游记变成了一本生命力更长的貌似小说的东西，在向着高原不断挺进的历程当中完成一个作家的自我的超升和解放。

一个有生命力的、生长性的作家，是要不断地超越自己的写作的，否则他将会在读者失望中渐渐被遗忘乃至抛弃，没有比读者更水性杨花和势利的了，但是作家需要面对的恰恰是他本人，他超越了他自己他就获得了生命力。

林白是一个极具生命力和变化的作家，我看她凭借这本《枕黄记》，牛刀小试就超越了她的写作和我们对她的想象和固有的看法，给我们带来了新鲜的阅读惊喜。

祝勇的文学世界

最近，祝勇将他的文化随笔多种，由辽宁教育出版社出版了8册文丛，分别是《美人谷》《远方的上方》《中轴线的都城》《旧宫殿》等等。这些文化笔记，都弥漫着一种哀歌、一个咏叹的气氛，是对一种文化遗存的凭吊。

作为熟悉祝勇的人和文的老朋友，在读到他的《旧宫殿》之后，我还是吃了一惊。一开始，我还以为这是一部历史小说，因为这部作品的开头，他用的就是小说惯用的叙述腔调，在描绘明朝初年的一段史实，就是朱元璋死了之后，他的儿孙们展开的关于皇位继承权的血腥争斗。但是接下来我发现，这是一个集合了结构主义小说、历史纪实、文化散文、电视片解说词的深度文学脚本等等的一个综合文本，是具有相当的实验性和批判性的文化散文体，应该可以归入当下勃勃兴起的“新散文”的范畴里。

早年的祝勇曾经经历了被人称为“青春美文”的阶段，此后，祝勇的写作开始了不断转换，他开始关注文化史上的失踪者和被遗忘者。然后，祝勇总是在我们差不多已经形成了对他的固定看法的时候，改变了自己的写作形象，令所有熟悉他的朋友们，瞬间感到了惊喜、震动和惶恐不安。

祝勇的这个《旧宫殿》，简单地说，其实就是说故宫的来龙去脉的。但是，他在讲述故宫的来龙去脉的时候，却涉及很多深层次的文化问题，比如什么是历史、暴力、中国酷刑文化和恐惧机制、皇权更迭问题、中国建筑理念、太监和宫女文化、阳具崇拜、文化封锁与文化专制等等，真是刀刀见肉，一下下的，都砍到了那个金碧辉煌的旧宫殿背后，我们几千年来所形成的封建文化的要害，砍到了我们文化病症的根子上去了。

作为职业小说家，我首先对他的这部作品的结构大为赞赏，因为一方面，这些年中国作家在结构上的畏缩与委琐不堪，令人失望，因为文学作品的结构是最能够检验一个作家的创造性才能的，结构是预先设定的一个叙述的框架，有什么样的结构，就有什么样的内容，作者在表达之前，选择了什么样的结构，就预示了作者即将呈现的才能。现在，我们从各种文学选刊上看到的东西，大都是没有什么结构意识，一上来的叙述腔调，就是黏稠得如同人体恶心的分泌物般的拉杂叙述，非常让人受不了。

祝勇在写他的这个蓄谋已久的《旧宫殿》，采取了中国建筑理念的对称布局，分别是火（上、下）、宫殿、阳具、宫殿、血（上、下），这样的结构使这部作品非常严密，在这里，祝勇多少有些别具用心地把阳具放到了他对称的中心部位，类似堂皇的宫殿的大殿，强调了阳具象征，在他的这部作品中间的中心位置，用关键词火、血与阳具，来象征了我们文化中最触目惊心的内核，从容地展开了他的叙述和描写、侦察和现场勘探的视线，把这部作品建筑得非常坚实。

作为学者型散文家，祝勇在这部作品中展露的小说家才有的叙述和虚构才能，也很让人兴奋。这种写法出现在散文写作中，拓展了散文的想象空间，增加了趣味与阅读快感。他在描绘这部作品中的一些主人公，比如朱棣，比如一个被送进宫中接受去势的孩子的时候，用优秀小说家才有的虚构的想象性叙事，准确地描绘了一种历史情景，使他和我们都有了当下性和在场感，使这部作品弥漫着一种十分生动和苍茫的气息，宛如黄昏之下太阳光在巨大的宫墙上的慢慢消退，这样类似绘画手法的运用，使作品本身内部充满了氤氲的气息，非常饱满丰盈。

那些关心散文写作的人们，肯定会对这部综合了很多文体特征，但是在深度上又毫不懈怠的作品，发出一声兴奋的尖叫或者满意的叹息，因为通过《旧宫殿》，我看到了祝勇勇敢的实验精神，和在写作上的极大的进取心，正是这种写作上的自觉意识，使他的这部作品在当下的文学环境中，有了十分独特的、耀眼的文学品质。

范稳笔下的西南大地

范稳在推出长篇小说《水乳大地》3 年之后，又出版了他的藏地三部曲的第二部《悲悯大地》，继续着他对西藏高地的神奇描绘。可以说，《悲悯大地》是难得一见的本土出产的魔幻现实主义小说，因为他和早年那些单纯模仿拉丁美洲魔幻现实主义的中国作家完全不一样，他的这部小说，似乎是在西藏和云贵高原一带十分自然地生长出来的，没有别样文本的参照和模仿，作者只是根据那片神奇的土地上的历史和人神共居的文化传说，来写成了一部神奇的作品，给衰朽浮躁的汉语小说以新生命复苏的迹象。显然，在这部很厚重、长达 35 万字的小说中，蕴涵着范稳的小说史诗的梦想。

与《水乳大地》超过百年以上的小说内部时间不一样，《悲悯大地》就显得单纯得多了。小说通过了一个藏族青年成长的历程，讲述了一个人朝向神性的精神世界奋进的艰难和百折不挠。于是，在非常宏大的背景下，善与恶、人与自然、人与人以及人性内部的挣扎，显现了一个复杂刚强的世界。

小说的主线是讲述一个人在寻找传说中的男人应该拥有三件宝物的里程，在几十年的时间里，个体生命被严酷的自然和复杂的精神环境所引导的相当复杂的纠缠与争斗，充满了扣人心弦的情节。小说的结构清晰，小标题是最好的提示，把复杂多变的历史本身给有条不紊地凝练了，使那片神奇的土地，成了可以被语言和记忆讲述的母体。阅读和重视这部厚重博大的小说，可以让我们领悟到文学为什么会存在的原始理由。

范稳早年写过一些城市题材的小说，甚至还写了一部关于海瑞的传记小说，这说明，过去他一直在寻找着自己的写作资源和方向。每个作家其实都拥有自己独特的、别人根本就无法替代的写作资源。

范稳似乎也走过了这样的一条弯路，但是，当他真正把目光投到了自己生长的云南和西藏大地上的时候，他好像得到了某种天启，豁然开朗，他只是需要把那片土地上像果实一样悬挂的传说和本土民俗宗教文化，轻轻地用手摘下来结构起来就可以了。这是一个举重若轻的写作过程。阅读这本小说是相当令人愉快的，因为它确实超越了大部分当代人的经验范围，也超过了很多人的阅读视线，是一部非常难得的小说，注定使范稳成为我们这个时代独特和杰出的小说家。

蕴涵史诗梦想的大地

——评范稳的长篇小说《水乳大地》

在《百年孤独》当中，加西亚·马尔克斯讲述了两百年来拉丁美洲的孤独与温柔，奋斗与挫折，甜蜜与神奇的历史和现实。不仅如此，《百年孤独》还树立了一个新的榜样，就是在今天这个被称为消费的时代、解构的时代、碎片的时代，史诗其实并没有死去，它照样是一些雄心勃勃的人的梦想，照样也是读者内心的热切期待，关键是如何去发现自己本土的神奇，如何去创造小说本身的神奇。这就像尽管我们很多人，都读过最近100年来最重要的小说之一《百年孤独》，但是我们并不会期望这样的小说，真的会不断再度在我们的身边出现。因为这意味着难度、折磨、雄心和面对孤独的深重考验。

云南作家范稳的新作《水乳大地》是难得一见的本土出产的神奇的小说。说这是一部本土的神奇小说，是因为他和早年那些模仿拉丁美洲出产的魔幻现实主义的中国作家，完全不一样，他的这部小说，似乎是在云南和西藏接壤的地方，十分自然地生长出来的，没有别样文本的参照、模仿甚至是照搬，作者只是根据那片神奇的土地上的历史和传说来写作，就成就了一部神奇的作品。于是，范稳似乎没有费什么力气，就写出了我们自己土地的神奇，写出了日渐衰朽的小说新的生命复苏的迹象。

显然，在这部很厚重、长达38万字的小说中，蕴涵着范稳的小说史诗的梦想。这其实也是很多有雄心的作家的梦想。超过百年以上的小说内部时间跨度的小说，一般总是被称为史诗，可是史诗传统，和像盲诗人荷马一样扮演伟大的说书人的角色，已经不是今天这个影像时代很多作家的选择了。

在这部小说当中，西藏和云南交界的地方，那里神奇的传说，和在灵界和生界游走的灵魂，完全是共生的，小说的主线是讲述藏传佛教、天主教和纳西人的东巴教，在100年的时间里，彼此之间的相当复杂的纠缠与争斗，小说当中，骑鼓飞行的法师、天主教企求上帝显灵，结果上帝果然显灵的神迹比比皆是，尤其是天主教和藏传佛教进行百年争斗的场景，都充满了扣人心弦的描绘。

这是一个举重若轻的写作过程。阅读这本小说是相当令人愉快的，因为它确实超越了大部分当代人的经验范围，也超过了很多人的阅读视线，是一部非常难得的小说。小说的结构相当考究，是一种向心的结构，从世纪初开始，第二章则讲述世纪末，然后是第一个10年和80年代，最后回到了西藏的一个新起点：50年代，在那个年代里，“西藏”和平“解放”，进入了新的历史时期。

小说这种向心结构，似乎把复杂多变的历史本身给有条不紊地梳理了，使那片神奇的土地，成了可以被语言和记忆讲述的母体。在时下的作家大都趋向于一种时尚化写作的情况下，阅读和重视这部厚重博大的小说，可以让我们领悟到文学为什么会存在的原始原因和根本的理由。

金色的女人和灰色的男人

——评张抗抗的《作女》

我对女性主义题材的小说说不上多么的喜欢，这是因为我站在男人的立场上。因此，功力颇深的作家张抗抗的《作女》出版后，我感觉这样的“作女”她所干的一切，都是“作”出来的。而张抗抗显然也在批评着这样的女人。

这是一部好读的、没有阅读障碍的小说，语言也很清新明快，带着鲜明的、泼辣和细腻并存的张抗抗的叙事印记。小说中所创造的形象，或者说关注的对象，则是现今社会很有代表性的女性，是时下一个很特别的社会现象，我又对这类女人很熟悉，因此，阅读这部小说的时候，我还是时常流露出会心的微笑来。

在这部小说中，张抗抗首先就发明了一个词：作女，或者，是她使这个词与一类人完全联系了起来，创造了一些崭新的文学形象，这是她这部小说的最大贡献。

我向一些人讨教“作女”这个词的读音的时候，他们告诉我，这个词是北京的土话，意思是瞎折腾的女人。这个词从东北到东南，据说都可以听懂它是什么意思。可见现在作女的活动范围主要在大城市——我原先是一个西北佬，整天和游牧民族打交道，确实是第一次听到这个词，觉得很新鲜。

作女的大量出现，甚至是有些甚嚣尘上，是最近几年的事情。我想，这是那些女性研究专家和社会学家特别应该注意的事情。张抗抗在这部小说的一开始，就点明了一个女主人公卓尔（听听这名字，简直是卓尔不群嘛!)，不仅结婚了，而且又离婚了，于是，她完成了人生的主要任务，就要干一点别的了——作女诞生了，到后来，作女因为精力充沛而不断地制造着两性的废墟。这部小说着重讲述了几个三十出头的女人，变成作女的过程，我看小说完全可以改成“作女折腾记”了，这个过程和当下的生活是如此的合拍，又如此的繁花似锦，她们游刃有余，一方面利用她们性别的优势，另外一个方面则利用了经济社会的法则，把人生当作一场消费和盛宴，在社会和男人的世界里愉快地跳着危险的刀竿舞，不断地躲过那些危险的情形，然后获得了游戏的最大快乐和最大的满足。

当然，小说的结尾似乎令人不过瘾，一些作女太若即若离，和男人没有发生特别壮阔雄浑的正面相撞，以至于有些人物的命运一点也不惊天动地，反而有一些静悄悄的，作女就获得了自我的胜利。小说中的男人多少都有一些灰色，因为处于作女年龄的男人们，正是人生最为劳累的时刻，他们上有老、下有小，还要挣钱养家糊口，而这个时候偏偏又碰上了作女这样浑身已经刀枪不入或者已经什么都不在乎的女人，那还不是死路一条？结果玉石俱焚，尤其是男人们剩下了一个自作自受的结局。

作女是今天一个特别值得关注的社会现象，因为经济地位的提高，一下子使得这样新型的女人大面积应运而生，她们把男人玩弄于股掌之间，甚至，她们并不需要男人——比方说，现在到处都有男性性义具和震荡器在卖，还要男人干什么？要他们的体臭吗？张抗抗用全知全能的视角，带着一种说不上欣赏也说不上批判的眼光，给我们贡献了一堆作女的形象，提醒那些社会学家们和稍微聪慧的男人们注意，今天的女人已经发生了如此巨大的变化，可是男人对女性的要求、家庭的古老功能以及社会容纳这样的女人的软空间，都还没有实质性质的改变，是到了正视这样的女性现象的时候了。

此前，我们通过一些文学作品读到过一些作女折腾的个案，和被作女“摧残”的男人的文学个案描绘，都不如张抗抗这部小说从标题到内容的层层递进的分析来得痛快，来得如此的密集和酣畅淋漓，来得惊心动魄而又像是一场作女的狂欢和庆典。

作女的世纪已经登场了，男人们是不是要么远远地躲避开，要么就准备一同构建两性的废墟？张抗抗没有给我们一个标准的答案，我们还是要自己去回答。

五个兄弟的抗战别史

——评张者的长篇小说《零炮楼》

这是一本关于五个兄弟在抗日战争时期的命运之书。让我先来告诉你这部小说的结局吧：“咱二大爷们有兄弟五个，只有老二贾文柏是善始善终的。老大贾文锦受伤不愈暴死，老三贾文清迷路淹死，老四贾文灿被枪毙，老五贾文坡被鬼子用刺刀挑死。”我知道，在一开始的时候，作者曾经想给这部小说起名字叫《血兄弟》，但是当它出来的时候，小说的名字已经变成了——《零炮楼》。

按照我阅读小说的习惯，我要先读小说最后一句话，这结尾的一句话，往往是作家要告诉我们最后的、最为关键的、最浓缩的信息。在这部小说的结尾，编号为“0”的炮楼已经消失了，就像小说中的五个兄弟死了四个一样：“……你会隐隐约约地看到，炮楼壕沟的痕迹，成了一个大圆圈，像一个巨大的零字。”战争以日本人修建的炮楼被完全摧毁，只留下了一个影影绰绰的印记为结束，而这个印记，直到今天，还促使曾经遭受日军欺凌的中原人的儿子张者，写出了这样一本把战争的残酷与恐怖，化成了某种冷色调的幽默来讲述的书。

也许，《零炮楼》的叙述稍微有些慢，故事的进展在50页之后，才渐渐地开阔了起来，所以，我劝那些阅读这本书的读者，你一定要读到50页之后，在那之后，整个小说的人物命运开始了真正的、激烈的变化，个体命运在大历史之中的茫然和果敢，血性与复杂性开始显露无遗，而张者这部小说的真正意义也逐渐地清晰了。显然，张者是无意于写一部中规中矩的所谓抗日战争题材的小说的，他关心的是历史背景中人性的真实表现，而人性的复杂性和阴暗面，在过去的有关中国近现代战争题材的小说中，很多都是被简化和脸谱化的。过去，我们看到了很多这样的小说，简单化，粗暴，人都是单面的，没有深度，被历史的恍惚给抽空了。

而此小说的叙述语调就很机智奇特，是张者的一大发明，他用的是“咱”——咱二大爷、咱二大奶奶，这样的叙述，确定了小说的语调。同时，也决定了叙述者采取的角度、态度和视线。小说的语调是非常重要的，语调决定了一部小说的内在的张力和进度，使读者被纳入一种连续的语感中被感染，然后进入阅读的香甜和快感。

这部小说就可以带来这样的效果。而小说的叙述魅力和张力，也陡然地闪现了。尽管按照小说的题材，可以把它归入所谓的“抗战题材”的小说，可是，很显然，这本小说和我们记忆深处的、影响了我们整个童年记忆的那些小说完全不同，那些小说是《小兵张嘎》《吕梁英雄传》《地道战》《地雷战》《烈火金刚》等等。阅读张者的这部新作《零炮楼》，一边被他冷色调的幽默所感染，一边使我产生了很大的疑惑：这本书的作者，是那个写出了长篇小说《桃李》的同一个张者吗？放着《桃李》所营造的新校园小说的风潮，他不继续前进，他为什么要写这么一部历史题材的小说？

我们知道，一个作家的写作资源是有限的，而且是可以度量的，但是，同一个张者，却写出了一部关于抗战题材的小说，他是从哪里挖掘出来的资源呢？对于他能够结构出这么一本无论在他自己的创作经历中，还是在当下的长篇小说中间都显得极其独特的小说，我还是感到了由衷的钦佩，和阅读的巨大快乐。

小世界里的大风景

——评张者长篇小说《桃李》

描写大学校园内外和知识分子生活为主的小说，名作有两本：《围城》和《小世界》，前者是已经过世的钱钟书老爷子的不朽之作，现在也是年年再版；后者是英国后现代派代表作家、文学教授戴维·洛奇的作品，也是一本品位和趣味都很好的畅销书，在欧美是很有名的，中国也出了三个版本。现在，我们又有了一本可以给我们带来类似上述的两部作品相同的阅读快感的小说——《桃李》。作者是一个新作家张者，这本书刚刚出版的时候，他给我说，你要是看了这本书，肯定拿起来就放不下了，我根本就不相信，心想我读过上万部小说，让我拿起来放不下的还真不多，当代作家和当代写手的就更不多了，大多数都是垃圾，我不把你这本书半价卖了就不错了。

但是我拿起来这本《桃李》，确实是一口气读完的。小说很好读，写的是以北京大学法律系一个法学教授“老板”和他的几个研究生的生活为素材的校园生活，由此展开来伸展到我们很熟悉的当下社会生活的各个层面，尤其是因为小说的主人公都是法律系的师生，所以还涉及一些精妙的生活中和情感中的法律问题，小说的铺陈与叙述特别细密，我觉得张者在这一点上有女人织毛衣的耐心和缜密的心思，在结构上，有一些《儒林外史》的感觉，在小说主线的推进中，不断地交代一些次要人物的故事，并且把这些围绕在主要人物“老板”边上的次要人物一个个打发了，仿佛走过了一条死伤枕藉之路，然后迎来了结尾和高潮——老板神秘死亡，身上有 108 道伤口，每一个伤口中都镶嵌着一颗闪亮的珍珠——这是有些惊悚有些骇人又有些通俗的结局，把大学校园这个小世界里面的大风景写得淋漓尽致。

因为比较了解知识分子生活和当下城市生活的原因，我阅读这本书感到相当快乐。张者的语言很幽默，是那种轻型的黑色幽默，恰到好处，所以会情不自禁地笑个不停，这本小说令人会心的地方很多，我原来想，因为当下生活离我们近的原因，是很难写出彩来的，要么过了，有猎奇的嫌疑，要么就是弩着劲儿写，特别不像样儿，这里面的度是很难把握的。张者不愧学过中文，又接着学习了法律，他把情感与理性的关系在这本书中拿捏得十分准确，火候掌握得特别到位，使我们发现，原来今天的大学校园生活早就不是恬静淡然和一片净土了，校园生活甚至比我们想象的还要精彩或者触目惊心，比方说有同宿舍的博士，一个杀了另外的一个然后跳楼的——这个情节好像在北大真的发生过；也有教授的女儿后来成了高级三陪女——这就有综合生活和想象的成分了，总之在张者的笔下，今天的大学校园已经是声光电色，特别繁荣繁杂繁复，在貌似平静的生活的表层下面，却有着激越的水流与暗流，有着炫目的风景与可怕的诱惑。

由于今天已经是一个经济社会和某种程度上的法治社会，这本小说也不断地在经济社会和法治生活之间游走，人物命运的设计或者说是他们自己的抉择，也有着千差万别，是今天这个光怪陆离的时代所特有的，张者已经为我们塑造出一些鲜明的人物，提供给了新时期当代文学的人物画廊，他写出了令人信服的小世界里面的大风景，他这本书也是我们当下文学和阅读界的一道风景。你要是忽略了这本书，你确实遗漏了一道美妙的风景。

照相写实主义的力作

——评韩东长篇小说《小城好汉之英特迈往》

韩东是一个文学马拉松的绝佳选手，从他在文学上的起跑算起，到如今可能有近30年的时间了。而且，他还在拼命跑，丝毫没有松懈、没有放弃的样子，总是能给我们带来新的惊喜和阅读期待。他新近出版的新作、长篇小说《小城好汉之英特迈往》，就让我眼前一亮。从小说的名字上看，一开始，我还以为这是一个英文的音译名称，这让我想起王刚的那部很不错的、和英语及英语老师有关的小说《英格力士》，但是，我后来才知道，这“英特迈往”，是我们汉语中一个接近湮灭的成语，指的是人的牛屄哄哄、英姿勃发的那种感觉和状态。我不知道老韩为什么会采用这么一个看上去像英文音译、可实际上却是我们老祖宗留下来的标准汉语成语作为书名，他这么做，是不是有反讽的含义在里面？在今天英语作为国际强势语言横行天下的情况下，你看满大街有多少日用品的品牌，用的都是不中不西的名字，他这么做，来了一个釜底抽薪，从命名上让我们有陌生感，以为是向英语音译致敬，实际上，他是拿湮灭的汉语成语来嘲讽英语音译称霸天下的状态吧？

回过头来说他的这部小说。韩东小说，大部分都与他的生命状态共时空，是“与生命共时空”的文字，他很少写他自己经验和体验之外的事情，他也很少触及到完全凭想象来天马行空的那种东西，他的长处在于，他都是一种小叙事，从很小的事情，从很紧密的人物关系，展开密度很大的叙事，将一种写实主义的精神发挥到极致。比如他的

《我和你》，就是细写男女之间从恋爱到结婚到分手的整个过程，类似超级写实主义和照相写实主义，事无巨细地、不厌其烦地将生活中的一些细节展现出来，多少有些工笔的意思，但是他剪裁也很用力，废料绝对不保留下来。在他的小说《扎根》当中，通过对父亲下乡的回忆性描述，他复原了一个时代的朴实无华的图景。那种叙述扎实、平实、准确、有力但内敛的语调，实在是老韩基本功高超的证明。

而我读这部《小城好汉之英特迈往》，感觉很亲切。这是我们共同经历的时代和共同拥有的回忆，虽然，我比老韩小 10 岁左右，但是，他所描述的那个历史阶段，那些生活、那些人群和个人，也都在我的生活中、在我的记忆里存在着。里面的每个人物，我居然在我的记忆里都能够找到原型。这真是我没有预料到的。尤其是他对 1980 年代的把握，其逼真的写实程度，完全可以和绘画中的照相写实主义相媲美。这部小说的情节并不复杂，小说通过后来成为画家的主人公“我”的叙述，展开了对现在时代往前追溯三四十年前，一群少年在一个县城里的荒草般成长经历的描述。

小说描绘了一群人和一个个的个人，他们的命运，最终就形成了我们周围兄弟姐妹的真实命运。表面上少年们英特迈往，可实际上大家都是时代玻璃罩里面找不到出路的苍蝇。阅读这部小说，我想起来，只要我回到了我自己成长的那个小城市，我就可以看到很多从这部小说中走过来的人物。而在小说的叙述时间上，基本是线性的，但是韩东却跳跃性地进行着讲述，将一些强烈的地方突出地用了更多的笔墨，而将一些并不重要的细节一闪而过。大量时代的游戏和风气，流氓和恶棍的独特生活，在这部小说得到了逼真的记录。比如，在我们共同经历的这三四十年的时光里，有些记忆是无法磨灭的，像小说里写到了 1983 年“严打”的情况，这部小说描述了当时枪毙犯人时候带给观赏者的那种刺激，以及子弹费还要犯人家属出的细节，都是我的记忆里活生生经历过的，虽然我和老韩相距三千公里，但是场面和细节竟然一样！这就是历史吊诡的地方，它们被老韩再次逼真地展现了出来。

我记得，我的一些同学和父亲单位同事的孩子，很多都在1983年“严打”中落网了，有的还被判处了死刑给枪毙掉了，我还想起来，那年的某一天，我们蹲在单位门口，一个同学就在我们眼前拦截骑自行车的人，连抢了6个人，只抢了十多块钱，可是碰上了“严打”，他就被判了重刑，多年后他出狱了，却发现时代已经完全变化了，他根本适应不了这个金钱社会，结果又继续抢劫，最终被枪毙了。我因此也写了一个由18篇小说组成的系列小说《西北偏北》。和那个时代有关的小说，类似的还有苏童的“香椿树街系列”小说和王朔的一些小说。

而在韩东的这部小说中，在他的多少已经完全平静的、波澜不惊的叙述语调中，一个个少年的生命顽强地在像草一样生长，又不经意地被历史的大手无情地抹掉，被历史的肛门无情地排泄，被时代的车轮无情地碾压了。但是，老韩在展现这些人物命运的时候，他并不给出一个价值判断，也不对历史进行评判。因为，可能他认为，历史事实就是这些，记忆就是这样，而人的命运也大致如此。这里面即使有不公、有荒诞、有匪夷所思的地方，但是，无论对小说的叙述者，还是对作者老韩来说，似乎都是无所谓的，都是需要用零度的感情来叙述的，任何夸张的、矫情的、抒情的方式，都不适合展现最近30多年的历史。

从这部《小城好汉之英特迈往》上，我看到了未来汉语小说的某个写作方向，那就是一种抽空了强烈感情和是非分明的价值观的指向。韩东的这部小说里的零度的叙事语调，明显地带有超越了价值判断的特质，他不光是复原了被宣传语言和钦定教材所叙述的历史真相，即使是复原了这样的真相，他最终也导向了一种感情表达的零度，只是展现给我们看。在我们复原了那种受到了意识形态语言所污染的历史真实之后，我们照样看不到所谓的真纯和正义，迎接我们的，仍旧是无边的空虚和荒诞。

疗救心灵的旅程

——评徐坤的《春天的二十二个夜晚》

徐坤在出版这部小说之前的小说，大都是对新儒林的知识分子生活和精神状态的温和而又犀利的讽刺，语言放肆、坦荡、准确生动而又充满了悲悯情怀，堪称女大侃，但是，她的小说的主人公基本上都是他者，是她之外的人物，是被她打量、剖析、关爱和讽喻的人物，个别小说涉及女性体验和女性视角，但也是与真正的自己有着相当的距离。因此，当我读到她的第一部长篇小说《春天的二十二个夜晚》的时候，还是十分吃惊，因为作为熟悉徐坤的人与文的老朋友，我被她的这部小说和她自己的生活的如此零距离、对自我全面和毫不留情的揭示与评判给打晕了，甚至相当的感慨——她这是彻底地通过这部小说，来揭示了一个个体生命、一个女性的成长与情感的痛苦与欢欣，寻找与失落，狂野与沉迷，游戏与庄严，坦荡与隐私，告别与怀念，救赎与迷茫，激愤与平静，豪放与阴沉，其描绘与叙述赤裸、大胆与真实得让你动容——不管是害怕还是被感动了，总之这是一部疗救心灵的灵魂书，对于她自己尤其有着巨大的意义。

小说完全是自传或者半自传的，在我看来，是她可以告别自己过去生活的一个生动的留言，她在追述了自己情感生活的失败的同时，也疗救了自我，为她重返生活的现场，找到了一条明亮和勇敢的道路。

小说故事情节的时间跨度有十几年，追述了女主人公从大学毕业到恋爱结婚，一直到婚姻结束，然后继续追寻圆满的情感归宿，在北京生活的全部过程。北京这十几年的变化也成为小说主人公生活的背景，因此，可能过了很多年，这部小说都会成为关于今天的北京城市与情感生活的一个留影，一个脚注和鲜明的印痕，只是这个印痕如此刻骨铭心地烙在了徐坤的心灵深处。当下很多女作家、美女作家都写出了和她们的生活与身体距离很近的小说，但是大多都是以一种炫耀和矫情的姿态出现的，谁都没有说出自己真正的病，而徐坤对自己的困惑、失败、狂迷与挫折如此完全的坦露，我没有从更多的作品中看到，小说对今天关于爱情和情欲状态的探讨十分的具体与广泛，把时代内部的浮躁、混乱对个体生命与情感的巨大影响与击打进行了描绘，在个人的情感悲喜剧背后，其实描绘了一个时代的病症。

除了微妙具体而又缩略、逼真地叙述了主人公爱情和婚姻形成的过程和最后解体，小说还讲述了女主人公在后来和两个男性的情感与情欲的纠葛，最后得出的答案相当令人震惊：她和他们原来都是病人，而病人和病人在一起，是不能够互相使对方痊愈的，也许还会使对方的病症更加的严重，必须有健康的人来拯救和共建生活的穹顶。所以，小说的结尾，女主人公告别了伤感的、无望的或平淡的感情，准备耐心等待一个健康的人来共同重建她的日常生活。

这个答案是非常有震撼力的，显示了女性的独立判断和满怀希望，她的乐观精神、自愈能力、信心与期待。因此，即使是这部小说因为与生活太近，几乎是一种零度的叙述，造成了一种叙述节奏的紧张；它的形式也没有太出奇的地方，但仍旧是一个耀眼的文本。她除了对徐坤有着如此巨大的意义以外，也给今天如何走出自己生活的阴影的所有女性，追述了疼痛与抚摸的结果，讲解了如何疗救心灵的勇敢旅程。

阎连科：触碰历史中坚硬的东西

——阎连科长篇小说《四书》评论

我算是最早读到阎连科《四书》这部长篇小说的人之一，因为做文学刊物的编辑，我就每天都在当下文学生产的现场。因此，很早读到了这本书的电子文本。

对这部小说，第一，从形式上，我十分喜欢，现在，很多作家写作，有没有形式感特别重要。我跟连科交流，说你这个小说是一种“（伪）书摘体”——假装有四本书，他进行书摘。这种书摘体的小说，在人类小说史中不是太多，所以，这也是中国当代小说家特别应该具有的一种东西。因为，形式就是内容，我们看到，最近20年的获得诺贝尔文学奖的作家，都发现了或者自己的作品都具有独特的形式感。没有一个作家还在用19世纪作家的写作手法在写作。

还有一点，我自己感触比较深的，就是中国作家下一步应该写什么。我觉得，一个伟大的作家，就应该以文学的方式，去触碰历史和现实中那些坚硬的东西。坚硬的东西现实里面有，历史里面也有。连科这一次写《四书》，选择了历史，就是大跃进和大饥荒的年代是我们中国人20世纪一个最惨痛的记忆。所以，在内心深处，我也谢谢连科，能让我复原、靠近我的父辈们无法讲述的一个东西。

我的父母亲经历了那个年代顽强地活了下来，到现在，饥饿还是他们深刻的记忆。但他们根本就无法向我讲述那些年代里到底发生了什么事情。现在，《四书》以文学的方式结构了那段历史，并以罪感忏悔和升华了人性。我记得，去年看了新华社老记者杨继绳在香港出版的书，是关于中国三年自然灾害饥荒大调查，叫《墓碑》，它是一个新闻性的历史调查文本。但是，读连科这本书，给我带来的震撼远远大于杨继绳精密的调查，因为，小说中，它是个体生命在里面一个个的挣扎和毁灭，曲折的命运都是震撼人心的。而新闻类作品和小说就是不一样，伟大的小说能够通过一个人或几个人命运的变化深深打动我们。

当然，就《四书》而言，缺点还是有的，比如，我觉得连科有点举重若重了，有的细节值得推敲，比如里面那个右派的管理者，那个孩子，在十字架上上吊，我不知道作者这么写，是不是给西方人看的呢？是不是你预设了一个白人、基督教文化背景的读者来读你的书？这一点是我很不喜欢的。再有，就是连科有用力过猛的地方。似乎在拗着劲儿在写，有些拧巴。而《四书》和《圣经》故事的关系，也是评论家也可以热烈讨论的话题。但是，在中国文化里面，原罪和赎罪概念，都和西方的不很一样。因此，这里面就有一个问题了。

最近，我有一个突出的感觉，就是中国当代小说的好作品出来一些了，最近我连续读了五六部长篇小说，感觉都很不错。

首先是贾平凹的《古炉》，那是一部63万字的作品。小说题材碰的是“文革”，小说的叙事紧密到了像筷子插到浓粥里都不倒的感觉。然后，是连科这个小说，让我获得了当年读《日瓦戈医生》那样的震撼。这种灵魂的震撼是久违了的。再就是王刚的《福布斯咒语》，他以78万字的篇幅，直接面对当下社会，塑造了中国新富裕阶层和中产阶层的困惑，非常难得。另外一个，就是刘心武先生写了《刘心武续红楼梦后》八十一回至一百零八回，这样挑战大众神经的写作，丰富了汉语小说的风貌。

还有刘震云的长篇小说新作《我不是潘金莲》，直接面对荒诞的社会现实中，一个持续寻求说法的农村妇女的故事，也正面对抗了时代的溃疡，是刘震云一部不妥协、很幽默的荒诞现实主义小说，非常好。

冯唐的长篇小说《不二》，书写了精神和肉体的狂乱景象，令人匪夷所思地拓展了汉语小说的边界，让我觉得年轻作家的前途不可限量。这部是没有出版的作品，我看了电子文本。非常有意思。

我发现，其实中国人、中国作家内心深处是没有多少禁忌的，而且，有些作家已经不为出版或者别的目的写作了，不畏惧金钱和权力的势力了，这是一个特好的事。所以中国作家进入了一个特别的、蓬勃地、超越自我的状态，能够硬碰硬，能够不为很多利益的东西来写作，而连科是这里面首屈一指的作家。

穿越秘境之地的歌

——梅玉宝诗集《秘境踏歌》读后

有一颗诗人的心，那么，这个人的人生就充满了浪漫的情怀和热爱生活的气息。

梅玉宝就是这样一位怀揣着一颗热气腾腾的诗心的人。你看，他工作那么繁忙，足迹广布西南、西北、东北边地，可是，无论走到哪里，他都能够以诗人之眼去观察，以诗人之心去体察，以诗人的情怀去丈量天地万物和一草一木。因此，再辽阔的大地对于他也不旷远，再深沉的黑夜对于他也就不孤独了，再寒冷的季节对于他都是温暖的，再酷烈的阳光对于他都是一种馈赠。这其中，和诗神的相遇也是不期而遇的。下面这首诗歌，简直有着徐志摩《再别康桥》的神韵：

樟木小镇，我的情人（节选）

走一走，我的樟木小镇！
石板路上回荡着我们的足音，
山谷间飘漫着我们的笑声，
徒步丈量这袖珍的山城。
樟木小镇，我的情人！

听一听，我的樟木小镇！

满巷子里弥散着尼泊尔的风情，
酒吧的异国音乐是你心脏跃动的声音，
飞流直下瀑布是你血液在血管中流动，
与你的肌肤鼓荡、相亲。
樟木小镇，我的情人！

樟木小镇，我的情人，
不想说再见，我愿与你私奔。
在喜马拉雅深处筑室为家，
红日是我们的喜帖，
山月是我们的油灯，
希夏邦马峰是我们的屋顶，
羊卓雍措是我们的脸盆。

樟木小镇，我的情人！
小尾叶猴是我们养育的孩婴，
藏羚羊黄羊野驴是我们亲密的芳邻。
我愿与你携手走过漫漫路程，
我要让你伴我走完今生。
樟木小镇，我的情人！

因为他热爱着这一切，热爱着人生中每一寸的光阴，以及生命旅途中碰到的每一个人。他把所有的相遇，都变成了诗歌，留影在这里，让我们品尝他的心灵的酒酿。这首《樟木小镇，我的情人》可以说是进入梅玉宝诗歌世界的一把钥匙，是他诗歌风格的集中体现。

就是从这首诗歌，我们可以看到他饱满的情怀，以及在藏地边陲的小镇上，感受到的美好的心绪。这是多么热烈的、清纯的诗篇啊，写出了这样的诗歌的人，也是一个饱含热情的人，是一个大写的或者用脚在大地上写诗的人。

诗人也必定是最有爱心、最懂得感恩的人。我们再看他另外一首《妈妈的手》，副题是："谨以此诗献给我最挚爱的妈妈。祝愿天下的妈妈永远健康快乐平安幸福，祝愿天下的儿女经常孝敬陪伴妈妈，让妈妈安心、放心。"

妈妈的手是那样的温柔。
每当我在梦乡中酣睡，
仿佛妈妈的手就在我的肩头，
我依偎在妈妈的怀里，
对这个世界我再没有任何奢求，
可每当我从梦中醒来，
思念的泪水常常打湿了我的枕头。

妈妈的手是那样的绵厚。
小时候这双手常常抚摸我的头，
帮我拍打身上的尘土，
帮我洗去脸上的泥垢。
同小伙伴玩耍不小心摔了跟头，
又是这双手给我的腿脚不停地
不停地抻啊，不停地揉，
生怕青紫和肿块在我的腿上留。
……

什么时候才能再拉着妈妈的手，
我真愿时光倒流，
再回到我的孩提时候。

什么时候再拉着妈妈的手，
我今生今世再也不松手……
我要给妈妈戴上一双精美的手套，
让温暖流进妈妈的心头。
为了妈妈这双手，
我愿一百年痴痴的守候……

这样的类似谣曲般，有着歌唱般的节奏的赞颂妈妈的诗篇，可以唤起我们每个人内心深处对母亲的爱。这样一唱三叹、不断回旋的诗歌，真的既有“诗”也有“歌”了，是可以直接谱曲并用来歌唱的。而且，对母亲的爱是人类共同的爱，是相通的爱，但是在梅玉宝笔下，则显得那么的强烈，执着，饱满，深情，温柔，动人。

除了上述并不多的几首新白话诗，梅玉宝的这本诗集，收录的大部分都是旧体诗。我不大懂古体诗，但是阅读这些旧体诗，我觉得梅玉宝的写作延续了中国古代诗歌史的一个伟大的传统，就是记事、感怀、赠友、抒情、纪历，我们可以跟随梅玉宝的这些诗篇，和他一起走遍祖国山川大地，一起走过他所咀嚼和酝酿的时光。他在这时光里，打捞着诗歌的月亮，像李白一样挥洒着豪情。

比如这一首《沱沱河》，就有着唐代边塞诗派的那种豪迈和大气、空旷和辽远的气魄，简直是王维再世了：

涓涓万河源，
巍巍昆仑山。
千折出绝壁，
百转历险滩。
无声润厚土，
有情沃中原。

滴滴慈母泪，
饮者惜其甘。

有一颗诗人的心是幸福的，人生因此而变得多样和美满，并被涂抹上了丰富的色彩。有一颗诗人的心是美丽的，因为，在穿越人生的秘境过程中，世界从此和原先我们看到的已经大不一样，具有了万物有灵般的光芒。

这就是梅玉宝的这本诗集带给我们的启示。

童话，只来自童心和诗意

——林一苇《我也曾如你般天真》评论

在读林一苇的童话之前，我不知道童话是可以这样写的：可以写得这样丰厚肥美，这样充满神性，这样飞翔却没有翅膀的痕迹，甚至没有翅膀，这样执着、任性、充盈诗意和对世界诗意的反诘。不，不是不知道，知道了我也不敢相信。在他的童话中，天真和意蕴、朴拙和诗性、平凡和神性瞬间沟通。他的语言没有沟壑却充满波澜，不断涌起的语言波澜，唤醒了我对天地草木的亲近和对童话的敬畏。

大人们的装嫩不是童话，远离生活的儿童小说不是童话，为着一个寓意或者道理编造故事也不是童话，无边无际地做梦也不是童话。什么是童话也许有人知道，因为有标本在，譬如《小王子》，再如《夏洛的网》，但是大部分人都是懵懂的。想想看，写出《人的大地》的圣埃克苏佩里是怎样的胸怀，写出《这不是纽约》的怀特的纵横开阖，即使有人知道，他又怎么敢写。我一直认为，写出好童话的人，他的身份应该不仅仅是童话作家。因为低到只能写流水账的人是写不出颤颤童心的，而高到云端的人又会被人性和生命的终极意义折磨。写童话需要一颗高到极处又落到尘埃里的悲悯欢喜的心，这种大悲之后的平静和复杂之后的简约，和简单平庸的无知是有天壤之别的。

林一苇是一个诗人，这让我对他的创作充满信心。在他的前两本童话中，我感到了新鲜和惊喜。《一只小猪飞上天》是可以和当代世界上最优秀的童话并列的，但那时我猜他也许是偶尔为之，况且，他的童话实在太短，一篇一篇看喜悦非常，但一本书看下来又觉得参差不齐。直到读到他最近的童话《我也曾如你般天真》，我才真正地欣喜和敬重起来。一个人写篇好文章并不难，难的是他写出一本一本的好文章，难的是他用简约的字写出极易坠入简单无味的童话（林一苇的童话里极少用成语和生僻词）。这本书不但承袭了他一贯的诗意和跳跃，更加凝固了他隐秘的纯粹和神性气质。更可贵的，是他一直保持着的新鲜的童心。要知道，在这个社会上保持童心已经很难，而保持一以贯之的童心，尤其难。这种童心，不是大人装孩子的童心，也不是用纱布过滤的童心，更不是用化学药品浸出来的童心，是赤裸裸的童心，是赤子之心。还让人欣喜的是，他作品中后现代的影子，这一点，我认为是他的童话贴近大众和生活的根本。别看到后现代就和佶屈聱牙挂上钩，有小孩的人都知道，儿童的语言是最后现代的。孩子们会用最新鲜的感觉和最直接的反诘，说出简单朴素、无厘头而且充满诗意的话来。《一棵树怎样可以成为森林》《七楼上的爱情》《机器人》《给我养个酒窝吧》就是这种意趣的代表作。这几篇童话童心沛然而妙趣横生，枝枝丫丫而心魂统一。像一个外观浅淡蓝绿正常的湖泊，你走近才知道，里面有许多美丽的漩涡，而你是愿意走进的，因为湖泊里有穿绿衣服的水妖冉冉升起。读林一苇的童话，是大开放、小心跳、大喜悦。

作为揭秘者的林一苇有着理所当然的尴尬，“他的童话是给成人写的吧?”“林一苇的童话孩子能看懂吗?”童话只来自童心和诗意，来自善良和慈悲的最底部。只要是人，只要懂得文字的意义，都可以看懂，区别在于懂多少和怎么契合自己。如果非要抬杠，那么我要问，那么多的父母干吗要让牙牙学语的孩子背诵唐诗?粗鄙的语言让我们学会表达，诗歌和纯美的童话才可以温暖我们的心灵。好的童话，大人需要，孩子也需要，大人懂，孩子也懂。说孩子不懂的人一定不懂孩子，因为孩子没有成人的执见和挂碍，更容易穿透语言和人心。

城乡巨变与诗意的文化追挽

——姜明长篇小说《寻根》阅读笔记

没有料到姜明捧出了这么一部好作品。老实说，起初我也就是随便翻翻，不想一翻就陷了进去，且越读越欢喜，越读越为老朋友姜明感到高兴，我想说的是，这本出版于岁末的新书，应该算是2012年度全国长篇小说的一个很不错的、值得重视的成果，它在一些文学应该表现的领域的涉猎和探索，有着鲜明的个人风格和执着的文化诉求。小说在讲好了一个优美的故事的同时，还带领读者走进了奇幻的民间文化丛林。我看出了姜明的野心，他是想溯源中国的传统文化、民间文化，并以一己之薄力，为文化的保护和传承鼓与呼，可以说是用意良苦、胆大心细。古往今来如此立意的名篇佳作可以车载斗量；而姜明的贡献在于，他将对文化的追挽和忧思，置放于现今中国这样一个城市与乡村正在发生历史性巨变的重要关节点，借变革之快捷、之巨大、之彻底，衬托保护之必需、之迫切、之关键。姜明的高明在于，他不是一种苦大仇深似的控诉，而是深情款款的谈心，让人在获得愉快的审美体验之后，恍悟深意和禅机。

长篇小说的大厦，首先是由语言的砖块垒就的。我要先说一下《寻根》的语言。语言好，作品才有感染力、穿透力，古人云"言之无文行之不远"，就是这个道理。可以说，没有一位作家，不是苦心孤诣地经营自己的语言。但事实却是，并不是每一位作家都有独特的语言表达形式，或者说，并不是每一位作家都能拥有完美表达自己思想的文字技巧。很多作品有着深邃的思想内涵，但却少了富有魅力的文字表达，这样它就少了可以飞翔和超越的翅膀。《寻根》表达的是非常严肃的主题，但姜明却首先让作品飞扬起来，这得益于文字的修炼和妙用。《寻根》的叙述是沉静的，缓慢的，但文字却是明亮的，轻快的，换言之《寻根》的语言是极美的。有些语言，如果把它分行，其实就是诗歌，而通览全篇，不论情节如何变化，场景如何转换，那淡淡的诗意，那氤氲的芬芳，始终让人如同沐浴在森林里，呼吸的是草木精华，获得的是朗朗乾坤。《寻根》的语言有时极为俭省，近乎白描，动词担纲，活灵活现；有时则浓墨重彩，繁华复沓，工笔细摩，回音绕梁。语言服从于情节与细节，让人读起来舒服极了，如春风拂面般熨帖，又如白鹤亮翅般轻盈，偶尔还有些看似漫不经心的闲言碎笔，却如珍珠般明媚光洁。姜明能把语言用得这样潇洒，就算先不提《寻根》的思想价值，我想其文字技巧应该是风华宛然、光彩难掩的。

再说小说的骨架——故事。《寻根》的故事并不复杂。一个美女在地震中神秘地失去了记忆，失去了籍贯、身份证明和亲朋好友。由此她开始了漫长的寻找：寻根，寻找未来。在成都平原广阔的城市和乡村出入穿梭，在传统文化和现代文明中浮沉和迷失，以白纸般的履历重构人生，经历苦痛、撕裂、重组和新生。在成熟的心智下，以婴儿般的目光见证着城乡土地的嬗变、农民市民的流转、经历着急剧变革的壮阔时代一个普通人物所有的迷茫、战栗、欣悦和幸福。在寻找过程之中，个人的过往历史与浩大的土地上民族的文化记忆巧妙穿插，个人的前途命运与高歌猛进的城乡进程浑然一体，个人的生命密码与传统文化基因的流失和存续环环相扣……

到这里，我们就明白了，《寻根》是一本思考文化的书。失忆是痛苦的，但是就在主人公开始寻找记忆的那一刻起，她的凄迷身世，就被这个北纬 30 度上的古老城市所收容和安妥；在诗意的叙述中，波澜壮阔的城乡巨变，没有遮挡住主人公文化寻根、民俗传承的艰苦努力和美好追求。主人公的经历表明，个人的失忆，其实是无碍未来生活的，但是，文化的失传、失真呢？

姜明的狡黠就在这里。他用一个简单、轻松，但是充满悬念的故事，把读者吸引进去，然后使用大量充满隐喻和象征意味的道具、情节、人物、场景，在帮读者追问和解答主人公个人命运的同时，让读者领略传统文化、民间文化的魅力，感知现代社会对传统文化、民间文化的剥蚀和追挽。隐喻和象征，全书比比皆是，比如说书中经常出现的“寻根”，到底是指主人公追寻自己的记忆，还是指主人公失忆前对中国民间文化的溯源？比如说那一面核桃木盒子盛装的镜子，究竟映出的是今天的使用者的脸庞，还是古代女书一去不回的镜像？比如白鹤村那有上百年历史的老院子和500年历史的古井，代言的究竟是陈腐的、没落的旧日时光，还是悠久的、芬芳的古老文化？比如说理县迷宫般易进难出却存续千年的桃坪羌寨，究竟是封闭保守、偏安一隅的落后堡垒，还是巧夺天工、自成格局的“大地的华表”？比如说毁于民族战争战火、涅槃于现今中国的台儿庄，它那簇新的外表是否可以真正复活一个昌明古城的文化DNA？最重要的主人公本人，她是台湾人，还是大陆人？她是民间文化访问者，还是城乡变革的推动者？她是地震的受害者，还是“两岸同源”的中国文化的受益者？她是一个万众瞩目的当代美女，还是一个骨子里都是唐风宋韵的古代穿越女？……这一本读起来无比轻松的书，掩卷深思时，读者似乎可以有太多的疑窦需要破译。

知识作为小说的配料，可以成为小说有趣的作料。姜明在书中放了很多有意思的民间文化的作料，这方面他有着非常精彩的表述，比如对羌族的民歌会、祭山会、释比作法等场景，都作了照相般写真的叙述，我们可以通过他的文字还原现场，身临其境。这是迄今为止我看到的最翔实的关于这几类场景的描写。他写得很好，很精细，写的不是说明文，是融有自己感情和感悟的真性情文章。越是民族的，越是世界的，对这类非物质文化遗产的抢救和保护，姜明做出了自己作为一个文字工作者的最大贡献。这得益于作为记者的姜明多次深入羌族聚集地的采访和积累。当然姜明可能也有点“私心”，他跟我讲过，他们这个“姜”姓，就是羌族的后裔，“羊的儿子是羌，羊的女儿就是姜”。从这个意义上来讲，他好像是在给自己的家族“修史”。

另外《寻根》还有一个显著的特点，就是大量四川元素、成都元素的涌现，比如宽窄巷子呀，琴台路啊，五朵金花啊，密布字里行间，总让人想起李劼人和巴金的作品。据姜明介绍，琴台路和宽窄巷子距离巴金的慧园很近，而三圣乡的五朵金花就在李劼人故居后面。这当然是一种巧合，但这似乎又是一种必然，在大师们生活过的土地上，在现今这样高速工业化、城镇化的时代背景下，“死水微澜”之后，新的“大波”必然骇浪喧天，记录当下，描绘新“家”，启迪未来，新一代的作家责无旁贷。

总的来看，《寻根》这本有着重大时代背景、满怀文化担当使命、充满浓郁成都地域风情的作品，故事性很强，画面感十足，很适合改编成影视作品，在我看来，也很有可能成为四川或者成都的一张新的文化名片。如果外地读者能够通过阅读这部作品认识四川、走进四川，进一步了解和喜欢四川，并且能够心怀文化，有所颖悟，我想，这应该是作者最期望看到的事情吧。在此，我也希望对姜明他们这套丛书的组织者，成都市文联表达谢意。“大地民生”，这个品牌足够响亮，希望能够坚持做下去，比如，我所就职的刊物就有个广告词，“人民大地，文学无疆”，意思也差不多，让我们共勉！

顺便说明一下，20 多年前，我和姜明都是中学生里的文学爱好者，我在西北新疆，他在西南四川，隔着几千里的距离，共同的爱好让我们鸿雁传书，惺惺相惜。由于种种原因，姜明有很长时间没有进行文学创作，最近两年他终于又回归文学，他是一个多面手，在中长篇小说、诗歌、评论和散文方面，都有了一些可喜的收获，我特别高兴。就在我写这篇小文的前夕，传来了他的诗集《万物生长》获得了第七届四川文学奖的消息。我为姜明的成就感到骄傲，我也为四川文坛冒出的这一匹黑马感到高兴，在这里我也特别想跟姜明说：好兄弟，希望你能够坚持写下去，能够成为全国文坛的黑马，到那时，我在北京为你喝彩，给你庆功！

徐虹：青春晚期可安好？

——评徐虹中篇小说集《青春晚期》

最近，接连看了徐虹的十多部中篇小说，惊异于徐虹默默的写作姿态，和她所达到的新成就：无论是小说的题材还是小说所切近的当代城市生活的深度，她都是眼下最重要的中篇小说家。中篇小说这个体裁，在1980年代大放异彩，是因为文学杂志的兴盛，1990年代之后，书籍出版的发达和文学杂志的衰减，使得中篇小说的重要性在下降。到了最近的10年，中篇小说的创作，渐渐平稳地恢复到了一个常态。但是，在中篇小说上用力勤并贡献出了好文本的作家并不多。而徐虹则让我惊喜地看到了她对中篇小说这一体裁的精细把握、足够的耐心和写作新成绩。

首先，徐虹贡献出了非常重要的一个文学符号："青春晚期"，这是进入徐虹小说世界的门径。青春晚期，既是对某种年龄的概括、对特定人群的概括，也是对一种人生状态的精确把握。从人物地理学上来说，徐虹的小说大都是以北京作为叙事的背景的，但徐虹从来都不强调她的北京土著身份。她非常注重深入到人物的内心，去探查当今城市人的精神状态。我常常说，一个人30岁之后才可以写出好小说，徐虹正是这样一个例子。她一直供职于国内最重要报纸之一，做了多年的编辑记者，等到她觉得自己有足够的把握写好小说的时候，她才很认真地开始写作。在这部由七部中篇小说构成的《青春晚期》中，像《夏日姐妹》《起风了》《十二夜》《我和病人的秋日下午》，以及没有收入这本集子的《逃亡者》和《温的血》，几乎每一篇都令我惊喜，篇篇都浸透着徐虹精心观察生活、体验生命、打量城市所得出来的智慧。

徐虹的小说有着安之若素和静水深流的气质。她的叙事语调从容淡定，大气而平实，却有一种内在的灿烂。比如，中篇小说《起风了》就描绘了一个成长事件的过程，如同一颗种子从发芽到生长，然后凋谢的全部过程。环境是一个文化单位，具体说是北京一家外文局下属的文化部门，有男人，也有几个女主角，他们之间，自然地有些情感的纠葛——这是这部小说着力的地方，用不着我去详细重复，最后，一个结果诞生了——凡是需要选择的，最终都要有所选择。于是，我们看到了日常生活中的男人和女人，在表面平静的状态下的内心挣扎、难以选择和波涛汹涌，完成了徐虹对日常生活的深入书写。徐虹一般都给自己笔下的人物以出路，这显示了她的悲悯情怀和盼望一切安好的心，最后她笔下的人物总是可以平安地渡到生活的彼岸。而从小说《暗金色》的名字上，就可以感受到一种神秘力量左右生活本身的暗示。小说讲述了一个中年男人成元和年轻姑娘小稳在1990年代发生的故事。小说的结尾，“他们曾经风花雪月的地方，也已经在城市的版图上消失。”如果我们视整个生命为一趟一旦开动就无法停止地奔向终点的火车，那么命名就是一个过程，而小说，叙述这样一个过程，同样和生命乃至宇宙的节律都合拍。

职场生活也是徐虹喜欢使用的人物背景。《青春晚期》中，风子、安子、小白、老杨，这些人在城市的巨大幕布上投影出一种关系的变化和组合，小说里面的警句惊心动魄：“真诚换不来婚姻，游戏还有几分婚姻的可能。”徐虹对女性体验和视角的把握也是非常用力的，《我和病人的秋日下午》就是一部这样的作品。她巧妙地使用了多重的视角，让人物自己出来叙述，将现代都市精神状况异常的状态呈现得细致、精确而生动。这是因为徐虹在媒体工作多年，信息量巨大，见多识广，她能把小说人物安放到北京的任何一个地方，尤其是那些玻璃幕墙大楼的后面。而且，我发现，虽然她的小说中常常有“我”作为叙述者，但是她找到了和自己写作对象的恰当距离，“我”不是我，而是一种观察者的绝妙角度，耐心地给我们描绘城市生活的边边角角。

徐虹的小说之间，在人物关系上彼此有着一定的联系，比如，《十二夜》中间，风子就出现在别的小说里，但是似乎又不是同一个风子，是千百个女孩子，在你的面前幽然地浮起，面目如同湿漉漉的花瓣，成了城市生活的注脚。十二个夜晚，造就了人生中永远的节点式记忆，并使人物的人生发生改变。《成喜》中，是成元的姐姐成喜出来叙述，而《夏日姐妹》中，风子的好朋友玄则出来讲述自己的故事。这样，徐虹的这几部小说，就以人物之间的微妙和复杂的关系，形成了人物关系的一个圆环，让我们看到了一群城市人的内心肖像。这预示着徐虹走的是一条细致地描绘和梳理生活的道路，预示着她能精妙观察生活的纹理，体验并且雕刻出转瞬即逝的情绪和心灵悸动的形状，发掘埋藏在我们面无表情下面的一万个情绪的断面。

徐虹小说的叙事语调冷静，客观，但是有着心理叙事的强度，她总是在描绘一个个看似平常的生活场景，但这样的生活中，则暗含着巨大的波澜。日常生活中有刺，漫不经心的叙事中会裸露出来，让人有些心惊肉跳。而我们了解人性的丰富性，以及对当代城市的洞察力，都会随着阅读徐虹的小说而有所进步，直到破损的生活得到悄悄的修复。

我经常为她冷静地描绘一个看似平常，实际上暗含着巨大波澜的日常生活场景与过程感到有些心惊肉跳。在她的笔下，你常常可以看到一双宛如摄影机一样的客观化的眼睛，在观察着处于青春晚期的人们的挣扎和叫嚣，在和你一起随着生活场景的移动而移动，那些当代繁华的都市生活的表面之下，总是汹涌着欲望和欲望遭到挫败的暗流，而这暗流被她捕捉，并且让它露出狰狞的牙齿，或者是寒光一闪，于是我们瞬间懂得了一些道理。因为日常生活的魅力是如此巨大，在我们阅读完了她的小说之后，总是可以从中得到一些经验，避免今后犯傻。

我喜欢徐虹小说的另外一个原因，是她找到了和自己写作对象的恰当距离，而摈弃了“我”这个如今太多的女作家喜欢用的字眼以及视角，没有任何自恋的成分，简直可以说令人惊喜。这可能跟她当了多年、而且现在仍旧在当着的记者职业有关，徐虹的写作有着一个优势，就是她可以完全不用考虑太多的个人因素，就将一个生活中的画卷，徐徐地展开，直到破损的生活得到悄悄的修复。

《青春晚期》是徐虹的发轫之作，徐虹的这部小说，注定预示着她将走一条细致地描绘和梳理生活的道路，预示着她会非常精妙地观察生活的纹理，体验并且雕刻出转瞬即逝的情绪和心灵悸动的形状，发掘埋藏在我们面无表情下面的一万个面孔。

可以说，徐虹的这部小说集，成为她献给我们的一部关于城市，女性，当代生活，婚姻，爱情，心理状态和境遇的绝佳样本。在这个意义上，徐虹通过系列人物与故事，进行一次次“青春晚期”的城市情感和环境的小说探险，她获得和提供的，也是我们关于当下、关于情感、关于青春生命褪色过程中的无奈、美妙和复杂的经验。这使我不禁想问：“青春晚期可安好？”

的确，城市生活是变幻的，斑驳的，很难把握的，而徐虹的写作姿态一开始，就和那些以时尚化写作标榜自身的写手完全不同。在徐虹的笔下，生活十分难得地表现出非常具体、美妙和精微的面貌，这肯定和她长时间的积累，还有对生活的深入体验与观察有关。我觉得，写城市生活的好作家并不多，前些年，那种书写外在城市符号的“美女作家”比较走红，现在，她们又在哪里呢？而徐虹则以她的十多部中篇小说，稳稳地摘取了杰出城市小说家的冠冕。

女人历史的神话讲述

——评徐小斌的《羽蛇》

徐小斌是一个多才多艺的女作家，她不仅小说写得好，还会剪纸，有着很高的美术修养，作为影视编剧，也有不俗的成就。她善于从女性角度，结合人类文化学来观照和打量现今世界的存在，是一个有着独特贡献的当代小说家。

在我的眼里，徐小斌的《羽蛇》早已经是一部经典作品了。几年前我读到这部作品的时候，我就认为这是90年代十分重要的长篇小说，或者说，一部经典已经在我们的身边诞生。但是，就像这部3年前出版的长篇今天重新再版所暗示的一样，它遭受了被漠视的命运——喧哗和浮躁的时代漠视了它。而今作者和有心的出版社在新百年的开端，再度把它推出，已经显示了这部作品的生命力——这几年，又有多少泡沫和热闹的作品消失在垃圾堆里了呢？

当读者被大众媒介牢牢地牵引在当下生活的声光电色之中时，当新人类小丫头们尖叫着“告诉我通往下一个威士忌酒吧的路!”，迷失在今天彩灯高悬的城市开心馆中的时候，谁在回望女人的历史？谁能够将女人的黑暗记忆重新复原？

在这部《羽蛇》中，徐小斌就给我们讲述了女人的历史，女人的百年孤独。在这部小说的序言当中，徐小斌引用达利对女人子宫的描述：它像火一样红，闪闪发光，喷着蓝焰，流动、温暖、黏稠——暗示了进入这部小说之门：它是关于女人——人类的整个的另一半的描绘和解读，关于人类母亲的神话讲述。

小说的时间背景大约有100年，从清朝末年一直到20世纪的90年代，通过对五代女人的历史讲述，进行了百年中国历史的另一种讲述——这是优秀作家的才能，他们可以将个人和个体的心灵史牢牢地和社会历史粘贴在一起，从而再造了另一部历史。徐小斌就通过这部作品再造了一百多年来中国女人的历史。这部小说把五代女人的历史神秘地化入了时间的河流当中，揭示出女人的基因，并描绘这个基因在一代代血脉的流传和变异当中的自我复制、自我更新、自我审视和自我毁弃。

这是具有相当雄心的写作设计，也是相当考验一个作家的写作才能的事情。但是，当我读过这部小说，我就决定对它发出赞扬之声，因为对于我来讲，批评首先就意味着赞扬。徐小斌在这部小说当中实现了她的想法和写作的雄心，从而为当代文学贡献出了一部杰作。在这部小说当中，徐小斌并没有用时间的线形叙述的老套套，来讲述又一个百年家族史——那是巴尔扎克和马尔克斯的叙述方法，而是将叙述的线头随意而又巧妙地在纷乱的历史和时间的长河里轻松地拽出，运用了多种的叙述技巧，将复杂的女人历史和一些佐证女人特性的资料任意穿插，故事情节也神秘莫测，而尤其需要提到的是，徐小斌的语言飘逸灵动，而且，散发着一种神秘的巫气和幽深的水井气息，想象力奇崛，并且，她在写这部小说的时候，调动了她的人类文化学、精神分析学、女性研究、神话原型理论和历史知识的几乎全部的知识系统，从而使这部作品具有了经得起时间和阅读考验的特质。

我用不着重新讲述这部小说的情节了，我想引用徐小斌在自序当中的一句话："神话的时代结束了，但是母亲却是存在的，是母亲决定着一代又一代人的诞生。"那么，我可以说，徐小斌用这部小说讲述了我们共同的母亲。

在苍天般的阿拉善写作

——张继炼其人其文

我认识张继炼也有几个年头了。最早还是在内蒙古文联举办的中青年作家高级研讨班上认识的。我去呼和浩特讲课，下来聊天的时候，就认识了这个精壮和诚朴的阿拉善人。后来，继炼给我寄了一个短篇小说《羊肉》，我很喜欢。小说里那种对羊和羊肉的书写，到了非常精巧和我几乎边看边闻到了羊肉的味道的地步。然后是大前年，我和评论家雷达先生一起去阿拉善一游，路上都是继炼兄陪同。那次壮游阿拉善，在我的记忆里印象非常深刻，阿拉善真的是苍天般的阿拉善，天高地远，无限辽阔和寂寞，空旷和荒芜。我们从阿拉善左旗往西北方向走，一直到达额济纳，看了金黄的胡杨林，以及黑水城遗址，然后抵达内外蒙的边境口岸，又南下进入到甘肃金昌的卫星城，然后折返到阿拉善南部沿着巴丹吉林沙漠的南缘，到达阿拉善右旗，还去了沙漠里面，看到了很多大地上的蓝色眼睛般的沙漠海子。回到了阿拉善之后，几天的行程里，和继炼就建立了深厚的友谊。因此，他出版这本小说集，一定要让我写几句，我就写一些对他的人和小说的一般认识，供读者朋友们参考。

继炼兄经历丰富，他是医生出身的作家。早年他先上卫校，后读医学院，在牧区卫生院从事临床医疗工作，看病行医十载余；后来成为预防医学专家、卫生防疫站站长、疾病预防控制中心主任。不过，文学写作早就萌发在他的心里了。他告诉我，他和我一样，都是从十几岁时就开始写作。不同的是，他先是写新闻稿，还得过好新闻奖，是阿拉善历史上获得省级好新闻一等奖的第一人。随着年岁渐长，他阅历渐多，就转入了文学创作，主要写小说和散文。这么一写就是30多年，也就有了读者眼前的这本小说集。这是他长期坚持，执着追求，笔耕不辍的成果。

可以说，他从医30年，后主动放弃拥有着某种权力的政府公务员身份，转移而入文联，当编辑和作家，是需要某种选择的勇气和献身精神的。最终，他和鲁迅、郭沫若一样，弃医从文，搞起了专职的文学创作和文艺行政管理工作。也许，在他的价值观里，作家可以窥探到人的灵魂，其吸引力必定比当一个医治人的贫乏肉身的工作重要。这些年来，他不仅勤于创作，还搞起了地域文化研究，自费注册了阿拉善文化文学艺术研究会，成为推动阿拉善地域文化研究的专家，同时，甘为阿拉善的地域文化研究和文学创作人才推动的人梯，团结了很多作者。现在，他是国家一级作家、副主任医师，又是中国散文学会会员、中国散文家协会副会长，还担任了内蒙古作家协会副主席、内蒙古文艺评论家协会理事、内蒙古文艺理论研究会会员、阿拉善文化文学艺术研究会会长、《阿拉善文学》主编等职务，成就斐然。

检视张继炼的文学创作，我知道是很丰富的。他写作近30年来，一共创作有200余万字的作品。他先后在《人民日报》《中国作家》《文艺报》《文学报》《作家报》《天津文学》《羊城晚报》《朔方》《草原》《内蒙古日报》《杂文报》《阿拉善日报》，香港《成报》《散文诗世界》等报刊发表有数百篇小说、散文和报告文学；出版了散文集《阿拉善之最》《秘境阿拉善》《西部的风》；小说集《把你的丈夫嫁给我》，长篇小说《拒酒记》等。他还编辑、主编了文学类图书20余种；作品收入全国20余种版本作品选集。《拒酒记》获内蒙古“五个一工程”奖、“索龙嘎”政府文学奖。中篇小说《酒罪》曾获《小说选刊》全国二等奖。

在繁忙的行政事务之余，写下了这么多的作品，让很多人汗颜。

在他的第一本小说集《把你的丈夫嫁给我》里，主要收录了继炼创作于上世纪八九十年代的小小说和部分短篇小说，代表了他小小说和短篇小说创作的水平，他在小小说上用力勤勉，创作的数量和质量都不错，可以说，也代表了内蒙古乃至全国一个时期的小小说创作水平。这一时期他的小小说出现在《羊城晚报》《杂文报》《内蒙古日报》《草原》等国内重要报刊上，小小说《喜糖》《寿衣》《黑乳罩》《酒罪》《顽症》《蒙古包》等6篇作品收入《当代文学作品精选小说卷》（作家出版社2001年10月版）。对小小说和短篇小说的技艺的锤炼，是他用力很勤的地方，从这本《遥远的牧场》里所收入的微型小说《救人》《喜糖》《寿衣》《黑乳罩》《斗石》《环境》《卫生纸要涨价》《熟人》《相亲》《郑·傅主任外传》《到远处上厕所》《蒙古包》中，就可以看出他在小小说方面的长处。这些小说的结尾都很独特，往往出人意料，这是他具有高度概括生活的能力的体现。

内蒙古原文联主席、著名作家里快评价他的作品说："继炼的作品浸透着对社会生活敏感的捕捉和忧国忧民的社会责任感，传达了西部大量的自然、地理、人文、社会信息。所有这些都极具典型性，作家对生活的把握由此可见一斑。作品在情节的组织和推动上自然流畅，而结局则常常出人意料，思想内涵只于一刻间便得到升华。中国传统的小说框架思维在这里得到扬弃，这很让人想起莫泊桑短篇精粹的结构方式。其艺术效果往往是读者惊叹之余的深情回眸。比如，小小说《斗石》中，当待分配的年轻人只花了50元便将困扰千人机关的一大如驼之巨石深埋之后，单位领导等众多人物的愚蠢和可笑便一下子凸现出来，这只有深沉含蓄而又机智的作家才能做到。继炼在他的作品中张开的正是一双生活的，文学的，清醒的眼睛。因此，其作品许多方面都代表着内蒙古微型小说的创作水平。"可以说，里快先生的这些评价，对于他取得的成绩和达到的高度，是恰如其分的。

除了小小说，收入这个集子里的，还有继炼精心写作并且挑选出来的中篇小说三部：《父亲的那些酒事》《酒殇》《羊羊的母亲》。还收入了我很喜欢的短篇小说八篇：《遥远的牧场》《羊肉》《大戈壁》《拘留所》《把你的丈夫嫁给我》《冬日闲话》《不仅仅是郁闷》《山里的女人》。从这些小说的题目中，你可以看到，戈壁、酒、羊肉、牧场、女人、冬天等词汇成为核心的词语，也暗示了小说中所包含的地域特点和他小说的切入点，就是以地域文化作为依托，塑造这片大地上的人的生存景象。

作家安昕评价他的这些作品说："他的小说的语言是具有明显特质的地域性文学语言，即经过精心提炼的内蒙古西部语言，明快、简洁、干净，绝少连词结构助词与形容词，极具生活、文化质感。在看似平淡的语言表象背后，潜藏着丰富的非语言表达。而这恰恰是文学创作中最为精到的东西：深沉的表达流淌在文字之外。这又使我们想起了当年舒舍予从普通话切入的对老北京语言的改造。继炼的小说，语言自然、练达、明净，貌似简单，却有着哲学般的底蕴，并隐藏着独特的人格力量。"

朋友、师长的评价更多的都是鞭策和鼓励，写作是孤独和寂寞的。但是，坚持下来，就有收获。因此，这本集子的出版，无论对继炼兄来讲，还是对于我们来说，都是非常重要的。这是他中短篇小说和小小说精品的集结，是他向我们大家的一次汇报，更是他再度出发之前的一次检阅。我一篇篇读书中收录的这些作品，就能看到一个在阿拉善的苍穹下面，花了二三十年时间低头行走，埋头笔耕的身影，那个身影，就是张继炼的身影，而他用他在大地上观察和行走的人生经验所结晶出来的东西，就是我们眼前的这本书。

希望继炼兄今后写得更多，更好。

凸凹以及其他北京乡土作家

我和凸凹的认识已经十多年了，是老朋友。我对他的创作比较熟悉，我想谈谈他的小说。

凸凹的长篇小说《玄武》出版之时，我就认为，继浩然、刘绍棠、刘恒之后，凸凹是北京地域文学的一个最重要的作家。《玄武》气势恢宏，纵横捭阖，接续了由鲁迅开创的中国乡土文学的大文脉，是一部史诗性作品。我的判断，后来不断得到验证——当代很多评论家几乎都给予了很高的评价。比如，解玺璋就认为《玄武》一反已有的政治划界、田园牧歌等固有样式，开创了一种深入土地内部，本真呈现人的生存的新的写作范式，具有划时代意义。白烨也把《玄武》和蒋子龙的《农民帝国》一道，列入了2008年度农村题材的代表性作品。陈晓明在《南方周末》也称《玄武》有“全新品质，值得关注”。更让人惊喜的是，“建国六十周年”北京文艺评奖，《玄武》一路过关斩将，一举摘得了长篇小说的头奖，毋庸置疑地获得了北京本土代表性作家的地位。

北京西部作为一个独特的文化地域，在文学上让大家所认同和熟悉的，就是刘恒的小说。他写的《伏羲伏羲》《狗日的粮食》等一批作品，都是以京西门头沟地区为小说的背景，能够通过对某片特殊的地域上的人物的活动，来呈现一个种族和人群的人类学模式的生存景象，表达人类学意义上的存在图景，实在是高妙。等到我看到了凸凹（史长义）的长篇小说新作《玄武》的时候，我感到，刘恒后继有人了，最起码，写北京地域文学的，凸凹是一个不可忽视的存在。眼下，纯北京的乡土小说和地域文学，我看就是史长义（凸凹）了。而且，这部书可以作为改革开放30年大手笔书写北京乡村在时间变革中的缩影，是中国农村50年变革的全景作品。

青龙，白虎，朱雀，玄武，这四个中国古代的文化符号和动物图腾，可以用来阐释我们民族隐秘的世界观和象征视野。凸凹此前已经出版了多部长篇小说：《慢慢呻吟》《永无宁日》《欢喜佛》，那几部小说有涉及当下的题材的，也有探讨人性在物欲时代的变化的。但是，从深度和广度上，都没有办法和这部《玄武》比。《玄武》的出版一定会使关注他的人目瞪口呆、大惊失色，这本书可以说是凸凹埋头沉思构想和写作多年，给自己的中年和文学中途的一个献礼，一次总结。他这次一下子拿出来一个大东西，不仅篇幅在50万字之上，小说的内部跨度、时间跨度，也都在50年之上，可以说，凸凹在写作这本书的时候是怀着一个雄心的。而且，在写法上，凸凹具有匠心，有意识地运用了很多京西土语，以做注释的方式解释这些土语，是很有特点的。从外来的影响资源来说，从小说所追求的气魄和宏大的内部空间来说，他师从于美国作家诺里斯的《小麦三部曲》和澳大利亚作家怀特的《人树》，从小说的题材来说，他借鉴了两位乡土文学大师，一位是保加利亚写农村见长的作家埃林·彼林，另外一位是墨西哥作家胡安·鲁尔福。以这两个作家为师，他就给自己树立了一个很高的标杆。

早在多年以前，一次见到他，他和我大谈特谈埃林·彼林，而自诩为熟读几百年西方文学作家作品的我竟然真的不知道这个作家，而这个作家也出版过中文译本。我就从旧书店里淘来了埃林·彼林的书，那是一册1979年版的《埃林·彼林选集》。埃林·彼林所处的是19世纪末20世纪初期的保加利亚，因此，他也是描绘保加利亚农村生活的高手。而胡安·鲁尔福则是20世纪50年代墨西哥最著名的现代主义作家，一生只写过薄薄的两本小书，但是其小说表现的历史跨度，和对时间与意识的开拓上，都是20世纪首屈一指的作家。这两个作家从遥远的地方，带给凸凹以滋养，使他能够在小说的表现形式和营造小说内部时间跨度、结构丰富性上，得到很大的启发。

乡土小说，自1917年鲁迅的现代汉语小说集《呐喊》和《彷徨》之后，一直延续着一个杰出的小说题材的传统。这是因为，我们的国家就是一个乡土中国。从鲁迅、茅盾、沈从文，到孙犁、赵树理、贾平凹、莫言、阎连科，乡土中国的叙事成了中国现当代文学中的最值得研究和书写的历史。在这条宏大的脉线上，要成为其最新的果实，是不那么容易的，而凸凹显然做到了和这样一个乡土文学伟大文脉的接续，他的《玄武》，可以构成和中国现当代杰出作家所描绘的乡村生活的作品对话的地位和能力。在《玄武》的后记中，凸凹已经写明了上述我所谈到的文学传统，但是，他挑明了，即使鲁迅、沈从文等也没有给他带来压力，人与土地的关系是《玄武》的根本主题，他认为有关土地和人的关系的书，中国近百年的现代汉语小说中，“还没有诞生出一部像样的书。”这既是一种狂言，也是一种看法，同时，也表达了凸凹的雄心壮志。

那么，《玄武》写的是什么呢？小说描绘是一个叫玄武村的村庄，50年来，在中国风云变幻的当代历史中，人与人、人与土地的复杂关系，其间折射出地域的、中国的、人性的各个侧面的特征来。如此巨大的母题，在凸凹写作的过程中，却举重若轻，他远离那种传统的批判现实主义史诗的宏大叙事，而是用简洁的语言、暗示时代背景的对话、诗性的笔调，将历史这头巨兽释放了出来，将玄武村王家以及这个家庭和乡村的复杂关系，一一描绘，从历史到当下，从伦理到人性，给我们描绘出一出中国乡村的大戏。小说读起来很轻快，但是历史的阴影也紧紧地跟在后面，让人喘不过气来。《玄武》可以说是北京越来越稀少的乡村地域文学的最新的、最重要的收获。这一方面是因为北京正在变成国际化的大北京、大都市，而且她马上要和天津联结起来了，另外一个方面，描写北京乡村生活似乎是一个很困难的事情了。描绘家乡邮票那么大的地方，在伟大作家来说是一生的追求，而在另外一些人看来则难以操作。凸凹逆流而上，怀抱雄心，志在必得，终于捧给我们一道文学的大餐。北京西部的乡村史诗终于有一部了，继刘恒之后，新的乡土作家，在北京继续发扬光大，冲在前面的，是凸凹那宽阔的背影！前段时间里，作家出版社又出版了凸凹的中短篇小说集《神医》。他的创作实力和勤奋真是让我感佩不已。

我一直以为，长篇小说的成功，基本上是取决于“写什么”和“怎么写”，靠题材取胜，也要靠结构艺术。形式和内容最好完美结合。而中短篇才接近于刀锋一样的写作，大多要靠“怎么写”立身。“怎么写”，是文学技巧含量，更是艺术呈现的品质。所以，我对他的《神医》，在阅读上是更加用心的，而且还带着几分挑剔的目光。读过之后，对他的叙事技巧与能力我心悦诚服。在小说创作普遍推崇技术至上主义的风潮下，凸凹的《神医》以足够的自信，进行了一种反其道而行的“朴实”叙事，描写小人物的“常态生活”，揭示出人性最本质的部分——内心的温柔，足可以抵御外界的峻嶒与浇薄；精神的自守，足可以冲破物质的包围与挤压——生活的美好，最根本的，是取决于人的精神驱动和人性之善。

《神医》从始至终洋溢着温暖、和谐的色调，让人从内心里生出欢悦，感到阴霾里仍有明媚的光。对于文学当下的处境来说，《神医》更像是对人性崇高的一次次凭吊，它的理想主义色彩让人心绪激荡，因为它如此鲜明地对照出现实中文学与人间生活的隔膜，以及人们对于诗书之美的漠然。它也冲荡了当下小说的“阴私之气”，表现出对世道人心抚慰和浸润的社会责任和人文关怀。是当下小说中难得的一抹亮色。

小说集中的作品，整体淡雅，叙述从容，语言俊洁，其氛围、气韵、笔致以及语调都有汪曾祺之风，但与汪曾祺相比，作者不淡化环境、不回避现实，表现出在入世中“出世”的全新品格。因而就具有了时代的光泽和指归。可以说，《神医》是对汪曾祺叙事传统的弘扬与拓展，具有独特的文本贡献。进一步说来，凸凹的小说是土地上的生命叙事，能让读者找到自己的来路——虽荒山野土，蛮人陋事，却是人性生成和繁盛的地方。在阅读的同时，作品能够把读者带入“共同生活”的状态，因而建立起一种在“无罪之罪”中承担“共同犯罪”之责的文学伦理。

王国维认为，人生总的来说是一场悲剧，悲剧的形成有三种样相：

第一重之悲剧，由极恶之人，极其所有之能力以交构之者。第二种，由于盲目的运命者。第三种之悲剧，由于剧中之人物之位置及关系而不得不然者；非必有蛇蝎之性质与意外之变故也，但由普通之人物，普通之境遇，逼之不得不如是；彼等明知其害，交施之而交受之，各加以力而各不任其咎。此种悲剧，其感人贤于前二者远甚。何则？彼示人生最大之不幸，非例外之事，而人生之固有故也……

我看凸凹的小说呈现的就是这第三种悲剧。一切的悲情与怨事，都非由“蛇蝎之人”所造成的，也非盲目的命运使然，而是由乡土中的每一个人共同制造的——他们都不是坏人，也根本没有制造悲剧的本意，他们只是本分地扮演着生活“分配”给他们的角色，每个人都有为何如此行事、如此处世的理由，每个人的理由也都符合社会确立的人情与伦理——一切都是顺乎自然的发展，无可无不可，无是也无非，既无善恶之对立，也无因果之轮回；然而，正是这种自然状况下的“无罪之罪”，这些“通常之人情”，毫无预谋地制造了一个又一个的悲剧。

以中国的叙事传统，即：惩恶扬善、因果报应的陈旧模式作比，凸凹提供了一个超越是非、善恶的道德评价，而进入到经验的内部、人性的深度的全新文本。他的文字，有很深的情理，然而却是家常的。正因为是家常的，便有了质朴而准确的价值趣味，即：人性之真。

凸凹在长篇小说《玄武》的跋曾经说过这样一句话：“每束阳光都有照耀的理由！”这实际上是解读他作品的一把钥匙，他的写作追求，就是要用最柔软的方式，建立一种道德之上的道德、伦理之上的伦理。凸凹也曾经跟我说过，一个写作者，不是规则的制定者，也不是生活的评判者，而是人间信息的记述者和传递者，要按照生活的“逻辑”写作，而不是把自己的理由强加给生活，也没有必要采取高高在上的姿态，能够准确地呈现人间的真相便是写作的意义了。所以在凸凹的笔下，乡间人事，既原始又开放，即固守又旷达，既质朴又复杂，既高贵又卑贱，既宽容又褊狭，既正经又淫亵，既善良又恶毒……总之，都体现着对生活的照拂与尊重，好像是让“天道人心”自己说话。

凸凹生活在京西，《神医》中的小说，自然对京西的历史、风情、传奇多有描绘，因而也可以说是京味文学的最新收获。但小说风格独具，人的欲望和土地上的生态浑然交融，既描摹世象，又揭示人性，而且以悲悯的审视和批判为底色，深刻地揭示了中国民间的生存状态、情感样相和生活智慧，呈现出特有的文化眼光，与果戈理描写乌克兰风情的经典小说《狄康卡近乡夜话》有相同的品质，便超越了地域，是解读乡土中国，对国民性进行历史反思的形象读本。从这个意义上说，凸凹作为北京乡土文学的代表人物，不辱使命，为北京文学争得了荣誉，也使自己具有了更加鲜明的“符号”价值。

除了凸凹的作品，这次《天天》杂志还发表了其他几位北京本土作家的力作。比如，张溪芜的《臭墨》，就写得非常机智和丰富。“臭墨最初被人叫做臭嚼，臭嚼演变为臭墨无疑是岁月的造化。他高中毕业回到村里那年，正赶上评法批儒。”几千字的篇幅里，将臭墨这么一个小人物的历史和生命，写得波澜壮阔和风生水起，足见作者的控制力和叙述能力。这是一篇相当不错的短篇小说。

张爽的中篇小说《西厢记》非常令人惊喜，他把我们熟悉的

《西厢记》的故事安放到当代人生活中，创造出一种具有后现代色彩的精彩故事。对当下的日常生活，有着非常微妙的呈现，是一篇不可多得的作品。他的一组短篇小说，《我们》《小康》《老孙》等，也都可以见到他精湛的叙述功力，让我吃惊于北京本土作家的实力不可小看。很多优秀作家一直在民间，藏在郊区，但是却能放眼文坛和世界。张爽是一个严重被低估和不被重视的小说家，我期待他能迅速地进入到研究者和创作界的视线里。

许福元的短篇小说《牙印》写得也很机智，将人物的塑造和故事的叙述完美结合，使我们看到了文学本身的魅力，和小说的巨大张力。

上述几个北京本土小说家的作品，从题材上看，基本是乡土的，但是，又有着现代人的精神景象，他们像一排坚实的身影那样向我们走过来，我们必须重视。

现实蒸馏的小说酒酿

——评朱和风的小说集《去远方》

可能是我也做过报纸的十多年编辑记者的关系，我对记者出身的作家非常注意，也很喜欢。20 世纪里，外国的像海明威、加西亚·马尔克斯、巴尔加斯·略萨都是记者出身的好作家。当代中国作家也不少，比如须一瓜、哲贵、蒲荔子（李傻傻）等等。因此，浙江的朱和风就进入到我的视野里了。

记者变成作家，看上去似乎是顺理成章，实际上要进行艰难的蜕变。我曾经说过，“新闻结束的地方，文学出发。”这句话什么意思呢？就是新闻往往关心的是很新鲜的事情，都有着即时性、当下性，新闻新闻，当然是新鲜的见闻，三天之后新闻就是旧闻了。但是，文学不一样，无论是新闻还是旧闻，都可以拿来当作写作的素材。还有，写小说主要的才能是虚构，那么，新闻素材转化成虚构的小说，这需要一个人有着强大的转化能力，可以将那些新闻旧闻以合适的形式，独特的语言和虚构的能力，组织成一个圆满的叙事过程，这是并不容易的，需要才华和艰苦训练的。很多记者并没有这个能力。而且，新闻语言和文学语言是两回事，新闻的短平快和小说的长密厚，形成了很大反差。不是所有的记者都能当作家。

朱和风却成了一个很好的小说家。他长期供职于《宁波日报》，和福建的作家须一瓜女士一样，都跑过政法口。我觉得，跑政法口的记者要神经强健，思维敏捷，因为要和不少刑事案件打交道，不仅和活人打交道，而且有时候还要和有死人的事情打交道。那么，跑政法口的记者，转换成小说家看来是最容易的了，因为他们接触的都是社会比较极端的案例，都是人性的复杂和细微表现得比较充分的事件。人性又是小说最重要的表现内容，这是我在阅读朱和风的中短篇小说集《去远方》的心理期待。而《去远方》则满足了我的这种心理期待。

每个作家都会有自己独特的写作资源，而如何处理小说中的时间，是小说家首先要考虑的。朱和风的这本小说集收录了他近年创作发表的15篇小说（包括一部中篇《致命一博》），我注意到，基本上是来自新闻和旧闻。类似“时光蒸馏的小说酒酿”，散发着生活本身具有的复杂的味道，辛辣、甘醇、绵厚、滋味悠长。

可以说，朱和风以他大脑里独特的转换器，将那些材料转换成了一篇篇很有形式感，叙事紧密生动，人物个性突出，故事或离奇或平常，但是都是这个缭乱时代的一种镜像，让我们从中看到我们自身。小说《娱乐新闻》带有着鲜明的当下性，以明星老鬼来到当地城市，主人公“我”进行采访安排作为引线，小说在老鬼到来和“我”处理周边人际关系的纠葛两条线展开，将当代生活的光怪陆离和声光电色展现得一览无余。

《父子俩》处理的是亲情题材。父亲老于是公安局副局长，儿子于达夫则开了个店面成了经理，父亲和儿子就各自身陷于眼前的复杂生活的旋涡里而无法自拔，最终，没有提职的老于脑出血，而儿子则感到了怅然若失。这是一篇很接地气的小说，对我们都熟悉的生活进行了镜子一样的映照，折射出世情百态和人物生存的无奈感。

朱和风对当下生活的敏感和勇于表现，是他的长处。除了上述两篇小说，还有《内部新闻》《沙尘暴》《光明》《去远方》《致命一搏》等篇章，从各个侧面，书写了和我们共时空的时代生活，那么的斑驳复杂，绚烂而欲望丛生。还有的短篇小说非常具有叙事的魅力，显示了朱和风对短篇小说形式感的熟练掌握程度。比如，《陷阱》是我非常喜欢的一篇小说，小说的叙事视角是第一人称“我”，小说一开头，就很抓人："我进去的时候，看到里面姿态各异地站着、坐着、躺着三个男人……"主人公被抓进了看守所。"我"现在要做的，就是努力地离开看守所，最终，"我"明白了钱是身外之物，可以在该放弃的时候放弃，获得了对生活的全新理解。和《陷阱》类似的姐妹篇还有《复仇》，从小说的题目你就可以看出，小说的着眼点就在"复仇"上面，巧妙地给我们讲述了一个人性苏醒的故事。

朱和风还写了一些旧闻小说，比如《小镇 1971》《陈年旧事》《遥远的桑树林》《堂哥与堂嫂》等，可以看出朱和风丰富的生活阅历和写作题材的广泛性。他不仅从当下活生生的新闻里寻找到并结构出色彩鲜活的小说，还能从时光流逝中看到时间的痕迹。这是非常难能可贵的。仅从他的这第一部小说集，我们就可以看到一个善于观察生活、截取生活侧面的作家，可以看到一个运用文学语言生动活泼、塑造人物形象鲜明的作家，这是朱和风的成功之处。可能对于他来说，写小说更多的是一种爱好、娱乐和休息，但是对于很多读者来说，通过他的作品看到时代万象和人性的升华与温暖、焦躁和远行，才是最大的收获，而我们的确得到了这样的时光蒸馏出来的酒酿一样的收获。

苦难土地结晶出的盐

——评老村的《骚土》

作家老村的长篇力作《骚土》无疑是当代文学中很厚重的小说之一，这不仅仅是因为它接近60万字的巨大篇幅，还在于它从形式到内容的双重贡献。但是，《骚土》的出世的确有些生不逢时，而且也没有获得它本应该获得的良好声誉。1993年冬天，它的上卷以《骚土》的名字出版的时候，由于书商的煽情操作，加上老村的鲜为人知，竟然被认为是一部“黄书”，刚好由于和贾平凹的《废都》同时间出版，连带地受到了一些影响。最近，书海出版社推出了《骚土》的增订本，可以让我们看到这本雄浑力作的全貌和本来面目了。

老村这本小说的美学价值之一是，他继承了中国章回体小说的传统，让这个几乎已经僵死的小说表现形式，在他的笔下得到了复活，或者至少可以这么说，得到了新的活力再现。这是相当不容易的。由于老村自己的知识准备与文学传承，主要来自我们传统的古典文学，这部小说也秉承了自中国古典章回小说的高峰之作《金瓶梅》和《红楼梦》以来的形式传统与精神气质。小说讲述了发生在陕西关中地区一个偏僻的乡村，也就是“骚土”上的人群，与他们衍生出来的可悲可叹的伤情故事。从叙述的时间段上看，整部小说就像是两个切片，上下卷，分别以1966年和1976年为坐标，展开了画面十分繁复的横断面。

从内容上讲，这部小说犹如在对中国历史情境中的具体人群进行雕塑，在时间的断面上，让我们看到了人们如同时间琥珀中的蠓虫，悲哀或者亢奋，荒唐或者无奈，疯狂或者愚昧，挣扎或者欢乐，其实都是历史泥沙之下的渺小尘埃。

这部小说的最重要的关键词，就是“骚土”之“骚”，这个“骚”字，在汉语里面有着十分丰富的内容，从象形上来考察，就是马身上有了跳蚤，马就剧烈地跳动，于是就“骚”了。骚动、骚情、骚乱、骚人、骚客等等，都呈现着一种变动不居的动感。我想老村选择“骚土”作为书名，是给了我们一把进入这部小说的钥匙，他的用意显然就是，假如中国的土地是一片骚土，是一片饱含着生命的精血与激情的土地，那么，在这片土地上扮演历史主要角色的，正是那些地位低下但是仍旧生机盎然地生活着的农民。正是老村的这种草根情怀，使小说中间弥漫着一种少见的对土地的眺望深情，和对人物命运在被历史的锋利的刀刃伤害的时候的悲叹。

尤其应该加以赞扬的是，这部小说的语言是陕西关中地区鲜活的方言，非常有趣生动，野蛮而又婉转，幽默而又直接，老村显现了他从乡间文化资源中汲取养分的强大能力，比如在小说中，比比皆是的信天游和秦腔词调，都是老村自己的创作，语言似乎古朴酸涩，但是读起来，却犹如喝着一杯浓浓的、酽酽的茶。在互联网时代里进行方言写作，恰恰是老村这个真正有想法的作家的一贯的执拗追求。

读完了全书，我想老村的心目中一定有着一种大美，这种不言的大美是弥漫在天地之间，他看见了，而且试图告诉我们这种大美。最终，这种大美也是他执着地追求的目标，就像是《红楼梦》结局的一片白茫茫的大地真干净。《骚土》最后竟然再次实现了那种美学效果，在读过这部小说之后，我的眼前也是一片空茫——那片黄色的骚土上的人群如同潮水般远远地退去，只展露了我们脚下的土地本身，雄浑阔大，作为小说真正的主角缓慢地浮现了。

书写新疆大地的丰富性

——读赵钧海散文集《准噶尔之书》

在地图上看新疆，天山北边辽阔的大地上，准噶尔盆地是那么的显眼。在准噶尔盆地的边缘，分布着开垦者所建立的城市、村庄、油田、水库和牧场。这么广阔的土地上，一定有她的歌者，现在，这个歌者，就是克拉玛依的散文家赵钧海，而他捧出来的一本滚烫和火热的书，就是《准噶尔之书》。

《准噶尔之书》收入了赵钧海近年发表的反映新疆准噶尔盆地边缘那些地区的历史记忆与人文情感的散文 20 篇。该书由新疆人民出版社出版。可以说，这是一部有思辨、有感悟、有精神内涵的散文集。其中，第一辑《边野记忆》中，收入了作者获得第三届中华铁人文学奖和首届西部文学奖的散文《飞翔在白垩纪的翼龙》《伊犁将军：惠远古城之累》《一九五九年的一些绚丽》等，这几篇散文从历史钩沉出发，将新疆大地上承载的历史之重，以平稳、深沉的语调叙述了出来，将历史散文之美锻造得充满了岁月和时间所酿造出来的芳香。作者用现实的眼光，回眸过去，鉴读历史，发现真实，从而关照当下，直叩人们心灵，其视角独特，立意深刻，思维敏捷，手法新颖，令人击掌叫绝。

比如，《伊犁将军：惠远古城之累》发表后，反响强烈，数次被收入精选集，作者不仅展现了 300 年来新疆北部大地的兴衰风云及割地屈辱的历史，又将作者成长的经历和爱国主义情怀包裹其中，始终游历于历史与现实之间，既有黄钟大吕的记述，又有细腻本真的描写，笔法精炼娴熟，生动还原了历史场景，让人思考和回味。再比如，《飞翔在白垩纪的翼龙》（获第三届中华铁人文学奖和新疆首届西部文学奖），凭借翔实的资料，充溢的激情，解读了魏氏准噶尔翼龙发现者的风采，用通俗明晓的文字书写了一个学术性很强的陌生领域，让原本枯燥的事件变得生动、明晰，充满意趣，还科学家魏景明一个历史公正。而《黑油山旧片》则显现了作者驾驭浩繁史料的能力，其作品在较短的篇幅里，凝练地叙述出一个不虚构、不掺假的人物故事，耐人寻味，将北疆油田的开拓者们的历史书写得充满了传奇色彩。

第二辑《心灵潜颂》，则收录了一组反映生活在准噶尔盆地上的人物素描。作者书写了人间的亲情、友情，充满迥异的温暖和温馨，读后让人感悟和心灵升华。比如，《陪母亲逛街》《享受回家》《我的恍惚的农场光阴》等篇，质朴、本真、简约、风趣，意味深长。《陪母亲逛街》（刊《散文》2009 年 5 期），发表后一度被《散文选刊》《中外书摘》《特别文摘》《2009 中国散文排行榜》《散文 2009 精选集》《中国散文新作精粹》等全国报刊、书籍入选、转载 20 多次，影响很大，被称为“平淡中隐匿着大爱的深情之作”，母爱蕴含着幸福，也呈现着疼痛和忧伤，是一篇感人肺腑之作。《我的恍惚的农场光阴》（刊《美文》2010 年 10 期，获 2010 中国百篇散文奖），以平实的语言，收放自如的气韵，幽默风趣的格调，本真地还原了自己农场岁月的成长经历，将记忆和现实贯穿于叙述中，在英雄、理想、盖房子、卖菜、“老虎屁股”这些特定环境交织中，人性之光真实彰显，清爽微润，让人心智高远。《刘白毛》《贺四眼》《敦煌》均为写人之作，语言冲淡、冷静，充满张力，文字结构看似简单，却活力十足，有内在律动，淡调平实中呈现出一个个鲜活的生命景象。应该说，该书既有宏观思考，又有精到叙述；在思考中回望历史，在亲历中发现真情；用笔简洁大气，文采斐然，意蕴丰厚，是不可多得的散文佳品。

赵钧海艺术涉猎广泛，通晓绘画、摄影、音乐，历史，这本散文写得挥洒自如，文采斐然。比如，那几篇欧洲旅行的见闻记述，不是浮光掠影的景点介绍，没有洋洋自得的炫耀与卖弄，更没有“文化散文”中虚拟主体式的道统人格。而是怀着学习和体验的心态，对西方文化、人文精神、艺术典章、生活环境做认真的思考与比较。

有论者说：“赵钧海的散文，突破了长期以来依照一种思想观念去塑造人物、剪取生活的‘典型化’传统理念，他更加注重的是，生活的原始面貌和原发生态的本质。他对于长期荒原上的劳动者的人性关怀，他对爱、情感有一种特殊的敏感性，特别是在荒寂空旷中，深深隐匿在石油工人枯燥单调的机械生活中的丰富心理和浪漫诗意。爱、情、苦难、记忆、离愁、生命的浓淡成为他的艺术叙事主体，丰富和深沉，平易与沉着，成为赵钧海散文的一大特色。”

小说与历史的多棱镜

——达真的小说《命定》评析

最近，我接连看了几部和抗日战争有关的著作。一部是台湾作家白先勇写他父亲、抗日名将白崇禧的《白崇禧将军身影集》，是将白崇禧生前的照片配文字进行说明，分成了两册《父亲与民国》和《台湾岁月》。在第一册中，白崇禧作为国民党的将军，在抗日战争中为中华民族抵御外族的侵略，领导装备远远落后于日本侵略军的中国军队，采取以空间换取时间的战略，最终打败了日本侵略者。里面有很多当时拍摄下来的历史图片，非常生动地记录了国破家亡时期中国人依旧众志成城，努力抵御外辱的历史情景。从一个比较新鲜的个人化的侧面，呈现了历史的面貌。

据统计，整个抗日战争期间，在中国国土上，中国军人阵亡超过500万，日军士兵阵亡55万（这个数字不知道到底准确不），可见当时中国军队的战力与武器装备，和日本不在一个等级上。

而达真的这部小说《命定》，则从另外的一个角度，给我们展示出历史在作家笔下逐渐自明的一个过程：藏族作为中华民族的优秀分子，在抗日战争时期，为抵御外族的侵略所做的可歌可泣的战斗。在阅读达真的这部《命定》之前，说实话，我并不知道藏族在抗日战争中还有这么一段历史。历史学家海登·怀特说："历史是一种话语权。"如果没有人写这样的历史，那么，历史就在荒芜和空白中失去真相。因为历史从来都不是自明的，是需要我们不断地用良知和批判自我的努力去澄明的。于是，在达真的这部精彩的历史小说中，我首先注意到的就是，他以小说的多棱镜，呈现了历史的多棱镜，在历史小说的声音中，为我们塑造了让我永远难以忘怀的历史的肖像。

达真的这部《命定》，是一部让我感到惊喜的历史小说。其实，一切历史小说都是当代小说，克罗齐说：“一切历史都是当代史”，因此，达真的这部历史小说，以历史中的藏族中的个人经验，追溯和寻找真相的过程，恰恰补全了以往的历史中暂时缺乏的公共历史的侧面，这是这部小说意义重大的地方。作为一部有着从容的叙事风格，有着严谨的空间结构，《命定》在小说艺术上可以说非常精彩和成熟。长篇小说最重要的就是如何处理小说中的时间，其次，就是如何呈现小说中的空间结构。在时间和空间的双重的结构中，这部小说都令我感到惊喜：分成两个部分的结构，既从时间上有一个叙事的节奏，也构成了“故乡”和“异乡”的空间转换，从而将历史的肖像，逼真地定格在了文字的像框里。

另外，《命定》中还有着历史、哲学和宗教方面的探询。什么是“命定”？面对强敌来犯，原住民应该采取什么态度？这里面，既有现实的态度，也有人生的态度，既有哲学的态度，也有宗教的态度。因此，如果说叙事即呈现，呈现即意义，那么，在《命定》中，所有这一切都归为命定中的因果，而这个因果，正是达真借助历史事件的描述，撞击了复杂历史话语的壁垒，用个体和民族的细节，生动地重塑了“历史的全景”。

战争是悲壮的，生命在战争中的毁灭都是惊心动魄的。“二战”是人类在20世纪的最大灾难之一，达真的《命定》，十分灿烂和独特地带给了我们一个新鲜的世界。这个世界既是那些隐没在历史中的人创造的，也是达真自己的创造。因为他理解的历史，不是数字的历史，而是从个体走向个体、带着气味和体温的历史；不是被时间封锁起来的古棺旧墓，而是人心的历史，是开放的，必然与现在和未来发生联系，且与每个人都息息相关的鲜明记忆。

这本书好看耐读，虽然是微观史小说，但是小说中对人性丰富性的刻画，用大量的细节，又使著作有了藏族抗日的全景观。眼下，国际形势风云变幻，国家安全成为摆在眼前的问题。因此，这部小说有着十分丰富的现实感。真正的好作品当具有撞碎人心的毁灭力，即使它带来了灵魂的审判和精神的剧痛。

达真的这部小说达到了这个效果。达真的写作技艺十分扎实，他的艺术手法非常娴熟老到，通过《康巴》《命定》和即将出版的《极限》，达真肯定会成为声名鹊起的、实力雄厚的小说家。可贵的是，他的小说写作呈现出一种内部的平衡和匀称，以及展现20世纪历史的扇面状的开阔性，正是在这一点上，《命定》和别的抗战题材的小说，已然划清了时间和眼界的界线。

我觉得，《命定》是抗日战争题材小说进入到第三个阶段的标志性作品：第一个阶段是20世纪50年代的那些小说，《地雷战》《地道战》《铁道游击队》等等，是将战争与故事传奇结合起来的通俗小说；第二个阶段是20世纪90年代以来，描写抗战正面战场的小说，比如周梅森的《黑坟》等；第三个阶段，对人在具体历史情境中的深刻探索和挖掘，对家国、民族和个体的关系的呈现上，是新的着力点，达真做到了让我们刮目相看。他的小说的未来还有很多的可能性，正以其宽阔的思考能力，带给我们新鲜的期待。

李七修的文学三联画

——李七修的文学作品集《七饼》序

我和李七修认识有几年时间了，基本上是眼看着这本书里的小说稿子一篇篇写出来，一直到够出版这本书的时候。这个过程就像一个助产士看到孩子降生一样，我是由衷地感到高兴的。

先说说这个人。李七修是山东烟台牟平人，身材敦实，性格也有着山东人的那种实在、豪爽、质朴、重情义和讲礼节，凡事总是为别人着想，从不愿意给别人添麻烦，即使是出版这本书，想让我写点什么，也是很犹豫。我知道了，就说："七修兄，你出版的书，我一定写个文章！"不为别的，一是真心地为他写作的阶段性成果感到高兴，二是觉得交了这么一个值得信赖的朋友，一定要为他吆喝几句。这就是这篇序言的来由。

我是很少给人写序言的，除了给自己出的书籍写自序，只给三两个朋友写过，纯粹是出于友情。很多不熟悉的人出书，想让我写个文章，我大都拒绝了，因为，序言实在太难写了，何况我也是一个行在半途中的文学工作者，还没有到德高望重或者成就斐然的时候，是断然不好总给人写序言的。

但有时候，朋友就是原则。李七修这个人好，那么，他的作品怎么样呢？我知道他一直在电视台工作，对基层的生活非常熟悉，我们每一次见面，我都可以听到他对写作下一部作品的构思，我们就进行热烈的探讨。怎么使用这个素材，怎么进行小说的结构，怎么处理小说中的人物，以及，如何把握小说中的时间和空间，以及地域文化的特点，方言的运用，等等，聊得很多，也很畅快。

收录在这本书里的作品，从体裁上看，一共分成三个部分，就像一幅三联画那样，将三种文体联结成一幅文学的大画，这三联画互相映衬，互相发生作用，共同构成了李七修文学作品的三棱镜，我们由此可以看到一个全面的李七修的文学世界。

第一个部分是报告文学，是李七修这些年写的非虚构类的文学作品，一共有四篇。《一个中国农村姑娘在美国》是李七修的处女作，讲述了20世纪80年代初，一个山东农村姑娘胡艳在美国表演纺织手艺绝活的事情。关于他写这篇报告文学的始末和遭际，李七修在后记里写得很详细，读者可以参考着看，他自己的讲述更生动。当年，20多岁的李七修写出了这么一篇当时引起了很大反响的报告文学，拉开时间的距离来看，是很不容易的。可以说，李七修的文学起点是很高的。

《垃圾堆里捡回的孩子》所描写的主人公，是一个叫戚其振的香港小伙子，在香港是个进了监狱的罪犯，但回到原籍山东威海之后，逐渐地变成了一个自食其力的劳动者，这个过程也是一桩很有意思的事情，被李七修写得栩栩如生。

《眷恋“莎翁”》则写了一组小小的群像，主人公叫卞东明和阙磊，还有一群烟台影视学校的学生们，他们如何的喜欢表演艺术，如何将自己的爱好在老师的带领下发扬光大，我想，这篇文章，是曾经作为话剧团演员的李七修对自己表演生涯的敬礼，也是对同行的致敬。

《渤海湾深处的黑流》则是一篇近作，写的是渤海湾最近的一次海上钻井台的漏油事故对周围环境造成的影响。读起来振聋发聩，引人深思，显示了李七修强烈的社会责任感。的确，渤海蓬莱海上19—3海上油田的漏油事件，其影响之大，不是现在就可以完全看出来的。海上油田漏油是人为破坏大自然、并威胁到人类自身生存安全的大事故，这篇报告文学有着非虚构文学批判力的巨大勇气，将这个事件的来龙去脉一一地展示给了我们，希望这类的悲剧事件不会再发生。作为山东蓬莱一带的子民，李七修带着满腔的质询和疑问，为我们书写了一篇经得起历史检验的好报告文学。

近来，《人民文学》杂志一直倡导着“非虚构”文学，就是想让作家走出书斋，走到社会生活里，去看广大的人群，去接触社会上那些真实的事件，去描述打动人心的力量，李七修的这篇报告文学，的确是一篇实践了我们的非虚构文学理想的文章。

因为在电视台工作，李七修还创作了电视连续剧《老城不了情》，这出戏写的是渤海棉纺厂的一群人的故事。有的剧本，是供拍摄用的，有的剧本呢，是供读者读的。大家的剧本，比如曹禺、老舍的剧本，都是可以拿来朗读的，李七修的这个本子，我看文学性也很强，读者不妨拿起来高声读一读，比看电视剧还有味道呢。

我最喜欢的，或者说，我认为李七修写得最好的文学作品，就是最近几年他写下的一些中短篇小说了。在这本书的第三部分，收录了他的六个中短篇小说。李七修是一个从生活中来的作家，他的生活底子很扎实，写作素材也很多，大都有着实际的经验和体验。还有他那善于观察的眼睛。中篇小说《贿选》，是李七修的一篇力作。小说描绘的就是当前农村基层组织选举村干部的事儿。小说中，为了当上村领导，有着自己私利的李大海，被发现他目的的张忠伟用贿赂选民的办法进行了阻击，小说的构思很巧妙，也提出了深刻而严肃的问题。在乡村基层选举中，贿赂、家族势力、经济因素等等，都起着作用，小说中塑造的人物非常的鲜活生动。在村民选举中，可以看到当下社会在改革开放30多年之后，人们的观念发生的巨大变化。《贿选》这部中篇小说，有着批判现实主义的笔法，细节描绘十分生动扎实，为我们未来走向更民主，建立更科学的体制，提供了一个很好的乡土选举的文学样本。

李七修似乎很熟悉市县乡镇干部的状态和生活。中篇小说《下台干部》，则从另外一个角度，将基层干部的存在境遇写得淋漓尽致。马戾局长马上要退二线了，由此引发了周围所有的社会关系、工作关系的变化，人人就像活在一个网中一样，牵一发而动全身，由此引发了周围人事和人性的变化，读起来，可以感觉到中国这么一个人情社会和官僚体制僵化的种种弊端，发人深省。

短篇小说《七饼》，写得很机巧，通过一次应酬请客，引发了对当前经济发展情况下，道德解体的深入思考。类似找小姐的过程最终酿成了一出悲剧，主人公由此领悟到了生活的内容。

李七修不仅善于写男性，还善于写女性的心理活动。中篇小说《娘儿俩　姐儿俩》，写的是徐香菊和张芳这两个女性的生活遭遇。小说中，随处都可以看到人性的光辉在不断地闪耀。

短篇小说《掌柜的礼物》是李七修的才情之作，“掌柜”是秘书对领导的私下里的称呼，小说的主人公是一个书记的秘书，他得到了一件书记死前留给他的礼物，那件礼物是一件书法赝品，那件赝品导致了书记诚信的丧失。因此，书记留给自己秘书的这件礼物，就是要叫他今后好好做人。这篇小说写得很不错，立意很好。

《朋友妻》则是这本书里的压卷之作，这部李七修新完成的中篇小说，从“朋友妻，不可欺”这个老话出发，描绘了一个发生在朋友和朋友的妻子之间的故事，揭示了复杂的人性，也给我们展现了当代生活的万花筒，成为这本书的压轴作品，很厚重。

简单评介了上述的作品，可以看出，上述李七修的这三部分的文学作品，大都取材于当下的生活，甚至就取材于他生活的烟台地区。他非常善于将当下的火热的、复杂的生活转化成文学作品，他的脑子里有一个转换器，可以自觉地将那些素材全部转化过来，成为带有批判色彩的世情小说和现实主义写实小说，这些作品给我们带来了认知生活的新角度，读起来新鲜，活泼，生动，也引发了我们无尽的思考。因此，借他的这本阶段性成果的出版，我由衷地为他祝贺。

为家乡和母亲歌唱

——序吕程吕茹父女诗集《高栏之歌》

诗是语言的黄金，是心灵的语言展现。诗歌，且诗且歌，在语言中，心灵和肢体都可以一起舞蹈。“在‘诗’的最初含义上，它不只是一种特殊的话语方式，而且本身就是创造的同一用语。”这是霍俊明先生的一句话。我想，在给吕程吕茹父女诗集《高栏之歌》写序，就用这句话做开头，来说一说创造性在诗人身上的体现。

如今流行说什么“二代”，“官二代”、“商二代”、“星二代”，甚至还有“文二代”，真是应了老话，“龙生龙，凤生凤，老鼠的儿子会打洞。”过去，帝位、王位、爵位等世代相传，称之为世袭，那医生的后代可以做医生，教师的孩子可以做教师，将军的儿子可以继续做将军，酿酒的后代可以酿好酒，“北拳”、“南拳”王的儿子可以打“北拳”、“南拳”。但，唯有诗人的女儿不一定都能做诗人，也就是说，诗人不大能“世袭”，不大能世代相传。看看眼下的“文二代”，还是写小说的人多。

写诗要有灵感，没有灵感也就创作不出诗来，这不只是我这样说，外国大诗人歌德、普希金、泰戈尔等这样说，中国的大诗人郭沫若、艾青、郭小川等也这样说过。灵感是什么？灵感是电光、是石火，是某种生活现象在诗人凝思中折射的瞬间光芒，是世间某种事物在诗人头脑里撞击刹那闪现的火花。每个诗人的火花千姿百态，但不可能是一样的。说通俗一点，灵感就是一种或大或小的发明创造。诗，也就是创造的同一用语。发明创造是无论如何无法世袭的。

父亲发明创造的指南针，女儿再做指南针那叫模仿；父亲发明了电灯，女儿再做电灯，那就叫生产电灯了，而不叫发明创造电灯。

说来也怪，说诗人不能世袭，那么，为什么大剧作家曹禺的女儿也是写剧本的呢？而且写得更好。古代三国有曹操曹植父子，宋代有苏洵、苏轼、苏辙父子合称“三苏”。

我今天写的这篇文章，就是为吕程吕茹父女合著的诗集《高栏之歌》作序，他们不但是“女继父业也作诗”，而且父女俩合著一本诗集，这在全国也不多见。

2010年下半年，《人民文学》杂志组织过一次“中国著名作家诗人看横琴”活动。这样就与珠海结下了不解之缘，同时，也结识了珠海的剧作家、诗人吕程，和他的诗人女儿吕茹。吕程为我们写了一篇散文《渔舟不往御舟到》，是写发生在横琴岛一带流传的、著名的宋元时代，南海大决战的故事。吕茹为我们写了一组《横琴岛乐章》共九首诗歌，为杂志的专刊增加了诗意的亮色。

吕程是一位高产剧作家，他的戏剧创作成就巨大，先后创作有话剧、歌剧30多部，其中，《葱兰花》《中山井》分别为中央歌剧院、中国国家话剧院选用；另外，还写了电影电视剧本《老子》《陈圆圆》《宋庆龄》《苏曼殊》《容国团》《南海春潮》《三叶梅》《乒乓外交》等，也有30多部。其中，《容国团》《苏曼殊》《王尔烈演义》分别在《人民日报》《珠海特区报》《辽宁日报》连载。另有长篇小说、诗集多部（本），可谓著作等身。因此，对吕程的戏剧创作的认定和文学史意义上的发现，是很多学者应该做的事情。

吕茹则是一位非常勤奋很有才华的女诗人，她身为政府机关公务员，还是广东省作家协会会员，已出版《朵朵片片的小诗》《香炉湾的早晨》《横琴恋歌》等诗集，作品也多次获奖。她的诗风清新，意象简约，语言透明，感情真挚，是一个“我手写我心”的女诗人。

珠海这块土地是肥沃的、充满了传奇色彩的。她人杰地灵，钟灵毓秀，毗邻港澳，占风气之先。曾出现过许多历史名人。比如，民国第一任内阁总理唐绍仪，清华大学第一任校长唐国安，中国第一位留美博士容闳，夏威夷首富珠海籍糖王陈芳，中国第一位世界冠军容国团等等。而苏曼殊及其文学成就，成为珠海的骄傲。此后在珠海文坛上获公认的诗人并不多，随着改革开放的浪潮，珠海人才蜂拥，可谓藏龙卧虎。吕氏父女原籍辽宁辽阳，先后移居珠海，融入珠海诗歌创作队伍，已经把珠海当作母亲，当作自己的家了。诗人不能不为自己的家乡和母亲歌唱。吕程出版过诗集《白藤湖情歌》，吕茹出版过诗集《香炉湾的早晨》《横琴恋歌》，这次合著的《高栏之歌》更是如此。白藤湖、香炉湾、横琴岛、高栏港，都是珠海闪光的地名。

父女俩写珠海的诗，不论篇幅长短，质朴清新，却含蕴深沉，不故弄玄虚，不忸怩作态，像一簇簇花朵，有着特有的色彩和芬芳。他们用一腔热情讴歌珠海的每一寸土地，用一腔爱恋歌唱珠海的每一次冲动。不论《簕杜鹃》《紫荆花》《熊猫石》《贝壳》《多彩的港湾》《市府大院》，都写进诗里，带着浓郁的色彩，爱恋的心态，簇拥到你的面前，使你如临其境，似闻其声，不知不觉地沿着诗中感情流向去缓缓流动，在诗情画意中如身临其境。请看《集装箱》：排列有序的集装箱/装载着生活/运载着生活/创造着生活/那热火朝天的情景/都在箱内//蓝天白云在箱内/海涛海浪在箱内/科研成果在箱内/文化财富在箱内//只有阳光/裸露在箱外/太阳照得高栏/格外温暖。

诗人对家乡、对珠海、对高栏、对码头爱得多么深沉啊！这种深沉浓厚的感情也将会在读者的心中溅起浪花，焕发出人们对家乡一山一水、一草一木的爱恋之情。诗人的情感不藏、不隐、不埋，象滚滚珠江奔腾不息，声音久久在耳边回响。如轻盈的畅想/划过海洋和蓝天/拥江流快韵/融天海幻境//风景 正悄悄打开/裸露出海峡的肩头/波光的披风/在自由地呼吸//高栏港的温情/汇集着一艘艘油轮/携蓝色柔情/观吞吐万象的神奇《幸福队形》；还有那《龙门吊》《与天空恋爱》《雨后港口》《曲折的管》《海上舞台》《琴键》等诗，都特色鲜明。

请看《石化专区》：油罐打个盹/恋着海湾/想着那月光/对望着/海那边的／青山//灯下的石化专区/没有停息/日开月没/为千家万户/守着/那团火/那锅饭。

诗很短，也很小，但诗意却无比深远，无比广大，把你带入画中，如一股清泉甜入心里。我们改革开放为了什么？都是为了祖国强大，人民幸福，石化专区使山区百姓用上现代化清洁能源，也在为人民谋幸福，让群众分享改革开放的成果。不能设想，一个对珠海、对高栏、对生活根本不热爱，对一切麻木不仁，无动于衷的人，能写出这样让人心动的诗句。

写高栏港的诗，很容易落入俗套，流于口号，而吕氏父女的诗却非常生动，非常浪漫，非常真挚，非常愉乐。请看《给月亮充电》：月亮跑到哪里去了/月亮钻进灯火里面/月亮跑到哪里去了/月亮走进电厂车间//月亮变成我们的一盏灯泡/悬挂在车间蓝窗中间/月亮成了我们的一只眼睛/她可能刚刚睡醒/还睡眼惺松，留有梦幻//月亮运转多少年了/谁也说不清/月亮浪费多少光源/谁也没计算//月亮累了，精力耗尽/光亮只剩下一点点/我们电厂专家正在搞科研/给月亮充电……

诗人既为高栏港的建设成就兴高采烈，又为他们的将来浮想联翩。读着这样的诗，你能不对高栏港无比的向往？

然而当年的高栏岛，人称珠海的“西伯利亚”，属穷山恶水。西江有五条水道，磨刀门水道、马溜洲水道、鸡啼门水道、虎跳门水道、崖门水道。而其中三条水道汇集在高栏岛，是崖门、虎跳门、鸡啼门内河入海口交汇处，也是咸水淡水交汇处。

当年宋元南海大决战的古战场就在这里，40 万大军葬身海底，其惨烈程度空前绝后。高栏岛的下金龙村就是元军统帅张弘范安营扎寨的营地，文天祥的一号监狱也设在这里，这里当年属穷山恶水。香洲离高栏岛只有四十多公里路程/喝一次喜酒/路上要花费七天七夜时光/五次轮渡/四次换船/三次爬山岗/遇上风浪/又避上两三天草堂/唉，这一路上/从香洲到三乡/从石岐上船到莲塘/错经飞沙、铁炉/绕过大木乃、小木乃岛/再坐在门板上漂荡/才能到达目的地屋场//可是到了新婚吊脚杉皮房/黄瓜菜早已经晾凉/原来三天前新郎新娘/就已经入了洞房//只见新郎光着背膀/看不见“粤盐”“尿素”字样/为什么不穿上背心呢/憨厚的新郎回答得憨厚/要等过年时才能再穿上//就是这个田少地瘦的穷乡僻壤/磨刀门不能磨刀/鸡啼门没有鸡唱/虎跳门不见虎影/崖门挨不过饥荒。这是长诗《高栏港　创造辉煌》中的第一章节，就是高栏岛当年穷乡僻壤的写照。

西江战略的战鼓，鼓声特殊，孙中山倡导的“南方大港”，终于在“十二五”，隆重起步。西江战略的战鼓正鼓声咚咚，催人奋进。高栏港在前进。珠海，这是一个新兴的海滨新城，一张白纸图画自由，不走“先污染，后治理”的老路，“金色财富”与“绿色财富”共同拥有。正如《讨论空气》的结局写道：杞人，杞人/正乘风而来/出席古今中外/讨论空气现场会/时间：当代/地点：珠海/重点研究空气装罐出口/不换外汇换未来……

读《高栏之歌》，使我全方位地感受到了珠海港建设的灼人热潮，感受到前进中的高栏港、正创造辉煌的高栏港波澜壮阔的场面，也看到了现实的场景和人，在诗人笔下获得了永远的生命。

寻找汉语小说的边界

——小说前沿文库印象

我发现，那些批评当代文学的人，往往都不大读当代文学。这就有些匪夷所思了。某天，我碰到一个朋友，他说："现在的小说，一点实验性和先锋性都没有了！我们已经多年没有小说的先锋派了，那些老先锋，比如余华，后来擅长白描了，格非则走向了宏大叙事，马原最近才写了一部《牛鬼蛇神》。"

我说："那是因为你的视野太狭窄了。其实，有很多青年作家，写出了很漂亮的实验小说。这些年，小说的实验精神一直在那里，很多新人在写新的小说，只是不大被人注意，或者说，别人包括评论家、大学教授们根本就不想去注意。比如，我曾经看到过的康赫的长篇小说《斯巴达》，以及薛忆沩的一些小说等等，依旧在文本结构、想象力空间和汉语的精微性上做出了很好的探索。"

我们这些当编辑的，习惯保持一种宽阔的、包容的视线，对新的、正在生长的东西总是抱有巨大的发现的热情，可有的人就是故步自封。

新世界出版社最近出版了一套"小说前沿文库"，已经出版了两套，一共 17 册，可以说是阵容强大，不容忽视。其中有一些我看过电子文本，比如姚伟写的长篇小说《尼禄王》，以新历史小说的手法，描绘了古罗马暴君的内心世界。生于 1988 年的刘博智的小说《双橙记》里收录了三部中篇，他似乎对艺术家的内心世界非常有兴趣，从人的内心探索了种种可能性。这 17 部小说让我看到了更为年轻的一代小说家的锐气，想象力和对汉语的把握是令人钦佩的。

在“小说前沿文库”中，霍香结的《地方性知识》是一册表面上看似乎是一本地理学意义上的地方志书，实际上是作者虚构的关于“中国”的地方志想象，完全是一部虚构小说。30 多万字的篇幅，其表面扎实的学术性掩藏了内在的小说想象的阔大和锋芒，让人惊喜。

徐淳刚的《树叶全集》，听着不大像一部小说，但这不折不扣是一部由 18 个片段构成的小说集，集合了数学知识、生理学、博物学、幻想小说的因素，实在是像“树叶”一样茂密和疏影横陈。

梦亦非的长篇《碧城书》，讲述的是贵州一个鬼师家族的几十年的经历，将人和城镇的历史结合在一起，给我们讲述了边疆和僻壤之地，人和大地与天的关系。

向祚铁的短篇小说集《武皇的汗血宝马》，13 个短篇，从很多个方面，比如现实的，历史的，展开了书写和想象，显示了作家本人锐利的处理材料和现实的能力。

恶鸟的《马口铁注》，是一部关于小说的小说，又叫做“元小说”。这部小说充满了游戏的精神，就像在玩一个沙雕，作者在写作小说的时候，雕刻了它，又顷刻瓦解了它。

侯磊的长篇小说《还阳》，将北京的都城历史和对现实的比喻，以一个太监的生活纠结在一起，给我们描画了一个不存在的城市：北京。

云南已经去世的青年作家余地的小说集《谋杀》，从文本的实验上走得比较远。他在互文性、杂糅、回环叙事、小说的时间上，都做了很好的、精雕细刻的探索。

还有贾平凹隆重推荐的张绍民的小说《村庄疾病史》，写的是当代中国人，当代“新农村人”的各种慢性疾病——这个民族在表面的高歌猛进中，正在被慢性病缠绕，陷入衰亡的陷阱中。

河西的随笔和小说都写得好，他的《平妖传》，是对古典中国小说的一次致敬、戏仿，在复杂的同构关系中重新确定了小说幻想和想象的魅力。

有些小说也显然在我的阅读经验之外，像杨典的《鬼斧集》、人与的《智慧国》，都是跨越文体的很难说是小说、思想随笔还是什么模仿宗教文本的文本，但显示了人所能的，就是他所是的那种无畏的前行。

张松的《景盂遥详细自传》(1) 则是一部荒诞和黑色幽默的小说，带有强烈的本土魔幻色彩，在展现人的存在和境遇上有新发现。

《现代派文学辞典》也是一部怪异的文学辞典。作者选取的词汇，和我们通常理解文学的词汇不一样，但是给我们打开了无数窗户，让我们看到了现代文学的堂奥。

同时，新世界出版社还有一册《乌力波》(1) 作为了这 17 本小说的注解。《乌力波》是欧美少数实验作家和数学家构成的群体给自己起的名字。这本书收录了西方和中国作家对卡尔维诺的各个方面的解读，以及一些新的汉语实验小说。

可见，汉语小说的实验精神依然存在，存在于年轻作家那里，存在于很多陌生人那里，存在于中国的大地的缝隙里，有些作家顽强地掘进，从不故步自封，他们将汉语小说的各种可能性，以及其边界都展现出来，并不断地预言着未来。

大时代的详细脚注

——王龙长篇小说《飓风时代》评析

我们经常说，最近30多年改革开放的年代，现实社会的种种情况超越了作家的想象力。的确，爆炸一样的社会现实的信息，每天都在涌到我们的脑子里，那些光怪陆离、稀奇古怪的社会事件和个人遭遇，都冲击着我们的神经。于是，如何书写这个时代，就有了很多种观念和方法。

有的作家从个人出发，去书写自我眼睛里的世界变化，有的作家则继续进行宏大叙事的努力，顽强地、俯瞰般地去描绘一整个他眼里的变革世界。对外部世界的迷恋，对人的内心的刻画，造成了人们对小说理解的观念差别，也形成了很多文学歧见。

广东作家王龙的《飓风时代》似乎是这两种眼光的集合。这是一部带有自传性质的小说。小说中靖宇这个角色，他身上就有着作家自身的烙印。在这样一个激情荡漾的时代里，在这样一个随时创造出奇迹，钱权至上方向迷失的时代，在这样一个正义与邪恶并存的时代，在这片滚烫的土地上，热血沸腾的人群中，众多的人，带着沉重的思考和追问，苦苦地寻找自己事业和灵魂的归宿。而这些，也正是作家写作这本小说的初衷。

小说的时间背景是上世纪90代中期，号称集安一中三年四班铁三角的靖宇、庞增春、李可立相约南下，共赴广东服装之都——龙门。他们有一个共同的志愿：将来有了出息，一定为母校捐建一个图书馆。途中，主管财务的庞增春遭到车匪路霸洗劫，引起李可立不满，二人引起争执，幸好靖宇手中还有 20 块钱，于是，几个面包，几瓶矿泉水，支撑着三个年轻人徒步走向龙门。由此，小说展开了波澜壮阔的画面：

在龙门，靖宇通过“放血经营”，在短时间内，拿到了一间批发商铺，积聚了一大笔资金，并成功地救活了一个较有规模的服装企业。随后，他又趁龙门服装走旺的机会，转营赢利产品，与生产商姚志清达成协议，利用姚志清的货款，创建了自己的企业。靖宇一边经营服装，一边潜心研究龙门的服装市场动态，试图寻找一条有效的途径，突破整体性的营销瓶颈。庞增春先做走鬼（摆地摊），一度受到城管的殴打，后来在靖宇的引荐下，到港商齐先生的服装店里做了店长。庞增春潜心学习齐老板的管理模式，开始精心研究商业和经济管理。李可立路遇美女华婷婷，一番搭讪，两人很快就坠入情网。刚和华婷婷上了床，又遇到了一位好心的大姐，两人一起去了龙门最高档的酒店——龙门大酒店。结果，李可立求职心切，中了骗子奸计，被当成了吃白食的骗子。在华婷婷的斡旋下，龙门大酒店的老板龙老大为李可方买了单，才使李可立免遭官司。

龙门首富皮向荣的女儿皮卡卡和龙门副镇长许平琛的女儿许曼丽是从小到大的伙伴。可是成年后，皮卡卡忽然发现，几乎在一夜之间，自己就落伍了——车不如许曼丽的好，事业更是不能相提并论。许曼丽在西州市副市长刘同兴的帮助下，轻松地贷款七千万，办起了公司。上设备、圈地皮、盖厂房、上新闻出镜头……简直是风光无限。而自己回家要几万块零用钱都用听父亲一通唠叨。皮卡卡一怒之下离家出走，与先前结识的帅哥靖宇坠入爱河，结束了放荡不羁的游戏生活。这时，皮卡卡的商业基因得以充分地暴露出来，在经营中给了靖宇极大地帮助。靖宇的才智也在龙门这片热土上，得到了全方位的发挥。

西州市副市长刘同兴的儿子刘小锋，在父亲的权力光环之下，四处敛财，后来干脆做起了贷款转让业务，一夜暴富。他一心喜欢许曼丽，到头来却发现许曼丽是父亲刘同兴的情妇。沮丧之余，他干脆把许曼丽当成了生意伙伴，从许曼丽身上大嫌钞票，父亲则成了挡箭牌和替死鬼。广东都市报社的记者丁文琼，是一个年轻美丽的女孩儿，一身正气，善于也敢于为民请命。她一开始接触靖宇，就深深地喜欢上了这个富有创造力的东北男孩儿。她宣传他，开导他，激励他，不时地诱导着靖宇的潜能，挖掘着靖宇的智慧。靖宇也十分赞赏丁文琼和她的职业，两人的关系变得十分亲密。

应该说，龙门是个创造奇迹的地方。这里毗邻港澳，交通发达，人杰地灵。这里不但聚集了一大批靖宇、庞增春、李可立、皮卡卡和许曼丽这样的年轻人，还有皮向荣、许平琛、孙子才、吕梁、姚志清等一大批中年人。他们用自己的肩膀、血肉甚至生命，共同扛起了龙门的服装业，共同创造了龙门的繁荣兴旺。皮向荣的精明老到，许平琛的慧眼识才，孙子才的勇于探索，吕梁的独到眼光，姚志清的兢兢业业……他们的每一分力量，每一滴汗水，都是改革开放大潮中闪光的浪涛，都是可歌可泣的时代强音。与他们同样不应被世人忘记的还有西州市委书记东方宇华、市长王友信、龙门镇党委书记辜明信、继任者钟光、镇长梁文科、港商黄山、齐老板……他们的努力，变成了龙门的设计蓝图和建设规划，他们的奋斗，形成了龙门的生产力和竞争力，他们的拼搏，产生了令人难以置信的经济效益和税收。他们的业绩，决定了龙门的产能与潜能正沿着一条科学有序的道路快速前进。

尽管来自于集安一中三年四班的铁三角靖宇、庞增春和李可立情如兄弟，可是到了龙门，全新的生活让他们渐生裂隙。靖宇和庞增春，一个是商界新星，一个是打工仔，彼此的距离在迅速拉大。好在靖宇和庞增春比较认同彼此的为人，还能和睦相处，有时间，两人就凑到一起，热烈地讨论经商之道。靖宇的才华、皮卡卡的机智以及皮家的实力，都是他们讨论的话题。他们越来越相信，龙门会有一个辉煌的前景。李可立本身就有性格缺陷，尤其是他投身黑道老大龙志年手下之后，铤而走险的个性，暴露得更加明显。他时时处处与靖宇攀比，动辄恶语相向，有几次甚至大打出手。靖宇和庞增春都认为李可立身处险境，他们试图促使李可立悬崖勒马，可是李可立始终抗拒靖、庞二人的友好，在歧路上越走越远。靖宇创建自己的服装设计队伍和品牌时，庞增春同样跟着献计献策，出力出汗。庞增春不计得失，不要任何报酬，事情做得同样精细，滴水不漏。

经营意识超前并取得了极大成功的靖宇却变得沉默寡言了。他一直在自问：建厂、创建服装品牌，获取高额利润，究竟是不是自己的终极选择？每天工作之余，他开始疯狂地读书。工作做得越细，书读得越多，心思也越加沉重。他甚至对身边的皮卡卡，也同样审慎。他在问自己，她是自己的最佳伴侣吗？不能不说，丁文琼对靖宇的好感，也对靖宇产生了决定性的提醒。他开始为自己的灵魂寻找落脚的位置了。这段时间，他和丁文琼关系十分密切，一边商议服装经营和广告宣传，一边探讨灵魂的出路。丁文琼并不反对也不阻止靖宇的追问与思考，在关键时刻，还起到了推波助澜的作用。靖宇在生意做到红红火火之时，选择了激流勇退。他把生意交给庞增春，自己躲到一间出租屋里，静静地读书。此举引起皮卡卡的强烈不满，她固执地认定靖宇是个不负责任的人。她扣住靖宇的利润分红，分文不给。靖宇也不计较，一笑而去。

庞增春的好运到了。靖宇打下的江山，已经是一个庞大的经营帝国了，可是，庞增春凭着自己几年的经验积累，马上找到了新的突破口。他利用一个偶然的机会，向西州市建设银行信贷主任吕梁详细介绍了自己的再创业打算——进口日本的毛线横编机，庞增春严谨地出示了可行性报告，并精确地预测了利润前景。吕梁被庞增春打动，经过细致的推算与调查，吕梁毅然给庞增春办理了贷款手续。于是，庞增春的经营走进另一个层面，年利润过亿了。庞增春的举动，让皮卡卡的父亲皮向荣眼前一亮，他兴奋地告诉皮卡卡，庞增春才是皮家未来的接班人。父亲的提醒，也让皮卡卡开始注意老实巴交的庞增春。

李可立好像也在走运。他经过长期准备，终于摸清了龙老大的一次行动，并及时向警方报案。警方围歼了龙老大交易团伙，龙老大侥幸逃脱，却失掉了龙门大酒店的一切。而这一切，顺理成章地落入李可立的口袋。

李可立同样忙碌。他先杀掉了龙老大，然后派出得力助手到境外采购了大批毒品，辗转运到广东，不料交易之日案发，李可立残忍地杀害了心腹同伙，驾驶着满载毒品的货车藏进深山。半年后，身背数条人命、罪恶累累的李可立被捕，沦为可耻的阶下囚。再次面对靖宇时，李可立质问靖宇：为什么没有对他当头棒喝？为什么由着他滑向了万劫不复的深渊？对此，靖宇无语。靖宇阻止了庞增春开发市郊小岛的计划，然后全力护理深度昏迷的丁文琼。他像一个弟弟，像一个丈夫，像一个亲人。经过长期的读书和思考，靖宇决定写书，他要把自己对人生的感悟都写出来，无奈之际，他用手中最后一笔钱，把丁文琼托付给她的表姐一家。靖宇开始疯狂地写作。两手空空的靖宇，吃饭成了首要问题。到了最困难的时刻，他只好卖书。45 块钱，每天一个馒头，坚持了 90 天。骨瘦如柴的靖宇写完了小说，并送到了出版社。庞增春的豪华小区公售之日，李可立被执行死刑之时，靖宇的小说获奖了！靖宇用最后的 3 块钱买了六个馒头，一口气吃下去。回眸远望龙门的天空，竟是那样辽阔高远。

庞增春的公司上市了。与庞增春结了婚的皮卡卡最终把属于靖宇的一笔巨款还给了靖宇。到了实现夙愿的时刻了。庞增春和靖宇分别向母校捐了一笔钱。李可立的遗物中，也有一笔钱。靖宇和庞增春经过协商，决定把这笔钱分成几份，一份捐给母校，一份留给李可立的妹妹，另一份，则交给了李可立的母亲。

丁文琼再一次被送回龙门复查。靖宇把自己的作品捧到丁文琼面前，含着热泪说了许多许多话，转身离去时，身后忽然有人轻声叫他……

这部小说人物繁多，塑造出来的个性也十分鲜明。小说有一种内在的张力，有着美国作家德莱塞的《天才》和《金融家》那样的宏阔视野和雄心。在王龙的笔下，我们看到了30年改革开放的环境里，人的欲望释放出来的巨大的力量，和这种力量改造社会的巨大变化。生猛，鲜活的细节，个性鲜明的人物，都给小说带来了可读性。

小说试图描绘一个大时代的勇气可嘉，这样的关于罪恶与欲望、金钱爱情纠扯的小说，震撼人心，逼人正视我们自己。这样的批判性的社会写实小说，在我们的经验中，这是一部必须正视的、值得褒奖的好小说。因为，我们的时代是大时代，而配得上做时代脚注的小说，却并不多见。

那些枝头的绿羽啊

——读罗春柏的诗

一个人常怀着诗心，那他就是一个丰富的人，一个有着精神生活，善于从日常烦琐生活中找到意义和依据的人。

诗人，是人类灵魂之树上最为敏感的树枝，是第一个报春鸟，也是最后的彩霞。诗人总是保持着童贞的东西和原始的激情。

我读罗春柏的诗集《枝头的绿羽》，就有了这样的联想。在罗春柏的诗里，我可以看到一个丰富的心灵在为生命的瞬间赞美和歌唱。

他的诗，大都是他在日常生活和游历中捕捉到的吉光片羽。这是一种很好的发现生活的别致的方法。走过路过生命中的好些风景，在不同的风景背后，他那善于发现的眼睛，就看到了诗神闪现的刹那：

“我们的车，走在同一条路上/我早起程，便早到站了/而你呢，晚一些上车/还在途中颠簸/请不要笑我，我已经/品着菊花的清香/可你还要小心啊！如有不测/就无法欣赏最后的风光。”（《人生》）

罗春柏的诗歌，从形式上来说，都非常短小精悍，对语言的提炼，对瞬间情绪的捕捉，对心灵幽暗地带的探询，对人的可能性的瞻望，这些都是构成他的诗歌的特点：

“窗外，树叶飘落秋天/湖水荡开思绪/我无意望去，却见/淡淡的云彩/走远了，海边的浪花/镶嵌我此刻心境。”（《心境》）

收在这个集子里面的诗歌，可以看出来，他的诗歌风格并不多变，而是一直在唱一首歌，那就是，带着人生哲理的感叹，崇尚自由体，语句精练优美。

他的诗一般以表达内心对自然、生命、宇宙和时间的体验为主题。好多诗从局部看，显得节制、纤小、朴实、细微、生动。他善于从小处入手，描绘心灵的冲动、灵魂内部的激荡与和解：

“当阳光洒落，风把原野/抚绿，鸟儿亮起歌喉/百花展开彩翅；当乌云/压着山脊，雷电鞭打天际/泪雨洒落，大地褪色/此时，我不知道/这多情的世界/在你的眼睛里，传递着什么。”（《感应》）

他的诗歌，还有一种少见的沉思性，比如，他特别喜欢抒写短暂瞬间的感受和感情的迸发，大部分诗歌的主题，都涉及了游历的见闻、生命的体验等等，非常富有感染力：

“是问号？是耳朵？在思索/还是在聆听什么/一旦醒悟，便是一把/号角，打破一生的沉默。”（《海螺》）

他的诗有节奏感，还有一种奇特的大地上游走的属性，对大地、山川、风物和所有的一切，都充满了好奇和耐心的打量。他的诗是抒情的，和警句式的总结的，是浪漫主义的，也是智慧的：

“百花开了，纵有万紫千红/谁能阻止落英的泪雨/阳光飘拂，暖风绿了大地/谁能抚慰，心中的荒野/石榴绽红，杜鹃啼血/依然留不住春色/一绺清清溪水/带着歌声，向远方走去。”（《情绪》）

阅读他的诗，就是在和一个丰富的灵魂对话。这本书，由此点亮了黑暗枝头的绿羽，将可能的美带给了我们的眼睛和心。

历史的声音肖像

——评罗伟章长篇小说《太阳底下》

新时期以来，四川出诗人，而且一出就是一群群的，小说家出得少，但是我发现四川的小说家出来一个就是一个。比如阿来，比如罗伟章、何大草，比如颜歌。这些作家形成了独特的非常有艺术个性的小说家梯队，成为有别于四川诗人群的小说家个体的独特现象。

罗伟章这些年的小说写作十分扎实，他写作的题材广泛，无论是历史题材，还是当下的经验，他都能够处理的相当老到，他以长篇小说《磨尖掐尖》《大河之舞》《太阳底下》等六部长篇小说和大量中短篇小说，奠定了自己在当代文坛的地位，成为声名鹊起的、实力雄厚的小说家。可贵的是，罗伟章的小说写作呈现出一种扇面状的开阔性，他的小说有着丰富的可能性，正以其宽阔的思考能力带给我们不断的惊喜。

罗伟章的长篇小说《太阳底下》（《大家》2011年第5期），我是最早的读者之一，我详细阅读了这本小说新作。从题材上说，这部小说写的是重庆大轰炸的历史，但绝不是一部通常意义上的历史小说。故事的主人公、二战史专家黄晓洋，着迷于曾祖母的死，曾祖母是在南京被日本人杀死的，关于她的遇害，有两种说法：一，日本兵枪杀她之前，把她叫了声奶奶；二，日本兵不仅没叫她奶奶，还在开枪之后，朝她背上踩了一脚。黄晓洋揪住这个细节不放。因为他理解的历史，不是数字的历史，而是从个体走向个体、带着气味和体温的历史；不是被时间封锁起来的古棺旧墓，而是人心的历史，是开放的，必然与现在和未来发生联系，且与每个人都息息相关的鲜明记忆。

小说中的声音是最值得关注的地方。小说开篇，就奠定了论辩的基调。在20余万字的小说河流中，我们将看到，黄晓洋遇到了数不胜数的抵抗的力量，李教授及其夫人安志薇，包括黄晓洋的妻子、岳父、父亲，等等。而最大的抵抗力量，来自于黄晓洋自身。于是，小说就此展开了对历史深处那些令人着迷的东西的探询，而历史的声音肖像的刻画，是罗伟章在这部小说中最成功的尝试。

小说中，李教授当年跟黄晓洋的曾祖父一样，是中央大学教授，日军逼近，中大西迁，曾祖父因中风未能成行，死在日军的屠刀之下，李教授则带着从国外进口的名贵种畜，跋山涉水，晓伏夜行，年余后抵达重庆，身居土墙小屋，心系民族兴亡，和其他知识分子一起，顽强地保存着我们的文化血脉和读书种子。抗战胜利后，李教授留在了重庆，黄晓洋追随他的脚步，同时也因为对画坛才女杜芸秋的爱情，离开家乡南京，到重庆任教，研究的方向，也由沿海战场转到重庆大轰炸。跟他一同到来的，是关于曾祖母遇害的细节；也就是说，他仍旧带着显微镜来研究重庆大轰炸，比如，日军在高空投弹之前，是否如他们在回忆录中所说，深情地赞叹过重庆的山川之美？

对此，李教授等人态度明确，黄晓洋希望从细节中考察人心，可在重庆，当敌机从空中投弹，投弹手完全看不到大地上的生灵涂炭，听不到呼天抢地的悲苦呼号，闻不到肉体烧焦的恶臭，他们操纵投弹杆，就如同操纵汽车变速器，这就势必形成人心的真空。淡然。麻木。无动于衷。彻头彻尾的石头心。要说细节，再简单不过：打开投弹舱，推动投弹杆，关闭投弹舱，完了！这简单的细节，持续了五年半。时至今日，世上还无任何一座城市，像重庆这样遭受过如此长期、连续和猛烈的轰炸。尽管犯罪者并没到过现场，却无法掩饰正是他们制造了惨绝人寰的现场。而黄晓洋认为，只要日军枪杀曾祖母和推动投弹杆之前有过犹疑，就证明人心还有另一种可能性。

他为这另一种可能性，不停地说服别人，却最终无法说服他自己。对重庆大轰炸的研究越深入，他就越是走入了人心的幽暗。包括他自己的幽暗。

罗伟章对这个小说灵魂人物的处理是高明的。在不断滚动的叙述视角里，历史学家黄晓洋对细节的追问又招来了新的谜团：抗战时期，父亲和大伯共同爱着的女孩安靖突然消失，再无音信。小说的高潮是黄晓洋死因的揭秘。这个由最庞杂的“声音”拼贴完整的自杀动机使南京大屠杀、重庆大轰炸及日本广岛长崎的核爆景象重叠在一起，更使两个秘密爆发于一处。“杀死”黄晓洋的底牌竟然是安志薇的身份之谜。原来一直被黄晓洋视作曾祖母的李教授之妻，那个每年 8 月穿着旗袍到河边烧信哭诉的安志薇竟然就是安靖，而父亲当年在青岛海边邂逅的安靖竟然是个日本人！1954 年 8 月安靖突然消失的原因是爱人兴奋向她描述长崎核爆。到这里，执意要在历史里考证人心的黄晓洋是非死不可了。他关于曾祖母遇害的幻想被井上安子（安靖）解构了，他的历史信念被曾祖父的化身李教授解构了，命题回到最初就成了——“如果地上是个日本女人那么她就该死么?”“是的，她该死。”黄晓洋如是说。

《太阳底下》的内核情绪是寻找祖先的冲动，但张力却来自寻找过程中对寻找的“信念”的解构。就像黄晓洋越是追问细节，考察人心，他就越是接近人心的幽暗。作者“处死”的不是历史的细节，是沉迷细节的黄晓洋而已。废墟里在不停地争吵，当一种声音最终连自己也说服不了的时候，便只能回到静默之中——黄晓洋投长江而死，变相返回南京，即是由死亡返回生命起点的隐喻。

真正的好作品当具有撞碎人心的毁灭力，即使它带来了灵魂的审判和精神的剧痛。罗伟章把历史的裹尸布曝露在阳光底下，唤醒了整个人类的精神创伤——从南京到重庆，从细节到数字，演绎的都是一句话：“听，废墟里传来的，带血的声音。”

正是在这一点上，《太阳底下》和别的抗战题材的小说，彻底划清了界线。一件事情发生了是重要的，小说家用自己的方式把它记录下来，更加重要，罗伟章在铁一样的已知和难以逆料的未知之间游走，自由驾驶流动不拘的时间，将时间捏在指尖凝视，从中质疑人的境遇和存在，探究“死后的生命”，得出的结论是，当人（生者和逝者）的丰富性和完整性饱满呈现之后，才发现是人不可说明的：人有待证明。《太阳底下》是抗战题材小说进入到第三个阶段的标志性作品，第一个阶段是上世纪 50 年代的那些小说，《地雷战》《地道战》《铁道游击队》等等，是将战争与故事传奇结合起来的通俗小说，第二个阶段是上世纪 90 年代以来，描写抗战正面战场的小说，比如周梅森的《黑坟》等。第三个阶段，对人在具体历史情境中的深刻探索和挖掘，对历史的声音的肖像的描绘，是新的着力点，这就是罗伟章这部小说对当代文学史的贡献。

这部小说语言和语调都很有特点，结构严谨而对称，自始至终，既充满论辩的乐趣和剖析的“残忍”，也充满悬念和秘密，像李教授和杜芸秋的生活之谜，安志薇的身份之谜，而最大的秘密，是让黄晓洋着迷也让我们着迷的心灵的秘密。而罗伟章也通过这部小说超越了自己，同时超越了其他很多人。

成路：　从黄河边长起来

——成路诗歌片谈

五月，在延安干部学院学习，顺便见了老朋友，诗人成路。并约了刘江等作家朋友，往北边的安塞县走了走，看了看久违的陕北地貌、窑洞村落和剪纸艺术。晚上安静的时候，我就读成路的诗。成路的诗，逐渐地和我这些年所走过的北方大地相呼应，成为一种奇特的脚注，或者说，成路的诗歌，唤醒了我的地理记忆，同时，他以诗歌的方式，加深了我对脚下的土地和自身所在的文明的理解。

成路的诗的题材，大都取材于北纬 35 度到 45 度之间的范围。这个范围，我们可以看到从北京、内蒙古到青海、新疆的辽阔的一条北方的脊骨线，核心的部分，自然是黄河流域，陕北高原和西北大漠。在这个广大的、中华民族发祥和与各个游牧民族交融的地区，成路展开了他诗歌的光辉灿烂的写作风景。比如：

《白城子》

云被流放，鸟被流放，大风被流放
我一双小手握紧太阳。
城和城中的瓦当，为眼睛存在。眼睛杀死时间。
苍白的粘土。苍白的石英。苍白的石灰。
我骑隅墩马面，策城扬鞭，追赶肥美的水草
鹿群恣意的奔跑声爬进耳门，在城池以外。

许多人走了。
太阳劝我与王对坐，马背，奶酪，稷神
和三枚扶桑树的叶子落了。灵气让我看见
马蹄踏着钾。箭镞吻着骨。
青稞的光亮在醉酒的夜晚燃化成灰，白了城。
我带着诗歌而来。歌谣1500年了，站在晴空之上。
席地而坐，我看见了走动的城，我庆幸。

赫连氏说：时空是一匹驹，她是你的。
净洁的谷物拱破壳萌芽，和二十四节气和手掌衔接疆域。
海子出走了。王，儿子的争吵出走了。
我和驹并排立着，静心听
墙体的深处发出江山和美人的絮絮叨叨声。
此时，我是一根拴驹的石柱。

在这首诗里，历史，时间，风景和人的心像，是那么精确和完美地成为一体，成为诗歌的黄金般的铸造。诗里面的“我”，此时外化为每一个人，是你，是我，是我们所有的人，大家一起经历其中的时空岁月的洗练并获得大美而不言。

于是，成路的诗向西，向北，向东，唯独不向南：

《新嫁娘的头巾掠过我的眼睑》

我和藏族的新嫁娘一起看雪山上行走的阳光
背靠青海湖，湖岸旁啃盐的羊只

新嫁娘的头巾
随着风的节奏一下、两下地拍打我的面颊

阴云的推动使阳光从东向西
向山的谷凹处跌落

我象征地伸出手去垫山谷
也想把阴云锁定

可我不能向新嫁娘说出这样的秘密
只能把头向她再偏偏

新嫁娘的头巾掠过我的眼睑似铺展的旗帜
招引青海湖呼啸的浪和搏击的鸟群

阳光泛红
像灶膛的火焰把雪山烧融

青海的高阔和辽远，给成路带来了丰富的情感，也带来他类似陕北民歌式样的歌唱。在上述这首诗歌中，经过了提炼的诗意和类似谣曲的内部节律，让我们看到到了男人、女人和大地构成的风景。而下面的一首，则回到了黄河，他截取了一个符号，一个古代墓地的意象，来书写他对母体记忆的追寻：

《柳湾墓地的记号》

我聚成斗的手显然是小了
不能把湟水抬高

不能把柳湾[1]陶器上的孩子带走
那就枕着山脊
躺下，在上古的公共墓地里
和某个墓穴对齐
幻想条纹的陶瓶，鱼纹的陶瓮
墨红相间娃娃纹的陶钵
贴着我的脑顶和脚心

这样子我就走进了一个氏族的内部
烧煮奔兽
也可以拿起颜料把自己临摹在陶壁上

后来，或者现在
我被上升的地气带走

成路当过兵，在对越自卫反击战中打过仗，因此，他的诗歌带有更加阔大的、超越了生死的气象。他说：“上辈人说：肉身是一条装灵魂的袋子，死亡仅仅是把肉身放置在泥土里给灵魂升天储备的精气。天上没有去过，但肯定好，因为人人向往，因为距离太阳近。艾略特赞誉优秀诗人的词语是：下地狱的能力。其实地狱和天堂之间的距离是一个人的高度，人做导体使天地相通。大地的品质是生长，诗人只有获得了这一本源的、优秀的品质，感应、理解后，借用根的动力完成自己的精神姿态，灵魂观念，实现具有根柢的诗歌创作。这是一条充满锋刃的秘密通道，需要宗教性、奴隶性的虔诚，如同纤夫拉搁浅在河滩的船只一样充满力量和勇气，背负着精神的

① 柳湾遗址，黄河上游最大的原始社会氏族公共墓地，马家窑文化半山类型、马厂类型、齐家文化和辛店文化四个时期的墓葬共处一地，前后延续一千多年。

纤绳，用生命自身尊敬诗歌。在我的生命中，南线战争的经历浸淫着我的灵魂，是在后来的年份里我的灵与魂纠斗的全部，斗争尖锐，有时候自己也战栗，结果简洁、犀利地呈现了大地性品质的信仰，这也是我诗歌建构的初始源。”因此，建立功业，超越死亡的威胁，成了他的大地和历史诗篇打量的视线：

西夏王陵[①]

把自己送给眼睛和喉咙
这样翻越山冈，这样踏遍平原
就容易了

眼睛和喉咙
肯定和大鸟的翅膀在一起

在这里，
我其实没有翻越山冈的欲望
我其实没有踏遍平原的欲望

眼睛和喉咙
掠夺我的肉体是在西夏王的陵地

王地，收容定力坚硬的灵魂
流放定力坚硬的灵魂
连同骨殖

---

① 位于银川市西的贺兰山东麓，是西夏王朝的皇家陵寝。

大鸟的翅膀是财富
无边的广大就是在他的影子下辽阔

我把自己的骨头打磨成一苗针
缝合陵墓里的城池和商铺
和银元

对了，缝合的针线在辽阔之上
是王土，是王朝

贺兰山①

请求双手，拿起铜质的笤帚
清扫河床和岩石

我知道，这是用老底气
把祖谕从石头上、陶盆上、瓷碗上
搬下来，归还给打结的绳子

我们肉身上的织锦和纽扣
经过山林的路途时，和着草料自焚

这是在督促
石头赶快涅槃啊
把锁在岩石上的太阳②放回到天上

① 宁夏回族自治区西北山岭。
② 意指贺兰山太阳神岩画。

如果说，河床和岩石因此孤寂
我们抱回狼，抱回豺

当然，我们在自己的胸骨里
点燃大火
我们的灰烬顺河流去，或者挨着岩石站立

地理概念下的诗意提取，使成路的诗获得了比一般意义的抒情诗人更加厚重的内容，使他成了地域文化诗人和在路上思想的诗人。同时，在语言的锤炼上，成路表现出对现代汉语的精确把握。诗歌是语言中的最高艺术，诗就是语言中的黄金，必须经过千锤百炼。而成路不仅善于提取文化和自然景观符号来入诗，而且还在汉语的精微性上，有着杰出的表现：

《海子》

向着正午的日头　或者更远一点
去，看海子

大草　与先期的兄弟
与明亮的海子结伴
在自由行走

野鸭子，一支清点花和草的队伍
固执地守望露珠　是在守望好流水
从她们栖息的云朵开始

明亮呵，大草的眼睛

在黄金的光芒中
拔起了营寨　空阔使我苍莽

九十九个海子　九十九只眼睛
被我和伙计们的喧哗声
吓跑了

此刻仅仅一阵简单的风吹过
石头凶猛地扑上额头
——巴音锡勒大草原

眼睛走散了　大草丢失生长的目标

如果说上面这首诗带有精确、精致和精微的语言特点，那么，《母水》可以说是成路的集大成之作。这首长诗，集中地体现了成路的美学追求和语言特点，以及他的文化素养和歌唱的理由：对母体记忆，对母水的赞美。人，生长在大地上，人不能忘记自己的来源。人被奶水养活，被母水滋养。成路的《母水》显然是另外一种关于黄河的赞美诗，但他的表达，却有着更加有力度的呈现。和一般意义上的浪漫主义的赞美诗不一样，成路的这首诗不仅描述了黄河的风景，同时，所有的意象都经过了他内心的处理，使全篇变得陌生化效果非常明显，语言的短节奏，使诗歌带有经过了克制的咆哮和精练的特点。由此，成路真正地成熟为一个汉语优秀诗人了。

我引用第一节作为大家欣赏的一个片段：

《母水》

我看见，我的第一代族长

持着火团把混沌烧融成河

水，在巴颜喀拉北山的雪崩涧没有节制地奔涌
姊妹的歌谣和兄弟的号子
漫溢、传颂

飞翔的豹[1]，陈展开翅翼
温暖巴颜喀拉雪山弥合时淌下的水
还有鲤鱼，还有沙子

巴颜喀拉雪线下向南隆起的原
相信土，相信石头
他们，和飞豹破腹点灯

这是光亮的祭祀
照看着河水和风群
入口

鲤鱼，或者是墨绿或者是鲜红
在灯柱下
潜游

而风群的轰鸣
此刻正在聚集
向南向北

① 河神庙的僧人说，飞豹，是黄河上有法度的精灵。

"抬起头，鱼和风抬起头
大水的秩序已经在一扇宫门开启"
飞豹说

是啊，我把耳朵贴在土地上
让灵魂沿着水的流向
和以前，和未知一起流动

1

河口①上的旗杆，一对铁铸的旗杆
依着祖母的孕光
摇响陶钵上的提环

这水质的声响
陪伴着我的姊妹，仰面的姊妹
用绿血缝合沉船的帆

这水质的声响
让我的兄弟把五月的甘草和盐巴
敷在旷野上，煮沸黄河夹裹的冰

而祖母，在静默的仪式场
取出口中的籽粒
和地脉，和我的血脉收集根茎的力量

---

① 内蒙古克托克县河口镇是黄河上中游的分界点，从此，黄河开始逐渐进入蒙、秦、晋峡谷段。

成路写《母水》，达到了让人惊奇的高度。这是因为他有着鲜明的创作自觉。他自己解释说：“母水，纬度高地——西部，是名词，也是华夏族精神和文化象征的黄河、长江、澜沧江的江河源。换言之，西部是一个民族根脉图腾的圣地。在这里我想叙说的是我自己的黄河。2007 年夏，我孤身行走了内蒙古乌梁素海至陕西韩城龙门段的黄河从河套地区进入蒙秦晋峡谷段。行走中，眼睛看见的现场和物象，自然地放置到黄河的各部让其归位，使其完整。这样，黄河的凶、顺，我看作是一个生命体的本能反应，‘他’是没有隐喻的。我拒绝了表述气势的形容词，使诗歌和黄河像我一样是自然的本身，可生，可亡——在生和亡之间存活就足够了。这章诗是黄河的自然材料，雄性的成分居多。这样我确认一个事实，黄河是中华民族的母亲河，那我们的父亲河是哪条呢？我在诗歌里把黄河指证为一条母亲和父亲共同属性的河流。这里我用五个梦——天意的梦做钉子把诗歌材料钉起来，靠近母源，靠近父源。其实，我还是在面具里，还是在混沌里。也许是《母水》的本身需要，我在写作过程中阅读史书和地理志，从而丰富我的幻念形象，把这些形象放任给语言，和情感、理想达成了一种并行的关系，展开了思想行为，即意象语言的表达而产生的思想。我还需强调，幻念形象是在文化史的框架里完成。”

在成路的所有诗歌中，他对语言的精心锤炼，都让我惊喜。而且，他找到了诗歌语言内部的节奏，有时候是短句子，有时候是长句子，汉语的伸缩，汉语的简约，汉语的复杂，汉语的象形会意指事形声转注假借，在他的诗歌里面都有着多重的开发。他说：“现代汉语本质发生了变化，我的长句子和意象的大幅跨越是表达和情绪的需要，是西部地理广阔、文化多样的需要，也是我感觉到如此推进现代汉语诗歌有继续扩展的无限可能。因此，我的诗歌句式的长短、分节，是按照建筑的稳定性来设定的。其实，我把西部预先设定了若干个点，这是在对历史、文化、地理观察后形成的，然后用短线（语言）连接而成，使其和自然建立了永固性的关系。这就是我诗歌结构的建造图纸。虽然这种结构和当下的诗歌倾向是分野的，但我会等待未来，也许是一个错误。现代汉语是一个活的文体，真相在未知中给诗人时间和空间。而我们往往像刘勰所言：‘方其搦翰，气倍辞前，暨乎篇成，半折心始。’”

成路就像是从地里长出来的诗人一样。他写作的题材广泛，有力度、广度和深度，是当代十分优秀的地域文化和语言派诗人，也是生命体验型的诗人，更是思想的诗人，智性的诗人和大地诗人。

帕修斯如何砍下美杜莎的头

——吕翼作品研讨会谈话

云南昭通作家吕翼算是我鲁迅文学院的师弟了。我是第三届高级研讨班的，他是十五届高研班的。研讨他，就是把他当麻雀来分析分析。

刚才听云南作家协会主席黄尧谈到昭通作家的写作背景，很受启发。

雷平阳、夏天敏都是昭通出来的，说明那个地方出作家，也有了昭通作家群这么一个现象。

吕翼的这六篇小说我都认真看了，谈一些感受。

三个短篇小说都不错，显示了吕翼的控制力。写短篇小说，最重要的是控制力。有的人写得拘谨，有的人则收不住，写得太芜杂。因此，短篇小说的多和少，十分重要。齐白石画虾，一开始是一张纸上画了很多虾，后来一点点地减少，到了最后，三两只虾，就活灵活现了，就以少胜多了。

吕翼的短篇小说《孝子》，就控制得好，故事的设定，人物的塑造，细节的刻画，结尾的收官，都很好。

短篇小说《你的爹，我的儿》，在叙述上有讲究，连环地出现了一串人物，构成了很好的叙述语调，很抓人。故事带有魔幻色彩，带有地域文化的浓重痕迹。带有着生命的野性之美。而且，这篇小说有骨头，也有肉，是处理得很好的一个短篇小说。

短篇小说《行走的秩序》，写的依旧是小人物，故事我不大有兴趣，但是小说的技术是很好的，控制得好。

三个中篇小说《月亮之上》《此河彼岸》和《割不断的苦藤》，长处在人物的塑造。一个个鲜明的人物，折射了作者的生活很扎实，观察很仔细，细节很生动。但结构上，叙述的重点上，有的小说显得漂移。不够确定，显示了作者在驾驭这样的体裁的时候，谋篇布局上还有些毛躁。

这几个中篇，语言是流畅的，有一定个性。但是文学性的更有个性的语言还在成形中。可以尝试一些方言的写作，或者尝试更书面的、修辞丰富的语言来看看。

吕翼的写作，空间还很大。首先，如何看待现实生活。我曾经举过一个例子，希腊神话中，智慧女人雅典娜要英雄帕修斯去取得魔女美杜莎的头，但谁只要看一眼美杜莎，谁就会变成石头。

帕修斯可不想变成石头，怎么办？他利用手中的盾牌和刀剑的映射，来观察美杜莎的一招一式，最终取得了美杜莎的头，自己也没有变成石头。

这个神话故事，实际上是作家和要描写的现实世界之间的关系的比喻。你看到你就写你眼见的，那么，你就变成石头了。

必须进行一个非常巧妙的转换，你才不会变成石头。吕翼的作品有这个危险。他太专注于看见的那些人物、山川和环境了，很容易变成石头。

我推荐他看刚刚由人民文学出版社出版的科塔萨尔的短篇小说集《动物寓言集》。他的方式，就是英雄帕修斯的方式。

我们为什么说卡夫卡好？因为卡夫卡也是一个帕修斯。

那么，接下来，伊塔洛·卡尔维诺、加西亚·马尔克斯，萨尔曼·拉什迪，莫言，都是帕修斯。

我不知道大家听懂了没有？不懂，你回家慢慢琢磨。因为，很多中国作家的通病，就是正眼去看美杜莎，结果，写出来的东西都是僵死的石头。

吕翼还有一个可能性，就是对地域文化的深化。他所在的云南多么的丰富和神奇，在表面的现实存在的下面，还有着“民族文化心理积淀”，还有着生存范式的独特性和隐秘的文化结构。

从这个方向出发，继续寻找自己的符号价值，创造一个属于自己的文学世界，才是作家最应该干的。

关于慈溪的一部大书

我去过浙江慈溪好几次，每次都要到上林湖越窑旧址去看看，也会在杭州湾大桥上走一走。可以说，青瓷和大桥，是浙江慈溪标志性的物质与文化符号。一个代表了慈溪的悠久历史文化，另外一个则代表了这座城市的现代建设成就，以及通向未来的决心和希望。而峻毅的长篇非虚构作品《履痕》，书写的正是慈溪更为具体的当代历史和当代人。通过这本书，我们会找到一个通向当代慈溪人心灵的绝佳通道，找到为什么慈溪人会成功的原因和理由。

中国是瓷器之乡，瓷器之都。有历史学家说，中国除了有石器时代、青铜时代、铁器时代之外，应该还有一个是瓷器时代。不过，中国的瓷器时代太过漫长，用来指代某个特殊的历史时期，似乎也不好界定，因为到现在，我们仍旧在日常生活中大量地使用瓷器。如今，在慈溪郊外的上林湖的边上，到处都是可以被称为是“文明的碎片”的瓷器、模胚的残片，随手就可以捡上几块。我听说杭州诗人潘维就偶然捡到了一个器形完整的青瓷碗，虽然是碎的，可是拼接起来竟然完好如初。上林湖南面的山坡上，还有一座距今千年的青瓷老窑的遗址。遗址上方修建了一座长廊，由十五重檐叠加起来，构成一座外形奇特的亭子，很好地保护了裸露出来的窑址，缓慢沿着坡地向上的遗址里，从土层中裸露出很多瓷器的泥胎和模具来。据说，光是在上林湖的周围发现的唐代越窑遗址，就有一百七十多座，而附近的翠屏山周围，还有其他几面小湖，都发现有越窑的遗址，可见这里生产青瓷，在唐代是多么的繁盛。

越窑青瓷的颜色乍一看不是那么扎眼，也不是那么好看，有些像绿豆发霉了的颜色，也很像茶叶的颜色，难怪很长时间里不是宫廷里的爱物。可是，这种颜色看久了，就看出味道来了。越窑青瓷后来成为唐朝宫廷里面的爱物，并且成了高度发展的唐代文明的一部分，和越窑青瓷的技术发展有关系。青瓷和青花瓷完全是两种颜色，因此，越窑的青瓷的颜色，后来又长久地被称为秘色瓷。秘色瓷很长时间里，都不知道是什么颜色，现在，可以肯定地说，是接近青绿色的，还有一种是黄釉色的瓷器，都很珍贵。越窑青瓷的历史据考证起始于东汉，而在更早期，这里应该还有陶器的生产历史。慈溪位于浙江东部，烧造瓷器的自然条件，比如陶土、水源和运输条件都很好，当地盛产的松木可以烧出1200度的温度，加之水路、陆路交通都比较发达，因此，青瓷的烧造就逐渐地成了这里最著名的出产物。

当我读到峻毅的非虚构文学作品《履痕》的时候，我感觉这部作品真的是一件好的文学的青瓷。在书中，我看到的，是活跃在这座城市里的活生生的人。这是这部书最吸引我的地方——究竟是什么样的人，以他们什么样的故事，改变了这座城市的面貌，丰富了这座城市的内涵？峻毅以他的生花妙笔，扎实地采访了大量生动的实例，描摹了那一个个的个体，描画了整个慈溪外来打工者的群像。正是这些活跃的、充满了奋斗和努力改变现状的人的故事，使得慈溪的今天充满了活力和可能性。

从写作的技巧上来说，峻毅的这部作品是非虚构文学的杰作。它讲究结构，非常精巧，这是长篇小说才具有的特点，峻毅就像一个非常优秀的建筑师，给了这部非虚构作品以一个十分结实的结构，支撑起一个坚硬的骨骼，在内部的叙写空间的营造上，游刃有余。在具体的书写上，他从面到点，从过去的历史到眼下的当代，从群体的扫描到个体的书写，他将这座城市里的人，尤其是农民工、打工者的状态，书写得淋漓尽致。

在上林湖边徜徉，可以看到到处都是瓷器和模具的碎片。随手捡拾一片，你可以猜测这块碎片是盘子、碗和碟子的一部分，还是杯子、钵、瓶、罐的局部？这样的揣摩需要你具有丰富的瓷器器形器具的知识。上林湖，是接近慈溪古代文化的一个入口，她安静地铺展在大地上，以满地的青瓷的碎片，无声地叙说着沉默千年的历史。而在峻毅的这部作品中，那一个个人的口述实录，难道不像一块块的青瓷在闪光？峻毅能够在写作中，深入到人物的心里，将他们最想表达的、最具有个性的东西都呈现了出来。因此，这部书，我觉得在拥有文学价值之外，同时还拥有了文献的价值、社会学的价值、人类学的价值。这是峻毅这部作品最成功的地方。

再说说杭州湾大桥。慈溪地处东海边，靠近杭州湾，是在一片滩涂之上发展起来的城市。从历史上看，慈溪就是盐碱遍地的滩涂，是不适宜人生存的，可是，就是有那么一批先民，在这样的地方移民围垦，硬是从滩涂和盐碱地上要来了生存的土地和空间。而且，在有河湖的地方造窑烧瓷，烧出了举世闻名的青瓷来。在围垦、移民和青瓷文化的辉映之下，慈溪人以坚忍不拔的创造精神，一步步地走到了今天。眼下，杭州湾跨海大桥已经建设成功了，几年前，我第一次来这里的时候，只见一片滩涂的中间，还只是一些桥墩子，等到我第二次来的时候，就看见了一条巨龙的龙骨出现在杭州湾的水面上。这一次来到这里，一条钢筋水泥的彩虹跨越了烟波浩渺的杭州湾。在我的眼前，由国人自己建设、自己投资的杭州湾大桥，就这么迅速地建设成功了！大桥上，我看到的都是新鲜的交通标志，还有七彩颜色粉刷的桥面格栅，会让通过大桥的司机在开车的时候眼睛不至于过于疲惫，要是颜色单一了，就容易出交通事故。宽阔的上下六车道加双向紧急车道的大桥，在杭州湾上流畅地弯曲着，沿着弧线形的线条，向对面上海境内探过去。而杭州湾大桥的尽头，就是长江的出口，中国的经济龙头——大上海。记得那年我先去上海开会，然后取道杭州来慈溪，在上海境内就堵车，到了杭州还迷路了，转了半天，才上到了杭州到宁波的高速公路，却看到，到处都是大货车，难怪，长江三角洲的经济发达，人流、物流量很大，高速公路也是熙熙攘攘的，我走了六个多小时才到达慈溪。2008 年，杭州湾大桥开通之后，慈溪到上海的距离立即缩短到一个多小时了，不用再从杭州绕一个弯子到上海了。36 公里长的大桥，直接将宁波、慈溪的经济快车道，接到了长江三角洲的龙头上海，一下子使慈溪变成了上海的经济发展和产业后援地带。上海本来就为自己的发展空间感到了局促，这大桥的建成，必将使宁波地区和上海的联系紧密起来。从历史上看，宁波和上海的关系就非常紧密，据说有三分之一的上海人是宁波人。吃苦耐劳的宁波人到上海滩闯荡，造就了上海在中国现代史上的辉煌，成为远东的一颗光辉灿烂的明珠。在上海，过去就有"宁波帮"的说法，是宁波人依靠自己的智慧、勤劳和团结，造就了宁波帮的商业文化，烘托出近现代中国史上辉煌的一段历史。

而今，杭州湾大桥将慈溪推到了上海的边上，因此，慈溪也有了新的发展机遇。在未来数年间，大桥南侧慈溪的滩涂上正在兴建的慈溪杭州湾新区，大有发展空间。这里肯定会以交通优势和土地资源的优势，成为发展的新热土。

杭州湾大桥的建设作为一个背景，我们再来读峻毅的这部《履痕》，我们就明白为什么作者喜欢取这样一个书名了。人走过大地，留下大大小小的痕迹。那么多人的履痕，造就了慈溪的今天。这些痕迹，证明了我们曾经生活过，奋斗过，有过梦想，也有过挫折，有过失望，但更多的是希望和收获。尤其是当下社会管理需要创新，社会矛盾需要化解的转型时期，峻毅的这部作品是恰逢其时，对当政者也是一个很好的参考。如何进行社会管理创新，如何发挥个体人的积极性和创造性，如何管理外来人口，如何创造新的社区文化，这部书都给了我们很好的启发。

青瓷和大桥，两个不相干的符号，却成了慈溪连接过去和未来的象征。而峻毅的这部非虚构文学《履痕》，扎实生动完美具体地记录了当代慈溪人的群像，成为了一块沉甸甸的文学的丰碑。

沙克：披着语言飞翔

——漫说诗人沙克

诗人的声音在今天应该更响亮，对诗人的关注，就是对时代心灵和精神境遇的关注。因此，能参加沙克诗歌作品研讨会，我非常高兴。我代表在北京的一些诗人前来道贺，他们都是沙克的老朋友，听说了沙克要召开研讨会的消息，都很高兴，其中有诗人洪烛、周瑟瑟、祁人，还有商震、树才等等，他们都让我向沙克转达祝贺。

谈到沙克和他的作品，可以说我是比较熟悉的。沙克的诗歌我看了好多年，作为诗歌爱好者、写作者，作为他的同道，我自然要谈谈我对他作品的感觉和认知。从写作姿态上来看，以社会学的角度去解读，沙克的确算是一个“归来者”诗人，是眼下比较有影响的“归来者”诗歌写作群落中的重要一员。那么，什么是归来者诗歌群体？纵观最近30年的当代诗歌史，因极左政治的原因，有一批在“反右”和“文革”期间被打倒的诗人，在上世纪70年代末、80年代初重见天日，重新归来，构成了第一拨归来者诗潮，他们以艾青、邵燕祥、郑敏等为首，再度拿起诗笔，写下了大量的优秀作品。艾青还出版了诗集《归来的歌》。由此使“归来者”诗歌现象成为当代诗歌史上的一个重要的流派和文学现象。

而第二拨诗歌的“归来者”，是改革开放年代的新时期里，因为经济社会发展的影响，一批写作几年、十几年的青年诗人，在1989年到1999年那一段时间里，停下诗歌创作，忙着下海、忙着挣钱，去解决生活问题了，到了21世纪头10年，他们又陆陆续续重新回来，重新进入到诗歌写作，回到诗歌的队伍里来，并且写出了很多优秀作品。我本人在此期间，也有10年时间没怎么写诗，主要去写小说了。后来，也重新写诗了，今年还写了几十首。这些年，我接触了大量第二拨的“归来者”诗人，粗粗统计，全国大约有100多位新的“归来者”诗人。说起来，名单会很长。沙克显然是其中的一位佼佼者。在北京，现在“归来者”诗人有许多聚会，经常在“老故事”酒吧里，或其他场合朗诵诗歌。

对于沙克，他的社会学诗人身份，当然应该从“归来者诗人群落”这个角度来看待，尽管他的诗歌写作表现得相当复杂。他在上世纪80年代20岁左右时，诗就写得很好，90年代中期（1996年）往后的10年，他主要做媒体记者，近5年来，他重新写诗、作品突飞猛进。研究沙克，必须注重他的写作历史。他的诗歌写作有30年的心路历程，已经成为我们诗歌时代的一个注脚和象征。

现在的诗歌写作和生产，呈现出非常丰富的状态，既有《诗刊》这样的老牌子的枝繁叶茂的大树在开花结果，也有各种各样的民间刊物各表一枝，另外，还有许多诗歌网站，以及许多诗歌活动每天都在进行；而写诗的人，全国据说有300万到500万之多，每年出版的诗集有数千种。比如今年5月份上半个月，我已经收到20多种诗集，有重庆大学出版社出版的十册《千高原诗系》，有杨炼推出的新的长诗，那是一首很长的叙事诗。据我所知，有一些诗人，比如欧阳江河、杨炼等在香港将要出版他们的全集，虽然他们离经典化还有些距离，才50多岁。由此可见，当前的诗歌创作之丰盛，诗人之受到重视，已经不是上世纪90年代那种情况了，大量诗人归来了，新的诗人也在加入进来。

昨天下午两点多钟，我在北京的艺术社区798工厂参加了一个诗歌活动，那是民间刊物《诗参考》创刊20周年的纪念朗诵会，就在大太阳底下搞朗诵会，来了不少诗人，还给许多诗人发奖，奖杯是像炮弹那样大的水晶杯，上面刻着芒克、树才、沈浩波、周瑟瑟等获奖诗人的名字。其中，周瑟瑟“代表沙克”获得了“归来者诗人奖”，是我给他发的奖，因为我1988年就和他一起写诗了。

我是想说，沙克本身就应该得“归来者诗人奖”，主要是他不在北京。不过，他在江苏也很光彩，这次，江苏作家协会特地举办了这个诗歌作品研讨会，范小青主席、汪政先生亲自张罗，可见江苏对他的重视。从北京到南京，两天里我连着参加两个文学聚会，都是诗会，我觉得，现在的诗歌写作状态显得很热闹，特别有意思。

在以上的诗歌写作大背景下，我们认定了沙克“新归来者诗人”的身份。下面，我将面对沙克的作品，说说阅读他诗歌的感觉，他的诗歌写作的艺术特点。我与同样是“新归来者诗人”的陈义海教授一样，觉得沙克这本新版诗集的名字起的非常有意思。诗集的名字是进入诗集内容的钥匙。沙克非常“虚伪地”请了130来个人，在四个待选的题目中为他的诗集定夺名字，弄了一大堆题内题外的名字后，他竟然都很不满，竟然用抓阄来决定最后的结果，把这个事交给了上帝来裁判，后来，诗集的名字就成了《有样东西飞得最高》。他把众多大学教授、评论家倾向最显著的一个名字《唯美的漏洞》（也是诗集中的一首诗名）废了，表明他对学院派的不屈服。

既然沙克那么喜欢《有样东西飞得最高》，我想问他，也问他的诗歌作品本身，什么东西飞得最高？到底是想象力呢，还是语言的黄金在天上舞蹈？是《蓑羽鹤飞过喜马拉雅山峰》（诗集中的一首诗）吗？到底什么东西飞得那么高，我觉得挺好奇。什么东西飞得最高？我觉得，那是一种可能性，是对诗歌语言之美、境界之高的最大可能的追求。因此，让沙克披着语言飞翔吧。

读沙克的诗集《有样东西飞得最高》，我感觉到这本诗集确实是气象万千，同时也显得十分驳杂，这是沙克近20年来的写作结晶，显示了宽阔的时空交错所带来的驳杂气象。陈义海教授专门论述了沙克诗歌的背景、特征、多元手法和许多值得表扬的价值所在，也作了对其作品难以看懂（晦涩）这一方面的批判。除了认同他的一些观点以外，我自己对沙克诗歌的感觉是，他的作品，深受20世纪现代派文学的影响。可以说，那是语言至上的诗，从象征主义到超现实主义，到意象派，到20世纪以来各种各样的西方诗歌流派，以及现代汉诗100年来的流派，对他都有影响。可以说，持续30年的独特写作，使沙克成为中国诗坛的实力派和异数。他能够吸纳和消化大量的现实题材，以忧患意识介入当代生活，这非常可贵，又能像蝴蝶羽化那样，把诗之美以翅膀扑腾的方式，进行灿烂的绽放。

沙克的诗，好多地方的句子非常美，许多诗里，都有几句非常漂亮，使我爱不释手。我前些天读四川诗人柏桦的诗集，看到他每首诗里都有一两句非常动人，都是时代的警句，也很喜欢。沙克的诗里有很多非常好的句子，我摘选了他的十几首诗，比如《一粒沙》《有样东西飞得最高》《万圣节夜晚我没有见鬼》《从塑像下走过》《内心的行动》《剩盐》《死蝶》，折在书页里面，有机会，我会朗诵的。

我认为，沙克诗集中的信息量很大，包含着文化、艺术、哲学、历史、时代与社会形态种种信息，他的诗的整体风格，让我想到很多大诗人，比如美国诗人史蒂文生，善于从时代里面拎出许多东西来概括它。读沙克的诗集，我还想到智利诗人尼卡诺尔·帕拉，后者的诗中有深沉的自我内视，有很多反讽，沙克给我的感觉也是这么好。

沙克诗集里有一首长诗《死蝶》，我是特别喜欢，就像我的武大学长、著名诗歌研究专家叶橹教授刚才评价的那样，沙克的这番探索和实验，极具意义和价值，我也这么认为。我精读了这首诗，读到最后，基本上读懂了。这首诗充满了深度的生命体察和哲学思考的大气，可以和郭沫若的《凤凰涅槃》相媲美。

我收藏着一个小小的玉蝉，那种蝉是汉代的殉葬品，放在亡者嘴里的小东西，玉蝉，意味着复活与再生。《死蝶》给予我特别强大的暗示，使我联想起诗歌史上的长诗的力量。虽然《死蝶》只是中型的长诗，却让我联想到艾略特的《荒原》，郭沫若的《凤凰涅槃》，那里面都有着许多的黑暗与深渊，有着对生命极其深刻的体认，深藏着很多哲学才能回答的东西。在《死蝶》中，我还读到荷尔德林的感觉。因此，这首长诗特别有分量，既是他最重要的作品，也是诗歌研究者应该重视的杰作，放在诗集《有样东西飞得最高》的最后，体现了压轴的意义。从这首诗，我们就能看出来沙克他已经不自觉地写出了经典。

说到最后，《有样东西飞得最高》作为沙克 20 年的诗歌结集，称得上是一个精华本，里面的矛盾冲突、驳杂气象，既是一种丰富探索的表现，也是走向大气的必然形态。它不仅显示了诗人丰富复杂的创作历程，也给中国当代诗坛提供了实验与创新的好样本。

一个人到底能飞多高？我希望沙克披上语言的翅膀，继续飞翔，想飞多高，就飞多高。

痴人说大梦

——长篇小说《国风》序

怀海居士我不大熟悉，据说喜风月，好参禅。前日将长篇小说《国风》寄给我，也是信赖我这个文学编辑出身的作家，想让我提点意见。不料，一读之下，我大为吃惊：写得真不错啊，可以说，读之喷饭，品之陶然；掩卷思之，默然不已，小说的表达和叙述，都有着非常独到的方式。全书 18 万字，是作者拟定要写的《汉州春秋》三部曲之第一部。

往大了说，这是一部探讨中国文化和历史因果关系的文化小说，往小了说，又是一部很有韵味的言情小说，作者以精细的笔法，给我们一幅当代文人士大夫精神生活画卷。

大致的故事是这样的：男主人公薛云轩出生于医学世家，汉州医学院附属医院心内科主任。因缘际会，成为汉州市政协副主席和医学院分管基建副院长。在哲学家、经济学家、博士生导师吴逸的“中国文人的妓女情结”理论启发下，在高级宾馆认识了秦月小姐，演绎出一段惊心动魄的爱情故事。读到这里，我就觉得特别有意思了，不知道为什么，我想起来钱谦益和柳如是的爱情故事来，就觉得这里面的意思比较深了。

盖凡小说者，街谈巷语，道听途说者之所造也；绝对不是小道，其中必有可观者焉。先生之可观者，何也？一如其参禅，其一言概之：痴！为什么痴？就是因为这个世界迷局太多，容易让人发痴。小说在对人的精神状态的挖掘上，有着非常深刻的探索。

小说里还深藏禅理。怀海居士经常对朋友说，禅是人生一绝大艺术，不可不参，又不能参透，妙味全在“参”之过程中。参透了，就糟了，怕是得了精神病，抑或陷入绝对虚无。一如美味，佐之佳酿，令人欲罢不能。左右开弓，大快朵颐，热气蒸腾，汗涎俱下，不亦乐乎。食后反思“三高”，且又大腹便便，痛悔不已。然每有招请，翩然又至，何也？也是一个痴字。

怀海先生之为文，亦复如是。通览全书，深知其以痴情为始终也，并非追求名利。然作品即成，自有其意义。现不揣冒昧，以管窥豹，试探微意。

“国风”者，中华文学之端也，既是情，也是史。作者再三斟酌，定名《国风》，意欲假借人事书写历史，其志也大，其心也狂，其情也悲。中有不可言说，而又不得不说者，盖因其心陷囹圄，参差其间，不得解脱，遂杜撰文人雅士一段风流故事，宣泄心中苦闷。其情痴可见一斑。这也让我想起来另外几部当代作家的著名小说：《国画》《废都》《风雅颂》来。这几部小说，加上这部《国风》，可以看到中国的世态百相，看到中国人的人情世故，看到芸芸众生的悲喜交集，是一部直指人心的作品。

作者在给笔下主人公取名字的时候也很讲究：秦月者，国之美女，八百万娘子军之寄形也。然此数百万之众中，多弊颜陋色，鄙俗不堪，以青春身躯，供人玩耍，以货名利。以当今物质生活之丰腴，哪有为生计所迫者？然作者为何要塑造艳美绝伦、超群脱俗之绝色女子形象？盖因其为我中华文化对美女之要求与想象，杜撰臆造一形象。所谓“香草美人”，此之谓乎？现实生活中并不存在。读者万不可被其瞒过。此一痴也！

云轩者，凡夫俗子也。无是非，无境界。然其心性纯朴，良知未泯，且又为学勤勉，为中国大多数知识分子之写照。为何让秦月遇到云轩，而不是吴逸、谢飞？盖因作者不愿让秦月这一美丽泡影破灭。然而云轩遇秦月，鱼水之欢，人性得以舒展，却又为社会所不容。与其说云轩死于车祸，不如说死于社会。美丽泡影，终归破裂。此二痴也！

吴逸者，名教授也，风光人也。穿梭于物欲横流之世界，游刃有余，八面玲珑，左右逢源。色、权、利“三包”，却又不显山露水。实为名教授之写照，又是权力之走狗。诚如作者所云：“中国之士，困于权力者久矣！‘自由之思想，独立之精神’之号召力，居然抵不过科级干部。士犹如此，国何以堪！”此三痴也！

谢飞者，心中无物，目中无人之狂人也。一方面对中国传统文化念念不忘，却又满腹狐疑，乃至深恶痛绝。另一方面对现实社会深感绝望，却又痛苦挣扎，茫茫然不知所适。失望之余，便以超绝精神，游戏人生，痛苦之人也。作者塑造此人，浓墨重彩，长歌当哭。此四痴也！

风月者，男女之情也。薛秦之情、吴万之情、花张之情，真中有假，假中有真，真真假假，世间百态也。直如元好问所言“问世间情为何物”？此作者五痴也！

因此，说起来，这部小说运用了不少的“春秋”笔法。我们知道，春秋笔法用来写历史是好手法。而用来写小说，就增添了很多索隐和影射、隐喻和假借的很多妙处，请读者自己体会。

我最感兴趣的地方，是这部小说乃《汉州春秋》系列小说第一部，可见，作者是有大志向的。什么叫“汉州春秋”？显然，作者想写的是当代社会的万象。明写风月，实写历史，写的是正在发展的、无处不在的历史。小说处处充满历史关照与批判，着力描绘中国当代文人士大夫历史画卷。其情也真，其意也悲，其境也苦。盖因其痴也。

作品上溯风骚，寓史于书，文质意丰。旁及庄周，恣肆汪洋，嬉笑怒骂。文虽不长，意蕴丰盈。本书努力探索传统文化、历史事件对当代人精神、行为的影响。熔入世与出世，权力与美女，人性善恶于一炉，自然天成，文笔优美。我读起来是妙趣横生，也希望读者可以获得心领神会的审美享受。

《远山》的历史视线

山东自古出好小说家，远有施耐庵、兰陵笑笑生、蒲松龄，近有莫言、张炜，他们都能从地域文化出发，基于历史和现实的丰富资源，想象和创造出自己的一个独特的文学世界。现下，济南章丘的牛余和出版的小说新作集《远山》，让我看到了中国地域文化小说的新景象和新发展。

《远山》是牛余和的第二部小说集。这是一部在叙述时间和地域环境上互有联系的组合小说，副题是“长岭村系列小说”。可见，牛余和是将“长岭村”作为他进行文学想象世界建构的一个依凭。“长岭村”，顾名思义，是在长长的山岭下的一个村落，也可以是乡土中国社会的一个象征，一个缩影。在长岭村发生的事情，在长岭村出现的人物，也可以当作是在中国大地上普遍出现的人物，因此，这部小说就具有了更为宏阔的中国想象和想象中国的历史视线。这，也就是《远山》的独特价值。

在长岭村，牛余和将100年作为时间的线索和背景，以一部小长篇《蘸火》，三部中篇小说《油纸灯》《姚爷》《羊兮羊兮》，以及《远山》等八篇短篇小说，构成了完整的关于地域文化历史想象的“长岭村系列小说”。于是，在中国北方的长岭村里发生的人和事，逐渐地、侧面地折射出历史在个人生活中，在乡土中国社会的结构中，布下的浓重的阴影，而人性的纠葛，历史的残酷，男女的煎熬和时代的风云，一起被放大，被推远和拉近，让我们看到了文学叙述带给我们的历史视觉和文学想象的魅力。

我读这本小说是非常愉快的。小说的语言沉着有力，结构是清晰的，时间线索隐约地分布在小说的脊线中，这使我想起来现代小说的开山者，爱尔兰的小说家詹姆斯·乔伊斯那部小说集《都柏林人》，也是这样的，以都柏林作为地域的背景，以从少年到老年的人物系列画像，来呈现出一座城市的千端变化和丰富性。这样的系列小说，既不是严格意义上的长篇小说，也不是中短篇小说集子，而是内部有着紧密联系的系列小说。

同时，在《远山》中，山野民间的奇特的风土人情，带有传奇色彩的人物故事，让我们看到了山东出产的伟大明清小说的遥远回声。那是一种对传奇故事、传奇时代、传奇人物的经典描绘。在小长篇《蘸火》中，对一个铁匠家族的描述，制铁工艺和手艺的精确生动的描绘，会让读者大开眼界，章丘铁匠也成为著名的工匠类型和传奇。短篇小说《乌渡》中对鞋匠的描绘，也是让我受益匪浅。这种独特的、现在已经越来越少的手艺人，在牛余和的笔下，都带着鲜活的性格和体温，活生生地穿行在历史的帷幕中，行走在世纪风云变幻的云雾里，出现在读者的面前，却是那样的生动和清晰。那些至情至性的人物，在爱恨情仇的旋涡里激荡的人生中，演绎出让人长吁短叹的传奇来。

因此，《远山》就如同国画的水墨效果，书写的手法依据小说内部时间和时代的线索，远近浓淡总相宜，是一部不可多得的小说。

2010 年，原创长篇小说很“给力”

以我的目力所及，2010 年的长篇小说创作还是很“给力”的，一方面，几个文坛宿将在这一年里继续推出了他们的长篇小说，显示了他们长久的创造力，另外一个方面，新人不断涌现，文坛外高手和海外华人作家中间，不断有人推出无论题材还是写法都让人眼前一亮的小说，显示了汉语长篇小说蓬勃向上的冲力。我盘点如下：

杨争光的《少年张冲六章》，是他继《从两个蛋开始》之后又一部长篇力作，杨争光的写作姿态一直保持着对历史和现实的尖锐批判，同时，对写作手艺的琢磨和讲究，对结构的精心把握，是他的优长之处。小说以一个少年在具体的环境中的扭曲成长，侧面书写了时代之痛和时代之伤。少年张冲的故事就是我们的故事，就是我们孩子的故事，每一个当代人都有可能是张冲，而每个人都可能会有张冲这样的儿子。小说由此引发了我们无尽的思考，并使小说文本充满了不断被解读和发现的可能性。

贾平凹的《古炉》是他篇幅最大的长篇小说，有 60 万字，以一个叫做古炉的村子在“文革”期间的变化，折射出时代人心的复杂景象，是老贾披肝沥胆和超越自己的作品。

迟子建的《白雪乌鸦》，将上世纪初发生在哈尔滨的一场鼠疫带来的灾害，进行了刻骨铭心的刻画，人相对于历史和疾病来说是那么的脆弱，而正是人的柔弱，人心的坚强则那么的富有魅力和力量。

王刚的《福布斯咒语》分上下两册出版，长达 70 多万字，是他的第三部长篇小说，王刚长于体验，他能够将这个时代最璀璨、最糜烂和最刚性的当下生活，写出柔软的诗意来。从题材上说，小说如此和当代生活“正面对抗”，是非常少见的，也是非常值得关注的。

张炜的十卷本《你在高原》，我 10 年前就听说他在写，当时觉得这是一个“不可能的任务”，现在，这十卷本、450 万字摆在眼前，我为张炜的雄心所折服。他的这十册小说不是严格意义上的一部书，多少和福克纳的那个约克纳帕塔法系列里的 15 个长篇小说一样，是一个系列化的小说。这是张炜建构的文学的整体的世界，底色是一种久违的浪漫主义，却有着对时代的深刻映现和体验。应该为张炜鼓掌，在这个人人都在说话，却没有人喜欢听的时代里。

韩东的《知青变形记》，以历史照相写实主义的手法，复原了他个人记忆中的时间、历史和人物，带有他简约、具体而精确的文风，是诗人小说家所可能写出的最好的小说。

宁肯的《天·藏》绝对是不容忽视的年度长篇小说巨献，小说以极其个人的、狭窄的视角，进入到一个异质的、丰富和博大的文化与地域中，演绎出一出情爱、生命、地缘的缠绵纠葛，书写了时代人心的痛楚和欢欣。

小白的《租界》，是一出手就达到令人炫目的高度的小说，是对上海这个让人说不清楚、说不完全、说不明白的城市的再度解释，也是文笔新奇、语调独特的偏锋力作。

颜桥的《女人森林》，显示了年轻一代作家的实验创新意识，是国内第一部扑克牌风格的实验小说，是法国作家马克·萨波塔的《作品第一号》和奥地利作家卡内蒂《五十个怪人》的遥远的中国回声，对当下女性的打量和讽喻，有趣、生动，充满了文本的魅力。

韩松的《地铁》，让我们看到了科学幻想小说在中国的一缕真正的曙光。像这样的作品的诞生，显然标志着我们的文学形态和作家状态，都发生了一个转变。

杜冰冰的《她世纪》，是她去年的小说《序类之关于》的修订本，显示了她鲜明的实验性和锋利的想象与个人经验。这样的作家总是少数派，偏门而前卫。

须一瓜的《太阳黑子》，将作者那政法记者出身的眼光，和善于运用犯罪题材来表现时代之痛、人心万象的特点发挥得淋漓尽致，是她第一部长篇小说，也是对她过去所有的小说的提升和总结。

程永新的《气味》，是他的小说三部曲的第二部，第一部是《穿旗袍的姨妈》，这一部则进入到1970年代特殊时空的展现，再度让我们看到了小说语言内部的精微、氤氲和贴切之美，语言像细腻的雨雾，将一个特殊的时代、特殊的人群，以凸透像的方式被呈现得栩栩如生。

葛亮的《朱雀》，让我们看到了新一代作家能够顽强地从历史中截取片段加以想象和文学书写的杰出才能，是对南京、民国，对他自身、我们自己的文化与历史记忆的持续的追问，也是形式与语言的绝妙结合之作。

讴歌的《九月里的三十年》，作者是一个不见经传的文坛外写手，完全看不出作者是一个医学专家，她倒更像是一个时光的星探，在她的探询下，人生的晦暗地带陡然地鲜亮了起来。

赵瑜：新闻结束之处，文学出发

赵瑜的非虚构报告文学的写作，如今持续了近30年，他写下了大量振聋发聩、影响深远的作品，比如《中国的要害》《强国梦》，比如《第二国策》《兵败汉城》和《马家军调查》等等，尤其是他的一些体育题材的非虚构作品，从中国体育的举国体制入手，探讨了体育内外的民族精神和文化走向，在上个世纪80年代里掀起了一个非虚构文学的热潮。最近，接连三部作品的问世，更是吸引了读者和评论家的目光：最近两年，他再次爆响，接连以《寻找巴金的黛莉》《王家岭的诉说》和《火车头震荡》等作品的出版，进入到自己非虚构写作的第二个高峰期。可以说，在这个阶段，从新闻结束的地方，赵瑜进行了文学的出发，创造出“赵记”色彩浓厚的文体、语感和文风，使他成为新时期以来不可忽视的非虚构类代表性作家。

文学和新闻的关系、虚构和非虚构的关系是非常复杂而亲近的，当过记者又成为大作家的，20世纪里有很多，比如海明威、加西亚·马尔克斯，比如巴尔加斯·略萨等等，都是非常重要的小说家。可见，在新闻和文学之间，在虚构和非虚构之间，有着一道很矮的墙，你只要一翻身，就可以来回走动。赵瑜也深知这一点，他过去就是写小说的，也一直对小说这种虚构的文体特别地用心。虽然在小说创作上，赵瑜几乎停止了脚步，但是小说写作的技法和结构，却深入到他作品的骨髓里，成为他作品耐读好看张力巨大的原因，这也是一个非虚构作家和新闻记者的根本区别。比如，记者可以写一篇“最新发现巴金给女读者黛莉的书信七封”的报道，也可以写一篇“王家岭煤矿透水事故成功营救153个阶级兄弟”的通讯，但是，完了就完了，可是，在赵瑜的笔下，这一桩旧案、一桩新事故，被他演绎得九曲回肠和荡气回肠，被他铺陈得充满了故事的魅力、历史的魅力和当下生活的复杂性的魅力，在新闻结束的地方，赵瑜披挂了非虚构文学的武器出发了，然后带给我们一个更加有深度和广度的文学视界。

《火车头震荡》同样是如此。历经了千难万险，花费了大量人力物力甚至是一些生命代价修成、穿越了湖北和四川贫困和交通闭塞地区的宜昌到万州的铁路，在报纸上，无非就是一个大标题“宜万铁路今天胜利通车”，但是，赵瑜为了写这部作品，前后忙了几年，紧密地跟踪这条铁路的最新的进展，挖掘现场和历史背后关于这条铁路的故事，并且还延伸到我国的铁路建设历史和历史文化的图景，将詹天佑、孙中山、蒋介石、毛泽东等历史人物对这条铁路的构想，将当代科学家、铁道专家以及各级政府官员对这条铁路的成功修建，如何克服了世界性难题，以及中国铁路史的缩影，全面而细微地展现了出来，带给我们一个全景观，一个多视角，同时，作为个人的声音和体验，作为个人的观察的目光也渗透在字里行间，将作家个人的观察、历史事实的详细描述、文学叙述的坚实技巧和简洁生动质朴的语言，结合在一起，贡献给我们一个新的非虚构文学的样本。《火车头震荡》也因此成为一种新的文学写作的方向，使我们看到在新闻、小说、历史和非虚构文学之间，有着无比广阔的地带，而赵瑜，就是那个前行者、引路人和实践者。

田瑛：湘西旧事，全新写法

——评田瑛的小说集《大太阳》

田瑛在2005年修订再版了小说集《大太阳》，最近一直在创作《大太阳》的电影剧本，但是不曾想，突然间，电影导演杨亚洲的新电影也叫《大太阳》。虽然据说内容彼此不一样，但是却让田瑛十分郁闷。作为国内先锋文学的重镇《花城》的主编，田瑛把大量的精力投入到办杂志上，可实际上，他是一位非常优秀的小说家，堪比沈从文和韩少功，如果他一直写下来的话。好在他已经在写一部长篇小说了，这是继续关于湖南湘西地区的文学想象和探索，我们拭目以待。而杨亚洲的“同名电影”，到底是不是从田瑛那里得来了灵感，甚至涉嫌不当竞争——田瑛自己也在撰写电影剧本《大太阳》，那只有杨亚洲自己知道了。

回到田瑛的《大太阳》上来。我是希望导演杨亚洲把他的电影的名字改成别的，我也希望田瑛尽快去版权确认。田瑛的《大太阳》，注定比杨亚洲的“大太阳”要深广得多。简单地说，田瑛以一个系列小说的构成，带给我了一个完全不同于沈从文笔下的那个温暖伤感的湘西的湘西。也就是说，田瑛带给我们一个全新的湘西，神奇的湘西，一个人类学和神话学意义上的湘西。

这本小说集，一共收录了田瑛16篇小说。这些小说的主题和所描绘的地理环境，都是一致的，都是关于湘西的，即使几篇小说的情节延伸到了南方广州，但是，小说落脚的根仍旧是湘西，可以说，这部小说很像是一棵长在湘西土地上的传说之树，大树的每个分杈，都朝不同的方向长，然后长成了十六颗在历史和时间的风中闪耀的果实。这样的描绘一个地域文化景观的、由系列短篇小说构成一部“橘瓣式长篇小说”的样式，历史上已经有过几部相当伟大的作品，比如詹姆斯·乔伊斯的《都柏林人》、美国作家舍伍德·安德森的《小城畸人》，还有奈保尔的《米格尔大街》，巴别尔的《骑兵军》等等，如今，又有了这本《大太阳》了。这样的类比一点也不夸张，即使沈从文给我们树立了一个描绘湘西的很高的标杆，但是，凭借这本书，田瑛已经从这个标杆的斜刺里闯了过去，完成了他自己的关于湘西的想象再造、神话重组、历史叙述、人文类型研究和深情的凝视。

田瑛的《大太阳》十分好读，好看，每个小说，都是有着一种湘西才有的那种血性的质地。比如《大太阳》，讲述的是牛贩子进山，和古老的部族酋长打交道，用生意人的精明换取山里的金子的故事，最后，牛贩子再精明也掉了脑袋，而老酋长再也不信任山外的人，他们只能是带来灾难，选择了大迁徙，最后，“这山里，从此只剩下了一群牛活着，而人一概成了化石。”

田瑛的这些小说，有着大量的关于湘西的人类学意义上的细节描述，风俗和日常生活习惯，集体无意识和民族文化心理积淀，这些东西，对于他写起来可能是自然流露和手到擒来，但是，对于我们，就是一种神奇和魔幻的地域文化知识了。比如他的小说《悬崖》，就专门写到了烧火畲，栽红苕；在小说《干朝》里，开头就告诉我们，“干朝，就是干槽，干旱的槽”，而干朝人过去曾经有被大水围困的日子，可是现在，作为干朝人的后代，“我”必须要找到水，和与历史上的血腥仇家的和解之路。

在小说《金猫》里，一开始，一个人就从土地里挖出来一个金猫，后来，这个金猫成了活的金猫，这个金猫带给了小说主人公无比神奇的命运变化。小说《早期的稼穑》更是一个关于史前时代的神话讲述，描绘了两个主人公大和太在被巫师和神灵统治人们灵魂的年代里，关于生存、农事与迁徙的历程。

在小说《沉棺》中，驼子的死亡带给了儿子一种信息，这个信息使儿子开始准备丧事，而实际上没有死的驼子目睹了整个丧事的过程，体验了死亡的戏剧般的悲剧和戏剧的力量。小说《仙骨》的开头第一句话就十分震撼："山外来了一个怪人，巨型的，像一棵成年柏树。"于是，这个来人改变了千百年无法改变的山里人的生活形态——田瑛的小说，每篇小说的平均长度在二万字左右，这样长度的短篇小说，应该是很有结构功力的人，才能够控制好的。无论是小说的语言还是叙述的语调，无论故事还是采取的视角，都给我一种独特的神奇感。

说到了神奇与魔幻，最近30年，拉丁美洲作家创造了"魔幻现实主义"，尽管马尔克斯从来都不承认自己的《百年孤独》是魔幻的，而恰恰是标准现实主义的；印度裔英国作家拉什迪创造了狂欢式样的印度魔幻神奇主义小说《午夜的孩子》，可是，他也不认为自己的东西是虚幻的，而同样是印度的某种现实和历史的神奇变形。那么，田瑛的这本小说，也是一种关于湘西的历史和人文记忆的变形，经过了他这个有着土匪的血脉的精灵作家的心像再过滤和变形，最终成就了他自己的一棵独特的湘西传说之树。

我想这本书，写小说的和读小说的，的确应该找来看看。

刘亮程：《凿空》里的现实和隐喻

2010 年夏天，在北京通州宋庄的一个音乐大棚那空旷的大厅里，举行了作家出版社、《人民文学》杂志社等联办的刘亮程的长篇小说《凿空》的研讨会。会场位置的边缘性、空旷的后现代和跨艺术形式的现场气氛，似乎暗示了这部作品的复杂和丰富性。

其实，早在 2008 年年底，我就看到了这部小说的初稿，小说芜杂庞大，线索众多，散文化风格强烈。后来，根据我们的建议，刘亮程做了很大的压缩，把其中一些散文化的段落全部删减，最终几易其稿，变成了现在的 20 多万字的样子。

起先，我还以为《凿空》是写张骞通西域的历史小说，因为“凿空”这个词，是描述张骞通西域的历史伟绩的。但是，我惊喜地发现，这是对当代新疆进行文学描述与想象的作品。小说的现实背景是新疆南疆的某个乡村，在那个村子里，本来是一派传统的农业生活场景，铁匠铺、巴扎、坎土曼、毛驴等等符号，构成了千年不变的风景。在描绘这些场景的细节上，刘亮程有着 19 世纪俄罗斯文学大师诸如屠格涅夫、托尔斯泰等人的笔力，细腻，文字如同素描般的画笔划过，读过之后，语言不存在了，存在的只是那些凝固的千年不变的生活。但是不知道从哪天开始，事情就有了变化，这个时候，小说从现实层面进入到一个象征的层面了，就有些卡夫卡的味道了，故事就开始荒诞起来了：村里唯一一户汉族村民张旺财在挖凿一条地洞，而另外一户维吾尔族玉素甫也在挖洞，附近的大型垄断石油企业也在挖洞；于是，整个乡村在到处都有人挖洞的情况下，渐渐地被悬置了起来，成为一种世事变化的、无所适从的文化状态的隐喻，于是，小说也由其地域文化性的书写，变成了对我们这个时代的总体观察——一种被凿空的现实和文化，应该往哪里去呢?

刘亮程给我们提出了一个重大的问题，他自己也并没有回答。而我们也将在这种被凿空的现实之上生活，成为悬浮颗粒物。

可以说，在这部小说中，刘亮程能够巧妙地把西域的现实，以荒诞和幽默的方式进行结构，反映了新疆所面临的重大问题，十分巧妙地将“东突”威胁、少数民族文化生态、社会民生和别样的乡土文化用一条线索穿插起来，并在机巧的故事结构中得到了丰富的呈现。小说的风格和语调，是那种朴实无华，又有着机智的黑色幽默感，这是因为刘亮程身上有一种来自土地和民间的智慧，同时，由于他熟悉百年来的现代主义小说技巧，他的作品感觉上来自乡土，但精神上又充满了现代气息。

对很多中国作家来讲，如何挖掘自己的写作资源，成为一个长跑型的写作者并不断地超越自我，是十分困难的。但是，从《一个人的村庄》到《虚土》又到《凿空》，我看到刘亮程的扎实的脚步，和他的巨大雄心。我读《凿空》，不仅想到了屠格涅夫、托尔斯泰和卡夫卡，我还想到了拉丁美洲一些小说大师的作品，比如胡安·卢尔福的《人鬼之间》对这部作品的影响。从《凿空》中，我看到了刘亮程把本土文化与欧美现代主义、魔幻现实主义小说技巧相结合的创造力，在刘亮程的笔下，《凿空》突破了汉语文学自身的限制，也突破了很多人的想象力，对新疆的地域文化进行了一次超越性书写，对小说的形式感也充满了探索意识，同时，小说还回答了当代社会的主要问题，虽然，这种回答是隐晦的，象征的，文学性的，多义的。

我想，对这部作品的认识和阅读才刚刚开始。我相信，会有更多的读者能从这本书中读到刘亮程式文学创造和生命感觉，并为之感动，引发更加深入的思考——我们到底凿空了什么？我们为什么要凿空？凿空了我们到哪里去?

赵大河： 在经验世界的两岸

——赵大河其人其文

我和大河曾经同事了几年，这也是他要我写这篇序言而我不能推辞的原因。我们曾一同就职于中国青年出版社办的《青年文学》杂志，那是一家以推举青年作家、发现文学新秀为己任的杂志，我们的同事岁月很愉快，虽然纯文学杂志越来越难办，我们每天都要为刊物的经营发愁，但是，我们的工作却非常认真。大河是一个非常优秀、很有见地的编辑，每个月都有很好的稿子被他发现和推举，我们自己也都写作，但是，我们在稿件和校样上花费了大量的心血和时间，因为，我们都有一种对文学的发自内心的热爱。那是令我们都很怀念的岁月。后来，我们相继离开了杂志社，我继续从事文学编辑工作，而他则去一家影视公司，开始撰写各种剧本，并以《现吃麻花给你拧》等作品让人耳目一新。可见大河有着多么坚韧的生存能力和创作能力。

赵大河是河南南阳人，我的老家也是南阳，虽然我出生和长大在新疆，但我依稀有一些关于南阳西峡县山区的儿时记忆，我的根也在河南，这也是我感觉和大河很亲切的原因。大河毕业于北京大学中文系，比我稍大几岁，喜欢读书，眼界开阔，人非常实在、温厚、善良，他并不善言辞，善于藏拙，同时也把他那种文学天才的锐气藏得很深，实在不同于一般的北大才子。这可能和他早年的遭遇有些关系。20 年前，他毕业的时候刚好赶上中国社会比较沉闷的时期，他大学毕业分配得很不好，到了基层一家计划生育委员会干了几年。后来，就辞职来到了北京，决心从事他心爱的文学创作，而北京这个地方，是包容他、容纳他的最佳场所，于是，才有了我们同事的那几年的时光。

我对大河的作品比较熟悉，很早以前，也许是十多年前，我在一家很小的刊物上，读到了他写的一篇小说《北戴河霍乱》，题目就非常抓人。大家知道北戴河是国家行政机关的夏都，每年夏天，那里都是戒备森严的，因为，达官贵人都去那里休养和工作了。在那么一个地方发生了霍乱，那还了得？其实，整篇小说和霍乱、和北戴河都没有什么直接的关系，大河那篇小说是一种象征和隐喻，描绘了一种复杂的、纠结在人的内心的恐惧和惶惑感，是对特殊时期人的心理状态的捕捉。可见他能够将一种经验变成超验感受，并以文学的方式重新给予讲述。

今天的汉语文学，总体处于急速的上升期，但是，我接触了大量的当代文学作品，在怎么写、写什么的问题上，都没有解决好。怎么写显然就是一个技术问题，可是，很多作者在文学技巧、特别是小说的技巧方面的观念，还停留在19世纪的观念上。我们做编辑，经常看到的稿子，都是那种镜子一样映照现实的作品，没有章法，没有结构才能，糟糕透顶。在这种意义上说，大河的写作都有着精妙的形式感，他写作手法精妙，而且每一篇小说首先在写法上都有新意。比如：

《面具》，写一个中年男人一天的经历。小说的叙事时间就是24小时，从梦到梦。早上他从梦中醒来，因为梦到两个小孩，颇似成语“病入膏肓”中的两个童子，就开始怀疑自己的命不长久。他到医院去检查，又看到儿子领着女友在打胎，于是跟踪了一段路程，结果跟踪丢了之后，他在大街上因为偶发事件被警察误抓，在派出所呆了大半天。出来后，路过车站，遇到和他一起关在派出所的小姐，两个人打了一个赌。然后，他到文化宫参加一个话剧的排练。在剧中他扮演一个将死之人（这也是他梦到两童子的原因）……最后，小说又在梦中结束。这是一个中年男人对人生意义蓦然反思的小说，把梦境中和梦境外，把现实生活和戏剧排演结合起来，将当代人的境遇描绘得十分深刻。

《少女杜兰的烦恼》，写的是一个青春期女孩所面临的生死问题。她因为知晓了一个心仪男孩的秘密而烦恼。她发过誓，要保守这个秘密，可是这个秘密保守起来对于她却如此沉重。后来，那个男孩邀请她一起自杀，对生活的种种不满也让她产生幻灭感，于是，他们一起经历了一次自杀的冒险……小说对一个面临生存意义匮乏的女人和男人的世界，做了强有力的呈现，在经验的世界里发现了经验之外的意义。

《一封电报》，写到一个叫洛的人突然收到一封迟到的电报，电报语焉不详。他不知道是谁给他发的电报。他错过了接站，到一个朋友老K那儿闲聊。被老K催眠，在催眠状态中，他回忆和想象与他有交往的三个女孩，一个是他所爱的，一个是爱他的，还有一个是发生过性关系的……小说可能深受卡夫卡的影响，在一种荒诞的情景下，表现了命运的无常，和人生的无奈。

《六月来临》，写了三个少女之间彼此亲密无间：岚过的是平常的生活，她对自己这种生活有所不满。然后，她出门去另外的一所城市看望两个曾经的闺密。一个是为爱情私奔的菁菁，她的私奔对家庭是一个极大的打击，几乎摧毁了父母的生活，可她私奔之后幸福吗？这一次，岚看到了她生活的真相。另一个朋友芳芳，曾经有过轰轰烈烈的爱情，有过婆媳大战，事业也有成，可是和丈夫的曾经的爱情却消失了，她有了情人，生活得也不算幸福。这次出行，岚对生活有了新的认识。小说深入到生活的内部，让我们看到了当代女性追求幸福生活和理想生活的困境。

《二十万》，描写一个矿工在煤矿出事故后的死里逃生。他上来后，发现他被列入了矿难的失踪名单里，因此家属可获赔 20 万元。为了让家属得到这笔钱，他出走他乡。3 年后，他整形归来，却发现他妻子已与一个叫黑豹的男人结婚……然后，是几种可能性的结尾：其一是走常规的路子，他通过打官司将妻子要回来，代价是他涉嫌诈骗，将被判刑。其二是他将黑豹杀了。其三是他被黑豹杀了。其四是他重新消失，如同他没有出现一样。人性是复杂的，所以，大河以一个开放式的结局，告诉我们，人生的故事有多种发展的可能性，人生就如同掷色子一样充满了偶然。

《免渡河》，写的是上世纪 70 年代的故事。父母离异后，父亲带着女儿来到一个名叫免渡河的伐木小镇，在这儿所经历的一切。生存的智慧和坚韧以及亲情是小说呈现的诗意。以少女的眼光看世界，带有童话色彩。童年是天堂，天堂总是要失去的。生活中不可能没有恶，于是，小说继续将生活撕开来给我们看。

《老阚与黑豆》讲述了一个警察和一个孩子的故事，画面感非常强，有影视剧的效果，是对这个贫富分化的时代的拷问和质询。小说很有叙事技巧，在时间和小说空间的理解上有着独到的展示。

通过对上述作品的简单分析，我们看到，赵大河的文学修养十分深厚，非常讲究叙事技巧，对当代生活的经验世界有着极其敏锐的观察力，是这个媚俗的传媒时代里的真正意义上的文学呈现。尤其是他对 20 世纪西方小说的发展很熟悉，对现代主义、后现代主义的各种文学流派的作品极其了解，这使他的作品在语言、语调、文本、结构等方面都非常讲究，有着手艺人的精巧和细致，匠心独具。这也是我特别喜欢这本书的地方，因此，我也很兴奋地向读者朋友们推荐。

在想象的另一端

——长篇小说《千手观音》谈片

看多了那些镜子一样反映现实的作品，拿到练佩鸿的长篇小说《千手观音》，就觉得耳目一新。可以说，这是一部带有佛教文化背景的神话小说，作者动用了她小时候从祖母的膝头就听到的观音传说，充分利用文学的虚构和再造，给我们展现出一幅浪漫美好的想象另一端的世界。

作为中国人，我们的脑子里都有一幅观音的肖像。那个女性化的塑像在很多寺庙里都有，尤其是送子观音，更是渴望繁衍后代的中国普通人膜拜的神的化身。观音是善良的，大慈大悲的，普度众生的，是一些现实生活中无助的人的支撑和祈祷的对象。观音文化作为佛教在中国的独特分支，更是源远流长，在中国广大的村社和基层民众的信仰中，成为佛教最为普遍的信仰符号。

在中国文学史中，宗教神话元素在文学作品中的表现非常多，有宣扬神仙观念的道教观念性作品，比如《山海经》《淮南子》中那些长生不老的神仙故事，也有《太平广记》里面的很多仙话，构成了道教文化在文学中的独特表现。同时，我们的文学史上还有很多佛教神话元素的作品，这些作品表达了色即是空、空即是色、降伏心魔、立地成佛等观念。大量关于菩萨、罗汉、诸天的形象进入过文学作品。而观音菩萨作为中国古代小说的主角形象，在汉魏六朝之后才出现，比如《太平广记》里有不少关于观音显灵的故事，但此时的观音形象，主要是在表现抽象的佛法普度众生的一个象征性形象出现的。

自宋代之后的文学作品中，女性化的观音形象在中国古代小说中便开始成为主角，成为慈眉善目、大慈大悲、脸庞圆满的美丽形象，为万千众人所熟悉。最有代表性的，就是《西游记》里面的观音菩萨形象，小说中，每次观音菩萨的出现，都带有故事的结局圆满的特征，小说唯独对观音菩萨尊崇有加。这说明了观音形象在佛教文化中的核心地位和在中国民众意识形态中的崇高地位的确立。当然，《西游记》里的神话元素中，既有外来的印度佛教文化因子，也有中国民间本土的宗教信仰元素，构成了一个复杂的神话与宗教元素的体系，形成了独特的文学神话的空间。

回过来说练佩鸿的《千手观音》。这部小说是一部现代汉语的神话小说，核心观念就是千手观音形象和故事的演绎。小说以作者的老家、河南汝州香山寺的观音传说作为底本，以民间传说和历史神话小说的形态，编织了一个轻盈、美丽、浪漫的观音故事。

小说将故事的历史时间背景，放在了春秋战国时代，传说中，当时的楚庄王有三个女儿，最小的女儿妙善不听父亲要把她嫁给豪门的安排，打算出家，庄王一怒之下，把妙善公主赶出了皇宫。妙善就到香山寺出家做了尼姑，修行得道成为仙人。

后来，楚庄王得了重病，四处求医无门。为了劝喻父王，妙善化身为一个和尚前来给父亲治病，说，只有用亲人的手和眼睛，才可以治好他的病。庄王就非常希望自己最宠爱大女儿、二女儿能够献出手眼来救父亲，但是，这个时候，两个女儿都没有答应父亲的请求。

庄王很失望，他派人到香山寺求助神仙，这时，妙善重新现原形，把自己的双眼和双手取下来，让他们带给自己的父亲治病。

庄王病好之后去香山寺还愿，竟然发现救他的，正是被他赶出家门的三女儿妙善。悲痛的、后悔的父亲向上天祷告，要求恢复女儿的手眼，上天最后感动了，让妙善公主拥有了千手千眼，成为了普度众生的观音菩萨……

这个妙善公主在香山寺成佛的故事在汝州有着源远流长的历史，练佩鸿充分地挖掘了这个传说，并用她丰富的历史知识积累，把这个传说扩展开来，运用春秋战国时期一些历史传说和史实，把大量神话故事和宗教人物都编排起来，让他们在小说中出现，推动了小说向一个圆满的境地前进。而在小说故事的演进和推进中，将观音所代表的慈善、慈悲、温良和奉献意念，逐步地表现了出来。

练佩鸿多才多艺，她写过当代题材的中长篇小说，出版过儿童文学作品和影视剧本，还出版了带有古典情怀的诗集多部，喜欢收藏、中医，可以说，练佩鸿的传统文化修养和现代文学技巧都非常了得。这部《千手观音》，以独特的想象力和佛教文化作为写作资源，打开了当代小说写作的一面窗户，使我们看到了小说发展的另外一种可能性，那就是利用本土和民间传说的资源，使我们的传统文化、佛教文化得到现代再生，并焕发出文学想象的光彩和独特魅力。

衣向东：“牟氏庄园”内外

从昆嵛山上下来，就接到了作家衣向东的电话，他说，他刚好就在附近的栖霞县，那里是他的老家，他要我们改机票，去那里看看北方现存最大的地主庄园“牟氏庄园”。我立即改了机票，等待他来接我。衣向东写过一部长篇小说《牟氏庄园》，还改成了电视剧，影响很大，使“牟氏庄园”本身成了当地一个闻名全国、和山西那些地主商人的大院子相匹敌、华北地区的游客向往的地方。

《牟氏庄园》是衣向东潜心写了3年的作品，多年以前，我们一起去丽江采风的时候，在宾馆里我看见他拿着一些山东地方志看，就是为了写“牟氏庄园”。我在小说的结构和技巧上，给他出了不少主意。这本长篇小说着眼于历史情景的叙述，处理的是时间、民俗和人性的大纠葛，在血脉的联系与变迁中所演绎出的悲情故事，是一个巨大的关于土地、人伦、历史、人性的血结，是关于中国北方地域文化的深切探询。《牟氏庄园》和大地与历史、和山东地域文化有着十分密切的关系，是一部很好的作品。

第二天一早，衣向东带领我看“牟氏庄园”。的确是百闻不如一见，这个庄园保存得那么好，真是匪夷所思了。这个庄园从清朝的雍正年间就开始修建，现在还保存有厅堂楼厢四百八十多间。牟氏家族的祖先早年从湖北公安县来到这里，然后在这里安心发家，后来这个家族十分兴旺，鼎盛的时候拥有田产六万亩，房屋五千多间，是名副其实的富甲一方的大地主。参观“牟氏庄园”，可以想见中国这个数千年的农业社会的上层地主阶层的生活景象，实在是一本活的教科书。衣向东的《牟氏庄园》选取的，是这个家族的一段历史，讲述牟氏家道中落的时候，一个女当家的毅然挑大梁，振兴家族的故事。拍摄成电视剧之后，引起了很大的反响，我想，衣向东是给家乡做了一个大广告，他参观“牟氏庄园”能够随时进出，并找来美女讲解员杨华陪同我们，待遇不一般。

书之外，我想说说衣向东。他喜欢中式服装。在北京，有一阵子大街小巷到处都是穿唐装的人在晃。男作家里喜欢穿中式衣服的人不太多。这么多年，我看见过莫言穿过对襟的大褂子，很是器宇轩昂。莫言也是山东汉子。衣向东平时就喜欢穿粗布大褂子对襟外套，颜色一般是蓝色或者青绿色，土灰色等等，他人很瘦，加上他那高高扬起来并且分开来的分头，再加上活跃的浓眉大眼，有一种来自山东大地的质朴和大气。最后加上他消瘦的瓜子儿脸，我们经常戏称，假如他肩膀上斜挎着一把驳壳枪，那不用再化装，活脱脱直接在战争片里演正邪都行的角色，比如敌后武工队队长或者是汉奸头子，一定传神。还有一次，在一个发奖会上，我看到了衣向东，因为他是获奖者，所以穿得是花团锦簇，跟地主老财似的，很是喜气洋洋。总之，这中式服装穿在衣向东的身上，使他很有些演员气质与表演的天分，很是扎眼和有趣。有一次，在北京农业展览馆，著名艺术家徐冰和栖霞市搞的苹果节上，我在那里看见穿着中式衣服的衣向东在忙活着给下岗工人送苹果。原来，他是山东栖霞人，特地前来帮忙的。于是，我们一边吃大苹果，一边谈论《牟氏庄园》这本书的进度，在热闹场面中，我们一起想象着这本书如何完成，如何像我们吃的山东大苹果那样给人以巨大的惊喜。

还是在云南丽江，除了和我谈论《牟氏庄园》如何写，我们俩就一起逛街，他很快发现了一件中式衣服，开始还有些犹豫，后来，已经走过去很远了，他回去又把那件土布对襟褂子给买下了，以至于耽误了吃晚餐，可见，他是多么的喜欢土布衣裳。我想，喜欢中式服装的心理暗示，那就是，衣向东迟早要找到他自己的文学之根，现在，可以说，这本《牟氏庄园》就是他找到的文学之根上结的一个巨大的茎块。

从衣向东身上，你可以感觉到一种不驯服的东西，这种东西罕见地没有被生活和环境给磨平，使他有文学写作的本能，正是这种气质，使他可以用好几套笔法写作。除了服装，他的口音也很有意思。我记得当年我们每次采风远游，衣向东都非常活跃，他撒欢地跑、跳和说笑。他说的话是山东普通话，口音很重，可是，向东自己不觉得，他认为自己讲的是标准的普通话，我们同行的作家、尤其是几个女作家，为了活跃气氛，就模仿他说话的口音，把他的口音按照普通话，说成别的意思，结果，大家总是哈哈大笑，这个时候，气氛和场景就很令人难忘了。衣向东脾气很好，也不气也不恼，而是很配合，努力校正自己的说话，把气氛很快就推上了更高潮。所以，我很愿意出行的时候有衣向东在，他的山东方言，和被别人模仿与解读的方言，可是我们欢乐的一个源泉呢！而方言之美，我也是一次次地从衣向东的说话中具体地感受到了。

衣向东人缘不错，朋友、战友很多，也很杂，他的很多精力和钱财，都花在了这个方面。我记得《青年文学》搞过一次郊区游的活动，是衣向东联系的，那一次大家都很快活，很开心。不过，那天晚上因为下雨，他出了一次车祸，好在并不严重。因为，他的《牟氏庄园》还没有写成，上天还要他多写几年呢。现在，《牟氏庄园》写成了，他又开上奔驰了，那就非常安全了。

一个坐下来慢慢讲的故事

——长篇小说《黑白令》代序

东方出版社刘丽华、傅跃龙两位资深编辑约我为他们要出版的新书《黑白令》写个封面推荐语，稿子发来一看，这本书的作者周新华，竟然是我的老相识。我就告诉他们这个情况，两位编辑家因为我熟悉作者，就说，干脆，你给这本书写个序，也算是对老朋友的支持啊。我见东方出版社对此书如此重视，也就欣然从命了。

我和新华兄相识于2002年秋天，那一年，我和几个作家应邀去了浙江衢州市，在那里的几天的时间里，我和当地一位媒体记者聊得很好，特别投缘，他就是周新华。因为他很懂文学，尤其是现代派文学。没想到，他还是个实力派小说家。后来，我到《青年文学》杂志担任主编，就有些稿件往来，看了他的不少小说，感觉到在他的文字里，很有些探索性的东西。我喜欢那种在形式上锐意进取的作家。可以说，他的作品发表得并不顺利，这和中国的阅读环境和对先锋、实验文本的接受程度低下也有关系。新华在立身之作《民国六年风调雨顺》发表之后，就成了一个坚持个人写作、决不媚俗的写作者，也就是说，他写他的，不太在意别人怎么说，好多小说写得很好，但就是不容易发表，都是因为叙事艺术的实验性和形式感过强。一晃七八年过去了，这一次，我翻阅了这本厚厚的《黑白令》，却大吃一惊，我惊诧于他的文风及叙事方式的逆转：我们的新华兄什么时候回归了传统，老老实实写起这么文风平实、专注于讲述漂亮故事的“传统”小说来了？

作者声称，他写这个小说的起因，是为搞电视剧的朋友提供一个精彩的故事，所以，这部作品从叙事上就真的像一部标准的电视连续剧，按照场景来变换和设置故事情节。可以说，这是一部宏大叙事的历史题材的作品。小说叙述的是慎、张、留三大家族的恩恩怨怨，并隐约以历史风云的变幻作为一个广阔而模糊的背景。同时，那些社会边缘人，比如戏子、智障青年、土匪儿子、织坊女工，作为穿插的人物，先后加入到三大家族年轻一代的爱、恨、情、仇中，让这小说显得波澜壮阔、细密厚重，充满了读者所期待的离奇的人生故事。小说中，情爱、读书、做生意、求道、逃婚私奔、争风吃醋、调戏、江湖寻仇纠结在一起，铺陈出大历史下的日常生活的丰富魅力。作者一边让读者不断笑场，一边又用煽情戏赚足了他们的眼泪。一些家常小事也被他写得风生水起。不过到了下半部，小说的节奏、叙事方式都有了变化：元兵要来了，原来的幸福生活立即走了样。面对残酷的现实，大家组织起来抗元，连草寇们也参加进来了。不过，别以为作者只是把一个抗日故事搬到了南宋末年，他在这里是虚晃一枪。在军事抗争的背后，他精心构置的是另一场抗争，这才是作者真正的着力点。而两场抗争中都充满了计谋，比如萧将军，阵亡后还通过某种安排，掌控着身后的局势。尘埃落定之际，人们才发现，民众的抵抗热情背后，还隐藏着更大的计谋。这些大大小小、层出不穷的计谋，让小说的后半部充满了悬念，由此强烈地吸引了我。

周新华敢于对历史动真格。为了让题材更独特，更吸引人，他巧妙地把一件史实拉了进来：他揭示了号称中国第一家族的历史真相。一般来说，国人都以为，曲阜孔庙里的孔氏后人是孔夫子唯一的嫡系大宗，但史实是，靖康之难后，孔氏的嫡系大宗在孔氏大家长、衍圣公的带领下，跟随宋廷南渡，并被皇帝赐家于江南古城衢州，一待就是几百年。先后传了六代公爵后，改朝换代了，新的统治者、元朝政府命令在衢州的衍圣公带着爵位重新回山东曲阜，结果被衍圣公拒绝。衍圣公把爵位让给了曲阜的族弟，自己留在衢州，从此，天下孔氏分为南北二宗。在许多汉族知识分子眼里，从未与异族合作过的南宗则更为正统。这个历史事实很少被国人所知，一旦流传开来，肯定会引起国人的热议。作者把这段历史写进小说，既增加了小说的厚度，又增加了可看性，顺便还让小说有了个潜在的热议话题，我想孔门说不定出来要争吵和计较这事，这对于这本书可就有福了。

我还特别关注到了这部小说中所刻意描述的颜色和声音：这本长达 30 万字的小说，只写了两种颜色和两种声音。小说的题目《黑白令》，就体现了这黑白两色。作者认为，黑与白是人世间最丰富的两种颜色。在他的小说里，黑、白并非指代某种实体上的东西，而是人性中黑与白。“不管好人还是坏人，每个人的心里都有黑有白，有时候黑多，有时候白多，黑与白就像阴和阳，彼此互根、对立、平衡、消长。”因此，作品中没有那种太坏的人，连元军统帅有时候也让人肃然起敬。而一身铜锈的张家大公子，对织坊女工的调戏，也不乏真诚的一面。此外，作品中充满了声音，箫声、歌声、鞭炮声、哭闹声，热热闹闹的，但作者真正叙述的，是两种物件相击的声音：一是铁器相击的噹噹之声，一是木器相击的卜卜之声。文中多处不露声色地描述着这两种声音，其实各有象征。卜卜之声代表着木剑，是戏剧中的道具，在书中引申为文化、精神之剑。这些世俗热闹的故事背后，作者偷偷想说的，应该是精神层面的东西。卜卜的木剑其实更锋利，敌军元帅“浴血 10 年，见过各种兵器，但世上所有的剑，只有这把剑能让他害怕”。再狡猾的狐狸也会不小心露出自己的尾巴，虽然作者声称自己回归内敛、平实、低调的叙事风格，但是，他这个貌似老实地写作的长篇，还是不经意间显露了他的文学野心和叙事的高超技巧：从下半部一开始，小说就叙述了一场呼之即来的战争。可战争真的到临时，作者却荡开笔，刻意隐去这一残酷和血腥之战。就在读者快要忘掉这场战争时，作者又回过头来，重提这场战争。为了再现宋元之战，作者竟然让一群戏子在戏台上，用戏曲表演来演绎了这场战争。他还原这场战争的方式，真够后现代和超级象征主义的。再比如，跳鱼儿是小说中的重量级人物，10 年来，复仇就是他的精神支柱，当奇迹发生，原先的仇恨竟然是来源于一场误会时，他没有像读者所期待那样狂欢不已，而是“瞬间被抽空一样”地被击垮了，“他的力气没了，他的血没了，他的心也没了，漫长的 10 年变得毫无意义了”。就这么一个细节，作者也把它写得逼近了人性的真实。

在这部小说中，作者还不经意间显露了他过去那些实验性强的几个小说中具有的特征，那就是，小说一般都有个宏大的时代背景，如改朝换代和历史风云。也许，朝代的更迭可以让小人物们的遭遇更具有戏剧性、更容易被铺陈成小说吧。当然，作者的这部黄钟大吕，与他以往作品大为不同，在一个人类大苦大难不断降临的背景里，他笔下的这些小人物照样唱戏、看戏、对弈、观弈，这是一种什么样的世界观？我在阅读这本书的时候注意到，全文中多处用到了“狂欢”、“快乐”这类词语，与之相关的，是小说中那些身处绝境却不绝望的亡国奴们。

因此，我觉得，他的这个长篇比他早期那些风格诡谲的作品显得更加明亮、大气、丰富、开放。比如，我相信读者一定会被小说中一段描述所触动：城破前夕，城里的居民发现，围城的敌军所用的军帐，竟然是黑白二色，纵横交错，井然有序，让人想起了围棋的棋局。不错，这些蒙古包就像黑白二色的棋子，把信安城牢牢围在天地大棋盘的中央。这很有画面感，也很适合拍成场面好看的电影，由摄影师出身的张艺谋来导演，就最好了。

本书的封面主图，就选用了这个场景。不过，我个人还是喜欢小说的结尾处，作者意外地让反派人物留梦炎提出一个可怕的问题：萧将军牺牲了众人生命，就是为保护小皇子过境，这又把苍生百姓放在了什么位置上？也许，这个问题有可能削弱了萧将军的忠烈形象，但却深化了小说的思想性，让故事更有真实感。因为，作者真正关心的对象，就藏在全书的最后一句里。他在搁笔前才说出了心中最想说的话，太沉得住气了。畅销书的写法，加上象牙塔式的思考，什么样的读者都能在这部小说中找到他自己感兴趣的东西。

小说中人物的性格塑造也十分鲜明：慎淇儿是个古灵精怪的江南女子，她的性格、外形类似于作者的同乡、影视明星周迅。我看小说改编成影视作品，女一号由周迅来饰演，就很恰当。虽然周迅显得单薄，但是演技还是很好。张福来是小说中塑造得最成功的人物，也是作者用来让读者笑场的小丑，他的傻和他的可爱，有时候完全抢了主要人物的风头。当他死于非命时，我相信所有的读者都会唏嘘不已的。看似纨绔子弟的慎天卿，其实并不吊儿郎当，他只是天生胆小，家人对他所有的期望都会吓着他。他唯一的愿望就是做个谁都看不起的戏子，于是他痛恨自己出生在大户人家。这样的人生错位，在小说中比比皆是：织坊的苦力詹良是个“天生的儒者”，他最大的愿望就是读书识字，但他偏偏生在土匪窝里，只好用结绳记事的古老方法自创了世上最浪漫的象形文字；他和女工七丫之间的卑微爱情，堪称本书中最伟大的爱情；天殊有书不读，整天念叨着“宁为百夫长，胜做一书生”这样的前人诗句，最后，他投笔从戎，战死沙场，成为戏班子里咏唱的对象；白音蔑儿是个杀人集团的首领，但他对中华文化的崇敬竟然大大超过了状元出身的宰相留梦炎——也正是这么多的错位，让书中的每个人物都充满了个性魅力和立体感。

阅读这部小说，我有一种故地重游的感觉，回想到了当年和新华游历衢州的日子。除了城市的名字故意用了“信安”以外，小说中所有的地名、名人诗作、典故、历史人物都是真实的，里面有些景物，我就探访过。作者竟然把这些互相不关联的东西有机地交织起来，却几乎天衣无缝。比如文天祥写给留梦炎的诗歌，被他解读为文化领域的战书，掩卷想想，也很有道理，用在此处确实恰到好处。作者对各类素材有强大的调度能力，让我很期待他以后的作品。

可以说，周新华是一个江南才子式的小说家，这部长篇小说也是广义的江南小说的路数，他把文化小说、历史小说、现代主义和后现代主义都打通了，小说又十分好读，很不容易。正像书中的“个人简介”说的那样，新华从这部作品开始，是“坐下来讲故事”了，那么，我们也坐下来，听他讲这个绵长、复杂、生动的故事吧。

满纸烟霞才女书

一代人有一代人写的书，因为，很自然，“江山代有才人出”，一代人有一代人的故事，那就需要每一代人来讲述属于他们自己的故事。

中国当代文学史就是这么走过来的：“抗战”那一代讲抗战的故事，“右派”那一代讲反右、劳改和下放的故事，“知青”一代讲上山下乡和返城的故事，“60后新生代”比如我们，就讲述1990年代以来的城市故事，“70后美女作家”们讲述美女自己的故事，“80后”的郭敬明和韩寒们，则讲述21世纪物质时代里的物化与繁华，和新一代人的反叛故事。

现在，轮到“85后”的才女姜晓彤给你讲更年轻的人的故事了。

我喜欢看才子才女写的东西，因为，我自己当年就是才子啊。我小学五年级就开始喜欢文学，18岁就出版小说集了。我也认识很多才子才女，上述的几代作家，很多人当年都是才子才女，因为文学必须有天赋，加上后天的勤奋才能成功。就是这些才子才女，卷起了长江后浪推前浪的文学的浪涛，把当代文学的面貌不断地改变。

这个姜晓彤，这个“85后”的才女，出生于1989年。她才20岁，就已经独自在英国生活5年了，什么事情都要靠自己安排和决定，了不起，和其他那些30岁了还叼着奶瓶子做“啃老族”的“80后”大不一样。

这本《日不落的逃亡》，是一本才女书。如同每一本书都是作家本人隐形或显形的自传，这本书表面看，有自传性。作者还年轻，那就更不容易超越自己的生活，肯定写的就是自己的经验和心灵感知的世界。

《日不落的逃亡》，你听，名字就和日不落帝国英国联系起来了。一看就知道，这是新一代在全球化时代里成长起来的人，在讲述他们的故事的书。而他们的故事，则有着某种放到四海都通用的感受。

可是，为什么要“逃亡”呢？书名没有告诉我们详情。是向日不落帝国的逃亡，还是从日不落帝国逃亡，或者，是一个叫日不落的人要逃亡？

看到这本书的第一页，我的脑子里出现了上述三个疑问。

我还想起法国诗人兰波的一句诗：“生活在别处”。是呀，对于年轻人，生活总是停留在别处，在更远的地方，年轻人，只有你们才可以扇动翅膀，随便逃亡到你想去的地方。可是，其实，作为中年人，我明白，你总是要回到你出发的地方。

生活，有时候就在你现在在的地方。而小说最终给了你明确的回答，给了书中的主人公每个人不同的结局。

这本小说的语言我很喜欢，充满了灵动的气息。作者是女孩子，自然，文笔就很细腻。小说带有青春期或者青春末期的那种伤感和动情，隐约讲述了一个和爱情有关的故事。但是，且慢，这不是一本标准的爱情小说，而是一本带有想象色彩的、虚幻的、感性的心理小说。

这本小说的人物形象不多，但是却非常立体化，也很个性化。在小说中，安瑶，你可以把她当作作者的化身，一个想象的自我，一个变形和夸张的另外一个女孩子，她在16岁这一年的境遇。安瑶、夏雅雅和酒吧键盘手Silver，三个人形成了小说人物简单而又有纠葛的关系，每个人不同的性格决定了他们的命运走向。

这本小说的故事非常动人，是这些年少见的一本青春小说。主人公安瑶，喜欢上一个乐手——这看上去多少和村上春树的那些小说有些瓜葛，可是，作者书写的，却是自身的少女的情怀，讲述的也是一个贴身的、带有朦胧的美感和清晰的痛感的伤别离的故事。

我看了很多“80 后”作者写的小说，大都触及到感情，但是，有的写得矫情，有的写得缥缈，有的写得肮脏，有的又写得过于虚幻。而这本小说则写得具体可感，生动隽永。安瑶和夏雅雅，这两个女孩子的关系又很好，她们共同喜欢一个男生，于是，一个潜在的三角、同性、异性、双性的感情故事，就徐徐地展开了，最终，一个女孩子选择了逃离，而另外一个女孩子也没有得到她想要的，自杀身亡。这么一个青春的遭际，被作者撕开了给你看，有着别样的美丽、疼痛和忧伤。

青春的迷离、伤情和美感，玻璃一样的纯粹、透明和面纱一样的朦胧和氤氲，是这部小说的气质。我喜欢小说中的那种透明感，跳跃感和饱满的情绪，这是最年轻一代人对世界的描摹和想象，测度和表达，是我们这些成人距离越来越远的世界，但是，它存在着，存在在姜晓彤如花的笔下那用文字搭建的小说的世界中，也存在在那些期许着生活在脚下，也在远方的年轻人的心中。

胡浩：　在内心的花园里

——胡浩诗集《十二橡树》评论

文坛外写诗的人不少，但是真正写得好而我又认识的，一个是车延高，另外一个是胡浩。这两位所从事的工作和文学一点关系都没有，但是诗作却能直指内心的广大与微妙的悸动，实在是因为天生就有一颗诗人之心，和一个为诗歌仰天而唱的歌喉。

我是偶然认识胡浩的，我把他的诗抓在手里，一读，就读到了一个诗人才有的诗心情怀和充沛微妙的诗歌意象，然后，就鼓励他拿出去在一些刊物上发表。于是，这几年，就有了各个刊物上胡浩的诗篇和身影。可能对于胡浩来说，发表作品，是一个极其次要的事情，但是，对于我们这些和文学有关的人来说，把一个诗人和他营造的诗歌花园呈现给更多的同道，则是一件美好而具有义务性的工作。现在，胡浩的诗集要出版了，作为文友，我特别高兴，兴之所至地谈一点对他的诗歌艺术的感受。

胡浩，湖南人，年少时就很喜欢文学，喜欢诗歌，后来所学的专业却是经济学。毕业之后，在天南海北一路走过，在地球上很多角落都留下了足迹，比如，在瑞典银行工作的时候，那里的冬天大雪纷飞，寂寞孤独，他却不忘悄然地学习瑞典诗人特朗斯特罗姆的诗篇；在香港中环那些金融机构的玻璃幕墙大厦间游走，他也没有忘记去发现诗歌难觅的一点踪迹，在越南、巴西、南非、法国，在地球上的边边角角，无论是哪个季节、哪个城市、哪个乡村，他来了，他走过，都在悄悄地吟诵诗篇。那些诗篇，更多的时候，是在北京长安街畔的一幢每到夜晚就变得灯火通明的大厦里，往往是在有着巨大的金钱数字的表格从他眼前拿开的时候，才被润色、加工和修改的。而且，他写诗，不为发表，只为记录自己内心花园里的花朵摇曳，风暴的遽起或消失，花瓣的绽放和凋落，露珠的生成与颤动，飞鸟投下的倏忽的影子，以及低低的云和一阵微风掠过时的感应。

胡浩的诗大都是组诗，一组组围绕一个主题，或者一个阶段，从各个侧面书写他内心的感觉和印象，积累下来，一本丰富的诗集的骨架与血肉，就这么生成了。收录在这部诗集里的诗篇分为六个部分，也可以看作是六组大型组诗。第一组，是他在世界各地行走间隙写下的《远方，也是我的长安》。这组诗一共二十首，是相当不错的一组诗。从标题来看，大气磅礴，胡浩显然认为世界就是他的家园，是他的“长安”，无论他走到哪里，中国心不变，诗心不变，豪迈的、对世界文化的叩访与膜拜的感情充满了字里行间。组诗中很多诗篇的标题，都是我们耳熟能详的著名符号，比如“伊豆”、“金字塔”、“恒河”、“马丘比丘”、“佛罗伦萨”和“华尔街”等等，这些著名的地理学和文化、文学意义上的符号，被胡浩再度书写，并被赋予了新鲜的含义。我读这组诗的时候，那种美妙的感性和内在情绪的爆发与克制，以及宛如新娘被揭开盖头般的惊艳感，不断地打动我。可见，外部世界的繁华和生动、忙乱和丰富，并没有遮蔽胡浩的目光，相反，他却能从对“世界是平的”的打量中，发现了诗意的山峰和高原，小溪和沟壑，丛林和内心的广阔。胡浩对这个缺乏诗意的世界，能够进行如此耐心的诗意提炼，令我感动。他仿佛有一个转化器，能够把乏味的景色、枯燥的生活，转化成充满了意义和灵动语言的诗篇。这是一种巨大的能力和天然的与诗歌的亲缘关系，实现了诗人是“世界的命名者和重新发现者”的终极任务。

诗集中的第二组诗《大禹后裔》，是写于他在南水北调中线干线工程局挂职锻炼期间的作品，一共十首，是他反复修改并精选出来的。这组诗从一个个小的切口进入，把一个巨大的改造自然、利用自然的水利工程，描绘成了具有充沛的人情和诗意盎然的世界。

组诗《流觞与菊盏》，题目就多么的令人遐想！流觞，是漂动的酒杯，是流动的酒，是春天的雅集，是人生的快意；而菊盏，则是人生之秋的积淀和绽放，有收获的厚重，有淡淡的悲愁，是时间和人的记忆的储存库。中国古代著名文人就有曲水流觞的雅集故事，比如王羲之等人的兰亭雅集，在流水中放上酒杯，文人们一边畅饮一边赋诗，多么风雅。不过，胡浩的这组诗，却是他一个人的雅集，是他从生活中采集的感动他的瞬间和细节的综合。这组诗歌，如同一个小型万花筒，给我们展现了五光十色和变化多端的生命中的美，他赞美友情、留恋风景、欣赏万物、打量世界，是最能体现胡浩内心情感的浩渺和单纯的诗篇。

而在《怀柔野郊短抄》这组诗中，我们可以看到胡浩是如何打量外部的风景的。这组诗有三十首，规模比较大，都和北京的郊区与乡下有关。比如《潮白河》，就写了我也很熟悉的一条河。这条河，“如今，一个人的河流/是一双被蚀空的盲人的眼睛/凹陷的黑暗，天大地大/它的命运甚至薄如一张风干的羊皮”，其中，河流将死的悲恸之情跃然纸上。由于参与过南水北调中线工程的建设工作，胡浩对中国水资源的危机感，体会得比别人都深，因此，这首诗表露了他对大自然的命运的强烈、微妙而复杂心情。最终，现实中的那条河，已经化做了内心的河流，化做了一条抽象的河流，开始在他内心的手术台上具有了生命。《古箭》则把一枚古箭头写活了，诗歌的主题是时间带给人的历史感，和古箭头在诗人手中的衰朽感与重新的复苏：“渐渐地，我感到它有了温度/感到它正缓缓地苏醒，像一条蛇/开始喷吐幽幽的蓝信……我分明看到/天空中划过一道明亮的闪电”，胡浩就是这样让时空发生变化，把生命赋予了空寂的长城以及长城上的古箭头。在《卖草莓的女孩》《阳光走进一只苹果》

《一只蝴蝶的脚印》《鸟巢》《汗水》中，我们都可以看到胡浩的内心是如何为他眼前的事物所打动，并且如同蜜蜂酿蜜那样，从日常生活的景象中提炼诗歌的。《怀柔野郊短抄》我读起来是那么的亲切，因为，1992 年我刚刚大学毕业，就被放到怀柔县的某个乡村锻炼了一年，我熟悉怀柔的长城、满山的黄花和树林，农人和乡村的狗。而胡浩的这组诗，巧妙地以一些具体细微的情节，呈现出某种回归山林的惬意和清新感。《一只麻雀飞过篱笆》《靠近一棵柿子树》《杨宋村》《听蝉》《小溪》《与一朵小野花邂逅》《随芦花飞，飞》等等，你从这些题目，就可以迅速地进入这些诗篇，和诗人分享他与自然、与山川风物、与他自己的内心交谈的喜悦。

组诗《十二橡树》，是通过他眼中的城市风景，表达内心微妙触动的佳作。“十二橡树”，我记得是北京师范大学附近一家咖啡馆的名字，以此命名一组诗甚至是这本诗集，代表了胡浩在诗歌艺术方面的总体追求，就是唯美的、大气的、含蓄而生动的、复杂的、简洁的、追求瞬间和永恒印象的。这组诗中，一些由日常生活的细节构成的诗篇，比如《会中小憩》《银行家素描》这样的题材是很难写的，他却写得生动简约，令人叫绝。

组诗《一半苦涩，一半清凉》也有三十首，在这组诗中，胡浩把视线投射到他的过去，回忆了他的童年和少年时光，很多吉光片羽生动、深情，书写了我们共同的乡村和童年的记忆，书写了我们的回忆之乡，以最后一首《悼母诗》作为结尾，感天地，泣鬼神。

我知道，胡浩写诗喜欢字斟句酌，在语言的锤炼上很用心，很难挑出废字，成稿的时候，你要是乱动他的一个字眼，他都要和你急。有时候，刊物都要付印了，他对一首诗的某一个字又提出了修改要求，这样的突然袭击虽然打乱了出版节奏，但却体现了他对诗歌的用心、精心、耐心和细心，体现了他的认真。虽然还没有到贾岛“推敲”诗句时的如痴如狂，但也相差不远了。我看，这和一些职业诗人的涕泗滂沱与屎尿横流、胡言乱语与泥沙俱下的写作迥然不同，也使胡浩的诗的语言显示出钻石一样的纯净、凝练和干脆利落，以及意象的突兀、美妙、具体和丰富。

胡浩已经营造了一个内心的诗歌花园，它洁净、繁华、单纯、真挚，又有着锐利的思考和悲悯众生的大情怀。这样的诗歌花园不光属于他一个人，还属于读过这些诗篇的每一个人，因为，你的阅读，就是诗意的邂逅，就是目光的凝视和相遇，就是在诗人花园里的一次穿越，注定将成为对方永远的风景。

重新结构历史

——读峻峰的《前秦三部曲》

我觉得，峻峰的《前秦三部曲》最让我动心的，还是他在重新讲述那些我们耳熟能详的历史的时候，所运用的文本和结构的新方法。

《寻根问祖》《春秋纪事》和《铁血战国》这三本书，在时间上，从华夏文明的起源，一路写到了大秦帝国的最终建立，上下绵延百万年，但是，峻峰所采取的写法是剪裁有方，详略得当，落笔的时候有轻有重，比如，他对上古、夏、商、西周几个朝代的描绘，是逐渐地增加分量的，但是，到了春秋和战国时期，则用了浓墨重彩，分别用了一本书的篇幅来讲述。最后，到秦始皇开创帝国基业，以及大秦帝国的崩溃，细细评说秦始皇的千秋贡献，都写得生动、具体、昂扬，文风相当彪悍，从此，“百代都兴秦汉法”，中国走上了一种新的历史循环的命运。再来看他这三本书的文体，则显示了他把握多种文体来叙述历史的能力：《寻根问祖》是散文体，利用十二地支来结构全书，从上古一路写到了西周，对历史人物和事件、对历史发展的无序和有序，都进行了评论和讲述，文笔泼辣老道，纵横八方，放得开，收得拢，夹叙夹议，作者作为书写者，能进能出，一会儿来到现场，一会儿跨到当代，用今天的眼光来仔细地打量，好读耐看。

到了《春秋纪事》的时候，则变成了一部长篇小说。前段时间，在一些网站的运作下，一种叫做“穿越小说”的类型小说大行其道，我看了不少，大部分都写得很差，主要是作者普遍的历史知识和材料积累不够，对历史、人性的理解和驾驭长篇小说结构和语言的功力也不行，大部分没法看，是垃圾，这个小潮流看来过去了。其实，对历史的当代方式的重新讲述，一直不会过时的。我不知道峻峰的这部还有一个副题“我在两千年混来混去”的长篇小说《春秋纪事》，是不是受到了“穿越小说”的影响，但是，峻峰的历史知识、材料的扎实积累，使他在写这部小说的时候，能充分地把小说的虚构和历史记述，结合在一起，创造出这么一本带有后现代小说风格的作品来，我没有想到峻峰在50多岁的年纪，还能有这么开放的胸襟，对网络时尚这么熟悉，用这么现代的手法来写作。在历史小说方面，甚至是在谈到“穿越小说”的时候，我觉得，有两个欧洲作家是楷模，一个是法国作家尤瑟纳尔，她的《苦炼》《哈德良回忆录》都是用今天的眼光和口吻，来叙述历史的，她非常强调历史小说的“语调”也就是声音，这是现代小说家的新的对历史进行讲述时候的理解。另外的一个作家是号称“当代达·芬奇”的意大利小说家翁贝托·埃科，他的很多小说，比如《玫瑰的名字》《傅科摆》《鲍德里诺》等，涉及欧洲的中世纪，有的还跨越到今天，作家在写这些历史小说的时候，其意识都是当代和当下的，这两个作家是写历史小说的作家特别应该学习的。

而峻峰的这个《前秦三部曲》的第三部《铁血战国》是以人物传记散文的方式，来结构和书写的，紧紧地扣住了在历史长河中隐现的那些历史人物，把战国时代的风云变幻，写得荡气回肠。可以看出峻峰的历史观，还是认为是那些杰出的历史人物创造和推动了历史的发展的，没有杰出历史人物，光靠群氓一样的芸芸众生，历史不可能更加精彩。而杰出的历史人物，恰好就是芸芸众生的代表和代言人。

峻峰的历史叙事体作品的出现，主要是和当下整个国家的运势上升也有关系，中国经过了30年的改革开放，今年的国内生产总值已经是全球第二了，在国内外的学术界甚至已经有了“中国模式”这种说法了，因此，学术界也在从中国这么一个独特的、存在了那么多年，和西方完全不一样的文化体系中，寻找我们文化和历史的特性，以及合理性，因此，我们自己的文化信心也高涨了，对我们自身历史的关注也空前高涨，比如，《明朝那些事儿》和中央电视台“百家讲坛”的受欢迎，都是这个现象的根本原因。这也是当下历史小说写作空前高涨的原因所在。

另外，我还注意到，峻峰不仅熟读《史记》等历史名著，他对现当代历史学家的观点，比如范文澜、钱穆、顾颉刚等等很多史学家的著作和观点耳熟能详，这是峻峰的一个长处，是他敢于重述我们厚重历史的一个基础，因为，对现当代历史学家的研究成果不熟悉的话，就会陷入一种老生常谈里，就没有新说法、新观点，也就没有新贡献了。

另外，我觉得这个三部曲也有缺憾，这可能和当下文学和书籍的生产方式有关，这三本书的写作时间先后并不一致，文本形式的不一致，显得分裂。比如春秋那一段，用小说来结构，和另外两部是脱离的，并不紧密，我认为要么全写成小说，要么都写成历史散文，这样对于读者来说可能更好，我看峻峰既有写历史小说的才能，也有写历史散文的才能，他可以这么分头分别继续写下去，肯定会有更大的动静。

阎志：“归来者”的诗歌方法

——评阎志的诗

在1970年代末期和1980年代初期，中国诗坛上出现了一批被称为“归来者”的诗人群体，他们大都是在“反右”和“文革”期间饱受迫害与摧残的诗人们，比如艾青、牛汉、邵燕祥、曾卓等等，虽然经历了历史的残酷折磨和打击，但是，他们的声音并没有喑哑，他们还有一颗歌唱的心灵。当遇到了恰当的阳光的时候，他们立即开始了歌唱，在很短的时间里——归来者诗人群，形成了又一次的诗歌浪潮，成为一度和“朦胧诗”派并驾齐驱的诗歌群体和文学现象。

而在21世纪初期，又有一批新的诗歌的“归来者”出现了。这些诗人早在1980年代的时候还是少年诗人，他们属于早慧的一群人，早在中学时代就开始写诗，在大学里也很活跃，但是在1990年代的市场经济大潮中，因为生活困顿的原因，很多人都不再写诗了，而是首先去谋生去了，他们去做生意、炒股票、当公务员、开公司、当出版商、去大学教书等等，真的是五花八门，干什么的都有。我发现，诗人和小说家不一样的地方在于诗人有着天马行空的想象力，他们敢想敢干，很多人在10多年的打拼当中，迅速在生活中找到了自己的位置，大都混得有头有脸、相当不错，在官场、商场都有杰出表现。比如，诗人吉狄马加到青海当副省长，接连策划了青海湖国际诗歌节、秘境青海大型舞剧等等活动，影响很大，诗人黄怒波的中坤集团的地产业和旅游业生意做得都很好，他以骆英为笔名出版了好几本诗集，还赞助几千万给北大诗歌研究中心搞诗歌活动；默默早年下海做了地产策划人，后来在上海专门弄了一个诗歌沙龙，供四海来往的诗人们落脚和谈论诗歌，诗人张小波、万夏、潇潇、李亚伟等都是很好的出版商，在做书的生意的同时，或者编诗集、出诗集，或者继续写诗，继续和诗歌发生亲密而具体的关系。我自己还有一批当年写诗的小兄弟，周瑟瑟、吴茂盛、汤松波、唐朝晖、周艺文、洪烛等等几十个人，在离开诗歌写作10多年之后，不仅各自在社会中找到了自己的位置，而且又重新回到了诗歌的怀抱，也成了诗歌的“归来者”。我想，肯定是某一天，忽然，某种东西又重新回到了他们的心头，于是，他们重新开始了写诗，成了“归来者”。这是21世纪第一个10年里新的一批“归来者”。

而武汉诗人阎志也是21世纪这一批新的诗歌“归来者”中的重要一员。我很早就知道他，早在我1988年进入武汉大学中文系读书后，就知道有这么一个湖北诗人在写诗，那个时候，他就发表和出版了一系列诗歌作品。后来，他为了谋生，开始在武汉的一家报纸当记者，后来，又承包了报社的广告部门，再后来，竟然发展到自己投资办报，再往后，他又逐渐地将经营的范围从传媒业扩大到纺织业、房地产和小商品批发业，越做越大，并成功地在武汉“拷贝”了北京的“总部基地”项目，地产业也做得很成功。眼下，他又在汉口建设一个规模庞大的小商品批发基地和会展中心。我觉得，和很多我的诗人朋友一样，阎志的成功和他在诗歌方面的想象力是根本分不开的。如果没有诗歌，他可能不会这么有气魄和胆识，在各个行当上都可以赚到钱。在2007和2008年，阎志忽然高调回归诗歌，在很多重要的文学期刊上，都可以看到他的诗歌作品。一开始，我以为不是我所知道的那个阎志，但后来我发现，果然是湖北武汉的那个阎志。而且，他投身诗歌的动作还越来越大，承办了《诗歌》月刊的下半月版，2008年，人民文学出版社出版了他的诗集《明天的诗篇》，并写出了长诗《挽歌与纪念》、叙事诗《我的兄弟姐妹》

等相当不错的诗篇，阎志以旋风般的“归来者”的形象，兀然崛起于诗坛。

阎志的短诗大都收在了《明天的诗篇》之中，这本抒情诗集收录了他自 1988 年到 2008 年 20 年间所创作的短诗 122 首，和一首风格十分独特的组诗《今天》。在他的短诗中，14 个小辑，诗歌的题材跨度很大，既有歌咏时光流逝的怅惘，也有吟诵乡土景色和风物的写照；既有关于城市生活的符号性速写，也有从珠穆朗玛峰到纽约的地理素描；既有内心黑洞的幽秘探询，也有对传统文化历史人物的膜拜；既有对汶川地震这样的社会大事件的直面写真，也有对童年记忆的再度打捞，既有寓言化和象征手法的运用，也有爱情十四行诗的精彩呈现，无论是题材、语言、表现形式，这本短诗集可以说呈现出了阎志作品的多样化，这些作品显然是写于 20 年这么一个较长的时间段里的，呈现出阎志的内心世界的五彩斑斓，和他深入社会现实的五光十色。

在这本诗集中，组诗《今天》是我特别喜欢的作品，这首诗分为 14 节，每一节都是按照时间的刻度来标明的，比如：1：00，2：00，3：00，5：00，7：30，9：00，10：30，12：00 等等，最后一节是 0：00。这首诗写于 2008 年 5 月 27 日，这一天，距离汶川大地震过去两周了，就是在这么一个普通的日子里，阎志以一个失眠者的第一人称的口吻，描述了他的现实感怀和梦中景色，对周围时间刻度下人们日常活动的记述，非常真实可感：菜市场在凌晨 5 点的苏醒，7 点之后上学的孩子们的身影，9 点钟城市白领的生活，10 点半发生的国际大事，对午餐和午睡的描述，下午 3 点钟股市收市的盘点，傍晚 6 点驱车赴宴途中听交通台的心理活动，7 点半和宾客喝酒喝醉了之后的意识流，晚上 10 点到凌晨 0 点跨越日期界限时刻的思绪，从作者到窗外的世界，从梦境到对现实的想象，从意识的流动，到对真实生活的提炼，阎志以他的生花妙笔，将这些内容一一呈现在我们的眼前，生动、精彩、氤氲、具体，具有当下性、真实性，同时又充满了空间饱满的诗意。《今天》这首诗歌，是真正地写出了“今天”感的诗篇，阎志将很难写出诗意的当代日常生活挖掘出诗意，这是阎志的一个特点，是他非常过人的地方，也是阎志能够在今天这个时代浮现出来的重要标志。

在阎志的诗歌创作序列里，让我最为动容的，是他对当下社会现实的关心，和浓烈的关心社会底层的悲悯情怀，并以诗歌的方式呈现出来。阎志的诗歌从来不无病呻吟，他直面社会现实，并表现出强烈的社会责任感。比如，我最喜欢的他的叙事组诗《我的兄弟姐妹》，就是最近一些年少见的好作品。阎志的有些诗篇很擅长叙事，在克制的抒情中，叙述了一些只有小说家才能够描绘出来的逼真的场景、人物和他们演绎的命运，这是阎志对当代诗歌的一个贡献。

《我的兄弟姐妹》这首诗是写什么的呢？写的是从农村出来的女孩子秀秀和男青年黑皮的故事。这两个当代青年，离开了家乡农村，开始了在城市中的血泪闯荡。这首叙事诗在风格上，带有电影默片的那种写照感、停顿感，和黑色幽默般的画面感。在诗歌的第一节里，以第三人称的叙述，描述了村子里都是老人和孩子了，都是留守人员了，种田除了能填饱肚子之外，没有更多的余钱，于是，秀秀离开了家乡，向着南方出走。接着，在长诗的第二节，以第一人称“我”的方式，开始讲述同样来到城市里打工的男青年黑皮的故事，从此，整部叙事诗交叉叙述秀秀和黑皮的故事，他们如何分头来到了绞肉机一样的城市里，秀秀在洗浴中心服务，她的名字是78号，黑皮成了一个包工头之后在洗浴中心和秀秀相遇，他爱上她了。读到这里，我忽然就想起卓别林的那些默片电影所带给我的快乐过后的那种心酸感，和我读这首诗的感受是一样的。接下来，“黑皮在洗浴中心遇到了78号”、“客人用一种特殊的方式表达”、“你就安心跟我吧”、“秀秀还是决定等他”、“秀秀在夜晚逃离城市”、“黑皮终于没有跳下去”，秀秀无法忍受在洗浴中心的生活，逃回了家乡农村，而黑皮在准备以跳楼的方式讨要工钱的时候想起来还有个秀秀，他有了生活下去的勇气，也回到了家乡，不久，秀秀和黑皮各自嫁人娶妻，生儿育女，过上了平凡的生活，但是在内心里，他们互相还偶尔惦念对方。黑皮后来再度离开家乡去煤窑挖煤，死于塌方事故，“黑皮兄弟再也没有醒来”——他死了。

阎志写这首诗，感情十分饱满，但是他的书写却是非常克制的，以白描和省略的手法，将这两个人，两个我们的兄弟姐妹，在今天这个金钱时代里的血泪故事，以十分朴实无华的方式呈现出来，催人泪下，令人感伤。如果说诗人是时代的传声筒和啄木鸟，那么，阎志从自我的心灵和本真的感情出发，写下了这首饱蘸着感情的、深入到时代内部、又能够高于一般现象的叙事佳作，堪比李季的名作《王贵与李香香》。当然，是另一种意义上的“王贵与李香香”。

在阎志的作品中，自传体长诗《挽歌与纪念》是他最重要的作品。这首长诗首先是面对自我的一次清理和发现，是对一个人成长历程的深情的凝视。《挽歌与纪念》，根据题目，显然是朝向回忆之乡，朝向诗人过去不断向现在走来的那个地方。挽歌，是要唱给逝去的岁月、风景、人物、时间和情绪的，而纪念，则要用语言将那些如同海流中的岛屿的珍贵记忆一一挽留。全诗近4000行，分为12个部分，分别是“泪水的完结”、“成长的个人和群体”、“无法原谅的爱情”、“安魂曲”、“不可收拾的海水”、“父亲”、“陷落的城池”、“交易”、“宿命的借口”、“挣扎”、“岁月”、“临终的风暴”等，另外还各加一首序诗和结语诗，构成了一个完整的、宏伟的、局部细腻生动的长诗。

在12个部分的章节中，每个部分又分为两节，题目分别是“梦游”和“紫蜻蜓”。这两个小章节的题目，我认为是进入全部诗篇的入口。我们知道梦游是一种似醒非醒的状态，在这个部分里，穿插在12个章节中的梦游以第一人称“我“来陈述，来讲述成长中的那些细节。这个部分将抒情和叙事完美结合，语调舒缓亲切，留有大片的空白，宛如那些斑驳的记忆在太阳光下的闪烁。而“紫蜻蜓”这个部分，则以“紫蜻蜓”这个轻盈美好的象征物，来作为对前一个部分“我”的沿着时间、记忆和事件的线索前进的停顿、提醒、突出、旁白和强调，是对第一个部分“梦游”的有力解说，两个部分构成了互相缠绕的交响，像回旋曲一样，主调和副调互相映衬，彼此解释，然后在同一种音色中，化为了一体。在“紫蜻蜓”部分里，我随手就可以摘录一些美好精微的诗句：“紫蜻蜓停驻在父亲的双眼之间/紫蜻蜓与游荡的山林/合二为一/人们学会了珍视/也学会了遗弃/紫蜻蜓成为一种路标/永远的风景/永远的风/永远的/永远”，将我们的视线拉开，使我们看到了紫蜻蜓所代表的美好事物和时光遗留的珍珠。

我想，阎志也很看重自己的这首长诗，因为它既是关于他自己的生命记忆的全面回忆和整理，也是和他经历类似的一代人的生命体验。阎志自己在诗的后记中说：“……在《挽歌与纪念》中，我写了自己成长的印记、生活的感受，以及对未来的瞩望，还有对生存环境的恐慌。至于我想展现什么，想揭示什么，想预示什么，都已不重要了。”他以对自我的发现和清理，完成了自我和时代的关系的大命题的书写，完成了一个个体生命和历史、和时间的关系的书写，因此，《挽歌与纪念》不仅属于阎志本人，它也将属于当代诗歌史，属于我们这个伟大而复杂的变革时代。

解读京剧的教科书

——评解玺璋著《京剧常识》

最近，电影《梅兰芳》的上映又掀起了一波京剧热，尤其是更多的年轻人开始喜欢京剧，使人觉得欣慰。我记得，前年在东京歌舞伎町看日本国剧歌舞伎，票价昂贵，但是我观察到坐席中并不是以老年人为主，相反，日本的青年人也是大有人在。更多的是全家老少都有，一起看那些经典剧目，孩子们安静地坐在那里，和大人们一起欣赏，从小就体会日本戏剧戏曲的魅力，实在是让人羡慕。想到京剧的命运，似乎一直就不那么乐观，但在北京，这些年喜欢京剧的人越来越多，几家常年上演京剧的剧院也是人头攒动，京剧热倒算是逐渐地升温了。自 1990 年代以来，商业化的冲击非常大，其他戏曲都在衰落中，可京剧毕竟是我们的国剧国粹，生命力依然顽强。

我对京剧就不大懂，前段时间，忽然喜爱上昆曲，《牡丹亭》一看多天不觉得疲惫，在江苏昆山的当地文化节上，能看半日昆曲而沉醉期间不觉时间倥忽而过。朋友说，那是因为我开始老了，就自然会喜欢上戏曲了。看京剧虽然没有对昆曲那么着迷，也是开始体味到其中的妙处了。我 20 多岁的时候喜欢摇滚乐，后来喜欢爵士乐，那是因为年轻，血液里总有着骚动的因子。眼下中年将至，才从传统戏曲中体味到人生的况味和中国戏曲的魅力，实在是晚了点。不过，拿到解玺璋和张景山编著的《京剧常识》一书，大呼及时，可以一扫我的京剧知识的盲点了。

解玺璋是我多年的老朋友，我知道他擅长影视评论和文化评论，在90年代初期曾经在《北京晚报》上主持读书版“书香专刊”，是京城报纸中，最早把读书作为一种生活来推动的人，我记得“书香专刊”和报纸的房地产版、汽车版、电脑版块夹在一起，实在是很先声夺人和相映成趣。此后，很多报纸创办读书版、阅读周刊、书评周刊，每每使我能想起玺璋的功劳来。他后来又在同心出版社主持工作，又推出了不少好书。前段时间北京作家协会开会，他笑眯眯悄悄地给我了一本书，说是他新写的，送我看看，我一看还是吃了一惊——《京剧常识》，这么专业的书籍，老解竟然不声不响地就这么拿出来了！回家用了三天的时间仔细地阅读了，觉得这本书对于更多喜欢或者说正要热爱上京剧的外行人来说，正是一本非常及时和有用的书。

《京剧常识》这本书，带有辞典的性质，但是却简便、通俗、专业而精粹。整本书分为两个部分，第一个部分收录了15段经典京剧唱段，从易到难，循序渐进，读者可以按照这些唱段自己来学习延长，很适合京剧进大中学课堂。这些传统和经典剧目的来源、历史和相关知识，在唱段的后面都有详细的备注，使此书具有了教科书的性质。该书的第二个部分，则是关于京剧的词条，分别从京剧源流、京剧行当、京剧人物、京剧剧目、京剧的音乐和声韵、脸谱和行头、程式与功夫、演出与习俗等方方面面，以几百条的条目，条分缕析地解释给我们听，读者可以以最快的速度，进入京剧的迷人天地里，扫除自己的京剧知识的大量盲点。《京剧常识》这本书还配了二三百幅彩色图片，图文并茂地将京剧的世界展现给我们，使我们能够在演员、剧目和脸谱之后，能够去体会国剧的内在魅力。

我想，喜欢京剧的人在影视和网络的汪洋中，注定是小众的，可是，这些小众，我喜欢，是国人中间的精华，京剧虽然面临冲击和挑战，但是总有着同样的机遇和幸运。而《京剧常识》的出版，正证明了京剧振兴和为更多人喜爱的前景。

民国时代的大师背影

——评《民国教授往事》

关于中华民国时代的读物出了不少，最近，我先读了焦菊隐的《武夫当国——北洋军阀史话》，后读了汪修荣所著的《民国教授往事》，这两本书，分别以武夫和文人来做主角，他们之间的对比，给我带来一种特殊的感受，非常有意思。

汪修荣是我的学长，一直在出版界工作，20 年前，我在时任长江文艺社总编的周百义的办公室里认识他的，后来总有些联系，他知道我喜欢书，出了好书、毛边书，也总是不忘送给我，但是，我没有想到他是这么一个有心人，多年来，一直在写着《民国教授往事》这本书，等到我拿到了，一开始还没有想到是他写的，以为是他出的书，再一看，还真是学兄写的，读起来感觉自是不一样。

有人说，上海人有外滩情结，南京人有民国情结，最近 10 多年，关于老上海和老南京的书的确出了不少，似乎搞出新花样也比较难了。但是，这本《民国教授往事》则让我集中地看到了民国那些大师级的文人们更加丰富、个性和有趣的一面，实在和军阀们血与火的世界大不一样。

《民国教授往事》是汪修荣历时数年，一篇篇不急不慢地写着，一篇篇在海内外发着的系列人物传记型怀人散文。这本书装帧素雅，开本大气，一共收录了 19 篇文章，涉及民国时期 20 多个文学和文化大师级教授的事情。读起来，总是觉得，这一个个的背影是那么的清晰，他们的性格是那么的突出，非常好识别。要是开列出他们的名单，那的确是很吓人的。这些篇章的主角是：辜鸿铭、刘文典、黄侃、章太炎、吴宓、顾颉刚、鲁迅、钱穆、苏雪林、陈寅恪、傅斯年、钱玄同、刘半农、胡适、朱自清、台静农、林徽因、徐志摩、金岳霖、沈从文、王国维。20多万字的总篇幅，19个篇章，将上述20多个民国著名教授、大文人的爱情家庭、生活点滴、文化贡献、人生履历和事业追求全部写到了，文字清新淡雅，寥寥几笔，就勾勒出一个人的鲜明的性格来。汪修荣的文笔非常清秀、轻松、准确、自在，属于娓娓道来型的那种文字，将历史纪实和人物写真的感觉拿捏得特别好。这样的写人的文字，其中将浓烈的对远逝的文化人的感情藏得比较深。

和我读的那套关于北洋军阀的书来比，这本《民国教授往事》实在是充满了一种文化的馨香。这本书将当年的很多文坛公案，都梳理了一遍，像顾颉刚和鲁迅的恩怨、苏雪林和鲁迅的别扭、顾颉刚与胡适和傅斯年的是非，都详细地考证和挖掘了出来，给我们描绘出民国时代这些教授们在学术理想和追求方面的差异，在政治主张和文化性格方面的不同，在大是小非面前的表现，在人情世故方面表现出的性情与性格，读起来真的是趣味横生。如今，岁月将他们之间的那些恩怨是非都带走了，留下来的，竟然是一些历史逸闻那样的佳话了。

汪修荣这本书最动人和有趣的地方，就是挖掘出这些文化大师、著名教授的情感生活的另一面，把他们在感情上的追求写得非常生动，可以看到他们那宽阔的胸怀和复杂的个性。比如，沈从文追求张兆和的整个过程，就非常生动有趣，还是胡适促成了两个人的姻缘。还有，写到金岳霖、梁思成和林徽因之间的爱情时，就将他们之间的那种超越了常人所能理解的感情，写得很到位。这三个人之间的关系，拿到今天来看，也是多少有些匪夷所思的。有一天，林徽因很苦恼地和丈夫梁思成说："我同时爱上了两个人，你说我怎么办?"梁思成知道了林徽因爱上的那另外一个人，就是金岳霖。他一方面感谢妻子对他的信任，和他认真探讨这个事，另外一个方面，告诉林徽因，如果要他退出，他会退出去的。还是金岳霖知道了他们的谈话，自己主动地退出了，老金后来竟然长时间和他们生活在一起，不是住同屋那也是住在隔壁，老金这个逻辑学家从此把对林徽因的感情深深地埋在心里，不再说出来了，三个人就那么照样保持着非常好的关系，一直到生命的结束。这中间的情感，可以说用伟大来形容也不过分了。和眼下的物欲横流与淫秽不堪的一些男女关系来比，真是一个天上，一个地下了。我不知道我们还能不能达到人家的那个境界，那个感觉，那个层次。想想，怪悲哀的。

这本书的主人公，大都可以用怪人、狂人、疯子、偏执狂、才子佳人、饱学之士、傻子、怪杰、名士、大儒、书生、文化殉道者来形容。一个人能够冠以上述的绰号、外号、名号，那就肯定会有趣多了。这本书给我的感觉就是读起来十分有趣，那些民国的著名教授、大文人们早就仙逝，可他们存在过的生命原来还有这么有趣的、生动的事迹，读完全书，立即感觉他们和我们比较亲近了。

结构中华文化符号的整体主义诗歌

——评汤松波的诗歌创作

我和这本诗集的作者汤松波认识快20年了，他在大学时代就开始写诗，到今天，大家忽然归来了，仍旧继续在写诗，这本身就够令人惊奇的。当我们再次相遇的时候，时光的皱纹爬到了我们的额头上，但是，诗歌使我们依然年轻，使我们互相那么的亲热和亲切，心灵里充满了对生命和创造的激情。

在今天，自称是一个诗人，似乎是一个不那么令人激动和崇拜的事情了，诗人，这个过去光环闪闪的名词，在今天这个俗艳的时代，似乎令人躲避不及。可是，据说中国写诗的人超过了500万，每年都有几千部诗集出版，诗歌在网络上更加活跃。为什么这么多人仍旧要将写诗当作他们心灵的真正寄托？那是因为，诗歌是语言的黄金，是内心的净土，即使是有人早就诅咒上帝死了，语言死了，诗歌死了，诗在今天，仍旧没有死，死掉的是那些诅咒和背叛诗的人，是把心灵的生活扔开的人。而真正认真生活并且拥有信念，在不断地寻找自我的人，和诗在一起成长着。

汤松波兄就是这样一个人。这本《灵魂没有淡季》，集中地体现了他独特的诗歌美学。我看，就是一种结构了中华文化符号的整体主义诗歌。你看，他的诗歌题材宽阔浩大，对56个民族、24节气和32个中国的省市、自治区、特别行政区，都有诗歌的描述和表达。现在，能将这些文化符号写成诗歌，相当不容易。写不好就容易变成简单的赞颂，变成空洞的说教。可是，松波的这些诗歌，却给我们一种特别整体的结构主义形象，在细节上又非常生动，他善于从侧面和刁钻的角度来挖掘出诗意，来表达他对中华文化符号的强烈的热爱，他把这些符号竟然都变成了汉语诗篇，具体、精细、严谨、整齐，在内部又充满了深沉的族群感情，无论诗歌表达的美学态度，还是诗歌写作的整体主义追求，都让我特别动容，这个“归来者”，实在是在写着一种大诗啊。

我阅读着这些规模宏大的诗篇，内心时时涌现出我们过去通信时的情景，那个时候在今天看来，已经具有了回忆的性质，恍惚间已经过去20年了。在青春这个注定值得永远怀念的名词之下，那个时候我们写诗，我们胸中诗的激情是如此的澎湃，诗的岩浆在我们的胸腔里奔涌，我们成群结伙，在各个大学成立诗社，穿梭于大学的各个角落，像流浪汉那样在全国互相串联，互相写信，彼此支持，共同挖掘和埋藏诗歌的种子与果实，打下了坚实的友谊的地基，并且为之真诚地歌唱。当我写这篇文字的时候，我的眼前涌现的是松波兄青年时代那俊秀的面容，感到是诗歌，使他获得了更为广大的心灵世界，使他的灵魂质量获得了提升。20年前那样美好的诗情汹涌的年月，当然是一去不复返了，随着时间延伸下来的是我们的友情，和各自的对诗的钟情。我知道，即使是所有的人都离开了我们，剩下的，还有不会离开我们心灵的这些诗篇。

我想，要不是出这本诗集，我一定看不到松波后来写的这些大气磅礴的文化诗，也看不到生活在他的诗篇中的隐秘投影。这些年，我们每一个人的生活都发生了很大的变化，在这个分崩离析的时代里，人们的生活很难守住一个地方，人们的心也很难属于一处风景，世界是不确定的和纷乱的。但是，最为难能可贵的是，在松波的诗篇中，我几乎可以看到中国作为一个源远流长的国家，中华民族作为伟大的民族，内部的整体力量，对他的全部影响、感动和塑造。我因而也发现，诗是完全不能够掺假的，它的酿造本身就是以真诚为原料的，当时间和岁月的利刃在他生命中划过的时候，他不在意个体生命的疼痛的瞬间，而是在对我们自身文化的深刻凝视中，留下了这些大诗。这些大诗如果不是用血肉写成的，也是他在自己的心灵里，在对中华文化的膜拜当中所提取和凝结的盐。

所有的诗歌都只有一个主题：大爱。在他的这些诗篇中，我可以看到他想融会到我们的巨大文化母体的冲动，他想以诗歌的方式，言说对超越了狭小个体生命的中华文化和中华民族的爱。在更多的篇章里，他还表达了他爱这个世界，这是他吟唱和写出这些大诗的唯一理由。我从松波的诗歌中，体验了我们共同经历的这整个的时代精神的凝结，以及诗歌抵挡时代腐蚀人的巨大力量时的豪迈、雄浑而又优美的声音。他的这些大诗的结集和出版，呈现和歌唱，是一次对我们从哪里来，我们又将到哪里去的绝佳的回答。

符号的魅力

——《中国符号之人文景观与自然景观》（符号卷）代序

符号是一种标志，符号是一种记号，符号是抽象出来并且赋予了它更加丰富内涵的、一目了然的东西。符号是含有意义的隐喻，是巨大的象征物和指示代码。符号提示我们，不要以为它是简单的，它实际上很复杂，可是同时，符号又以最简单的面目呈现给我们，但是它却带着全息的、复杂的文化图像。

虽然每个人的人生经验和文化体验不一样，但是，人们总是可以大致在脑海里涌现出那么一些公认的、可以代表一国之文化的符号来。比如，只要想起巴黎，我的脑海里就会立即想起埃菲尔铁塔、巴黎圣母院、卢浮宫、塞纳河、凡尔赛宫来。而且，不光是我想起这些，全球各个民族、各个国家的很多人，想起巴黎，脑子里涌现的大部分都是这些符号。那么，这些符号，就是可以代表巴黎的、公认的一些文化符号。由此看来，符号是约定成俗的、大众普遍认同的代表性标志，它可以是任何东西，可以是自然物、人类创造物和非物质的东西，只要是它的内涵可以代表一国文化的抽象概括出来的丰富性，它就是代表性的符号。

而我们的工作，就是搜寻、整理、解释能够代表中国的各种符号。那么，代表我们国家的符号，是哪些呢？当然也是一目了然、简单明快、名声很大、含义丰富的东西。中国的历史和文化非常的悠久丰富，所以，要挑选出能够代表中国人文景观和自然景观的符号来，并不是一件简单的事情。我们首先经过了初选，初选的目的是尽可能地不要有遗漏，然后在初选的基础之上，不断地淘汰和优化，直到留下了基本不能被淘洗掉的那些符号。我们想，这些符号，就是可以代表中国自然景观和人文景观的符号了，也就是读者现在能够看到的这些符号条目，它们以自身和自身所代表的丰富内容，顽强地留存在了这本书里。

的确，当人们说起中国的时候，脑海里涌现的，一定是一些能够代表中国的文化符号，比如长城、故宫、黄山、黄河、长江、京剧等等。这些巨大的符号的背后，有的是我们中华民族千百年来凝练出的智慧、我们祖国的山川河流的壮阔和秀美、我们民族的历史和文化所凝结的美好露珠。这就是符号的魅力，而符号的魅力，本身又是 个国家和民族的自然和人文文化的魅力。

希望这套书能够让全世界的人领略到中国那无比丰富和美好的文化魅力，也使中国人自己在这些符号的巨大投影中，获取持久的文化自豪感。

苍茫神奇的历史叙事

——李玉文长篇小说《河父海母》评论

也许高手在文坛之外，这是我第一次读到李玉文的长篇小说《河父海母》的真实感觉。就像王小波曾经崛起于草莽之间，李玉文也注定将因为《河父海母》这部小说，让我们牢牢地记住他的名字。在此之前，我从没有听说过他。原来，这是一个在繁重的企业管理工作之余，埋头潜心写作的文学狂热分子。可是，他出手不凡，先声夺人，厚积薄发，“居高声自远，非是藉秋风”，在喧嚣的时代里可以沉住气，在浮躁的时代里浑身充满了静气，用这部小说使我们重新看到了沉潜和大气的汉语小说杰作诞生的可能性。我这么说，并没有过多的溢美和夸张，这完全是《河父海母》这部小说带给我的阅读感觉，使我毫不吝惜自己赞美的言辞，将所有褒奖的词汇都加到他和这部小说的身上。因为很多职业作家的疲沓和娴熟，委顿和狭小，已经使我对这些名气很大，却越来越衰的作家失去了期盼，可是，像李玉文这样的文坛外的隐士写手，一出手就到达了一个很炫目的境地，真的使我要惊呼了。

那么，这是一部什么样的小说呢？小说的题目就给我们提供了一把打开小说神秘之门的钥匙。“河父海母”，听听这个词汇，你的眼前就会出现一幅壮阔的图景：在苍茫大地上，蜿蜒伸展过来的一条泥沙俱下的河流，仿佛是从蛮荒和历史的深处走来，带着咆哮和呼啸，带着旋涡，注入更加包容和宽阔的海洋。这样的景象，是整部小说的象征，也是小说的基调。这里面有原始生殖崇拜——河如同父亲，如同雄性生殖器，汇入、融入、插入海这个母亲的体内，并且最终融为一体。很显然，生活在山东境内的黄河入海地区的作者，有着对大地和大地叙事的神秘经验与历史叙说的激情。小说也将在人类和种族、家族的繁衍生息、连绵不绝的传递中伸展。

这是一部历史时间跨度大，出场人物众多的小说。作者在开始下笔的时候，就想实现自己的勃勃雄心，将时间和家族血脉互相纠缠，将爱恨情仇中混合着人性的复杂与温柔，单纯和激烈一并呈现。

一般情况下，小说的开头第一句话非常重要，将确定小说最终会走向何方。长篇小说如同一条游动的蛇，蛇头的运动将直接影响蛇的整个身躯的走向。那么，让我们来看看这部小说的开头吧："邓吉昌一家人落户河父海母之地，就像河流中的浮萍某时某地被藤蔓挂住似的身不由己。"

在这小说开头的一句话中间，蕴涵了小说即将铺展开来的全部色彩、语调和画面。接下来的叙事，就带有蛮荒时代的神奇叙述了："……随行的孩子们已疲惫不堪，完全失去了初入荒原时哪怕见着一只兔子也兴奋地大呼小叫的兴致，甚至再也无法在齐腰深的杂草中拖动双腿。女主人刘氏清楚地记得时值初春时节，天已日落，地老鼠直立着身子发出的'啾'声格外刺耳，深可齐腰的枯草丛中各种生灵蠢蠢欲动。蔚蓝的天空无云，一群大雁自南天徐徐飞过。一家人正整理行李准备支锅做饭时，15 岁的青梅突然发出一声尖叫。大家看时，见一条足有一根锨杆长的白花蛇正冲青梅吐着红蕊。大儿子兆喜嘿嘿笑了两声，顺手抄起一把铁锨，抡起一下便将蛇截为两段。蛇的两截身子翻滚着、扭动着，但很有目标地朝一起聚集。眨眼间，两截蛇身完好地连接在一起，并再次高扬头颅，朝兆喜骄傲地吐着血红的舌蕊。小伙子再次一锨铲下，蛇身再成两截。但很快，那蛇又如前一样将身子接起。兆喜显然被激怒了，由于兴奋方正的脸上闪着红光，独眼睁得溜圆，第三次挥锨铲去。蛇又被铲为两段。未等它做出反应，兆喜俯身抓起尾部的一截，甩手扔出老远，而后挥锹一通乱铲，将头部一截铲为了肉泥。蛇血染红了锹头，他飞快地刨个小坑，把蛇肉巴拉进坑，填上土，用脚使劲跺跺，嘴里嘟囔着‘还治不了你了’和‘操’、‘日’之类的粗话。他正待扔下铁锹收拾家什时，却见两只地狗从草丛中跑来，向一家人狂吠不止。这两只畜物要比家狗小一圈，吠声尖厉骇人。在几个孩子的惊叫声中，兆喜怒不可遏挥锹向它们打去。地狗轻轻一跃躲开锹头，但并不逃走。兆喜一番追打后，两只地狗冲到离一家人几米远的一堆浓密草丛中，一先一后口衔两只小地狗窜出，飞也似的向荒草丛中逃去……”

整部小说都在一种中国式样的魔幻、奇幻和神奇的氛围里推动，带给了我们阅读的惊喜和快感，也带给了我们一种河流波涛涌动时的韵律。当小说像一条大河一样波涛汹涌地向大海奔去的时候，在岸边，我们将在震惊中战栗，在震撼中欣喜，这，就是这部小说的厚重、博大、神奇的力量。而这种力量，也是苍天、大地、河流和大海所赋予作者的。

这部小说就是这样，从荒野之上破空而来，将绚丽的历史和人生景象，雄浑和苍茫地带给了我们。

艾多斯，你是月亮的朋友

艾多斯的诗集要出版了，我非常高兴。为什么呢？因为，在他还不到 1 岁的时候，我就认识他了。

那是在 1990 年的夏天，在乌鲁木齐通往北京的火车上，他的爸爸阿曼泰、妈妈和漂亮的姑姑，带着襁褓中的艾多斯，一路往北京进发。我们就这样在一个车厢里认识了。小艾多斯似乎很沉静和安静，他瞪着大眼睛，和逗他的人对视。大家都很喜欢他。也许啊，他那么小的时候，就开始构思自己的诗篇了，不过，没有人知道这个秘密——谁都没有料到，他会有写诗的天赋，会成长为一个诗人。所以，当我看到如今已经 18 岁的艾多斯出版了自己的第一本书，我实在是太高兴了。

艾多斯翻译成汉语，是月亮的朋友的意思。月亮的朋友，多么富有诗意的名字，显然，这个名字里面就藏着诗篇。我想，也许就是名字的启发，小艾多斯后来就格外地注意和大自然交流，和风、云、水、石，和月亮对话了吧？在人和外在于人的一切对话的时候，他的心灵迸发出来的，自然就是诗篇了。

诗人，是人类灵魂之树上最为敏感的树枝，是第一个报春鸟，也是最后的彩霞。诗人总是保持着童贞的东西和原始的激情。在艾多斯的诗里，我们就可以看到一个丰富的心灵在为生命的生长歌唱。

去年的某一天，我到他家里玩，聊得很愉快。他告诉我，当他一个人在大街上淋雨的时候，站在一棵大树跟前，他和树所产生的那种奇特和美妙的通感。这是唯独诗人才可以产生的奇特体验，甚至是超验。这使我看到了艾多斯对语言的敏感，对瞬间情绪的捕捉，对心灵幽暗地带的探询，对人世未来可能性的瞻望。这些都是构成他的诗歌的基础。

收在这个集子里面的诗歌，可以看出来，他的诗歌风格多变，崇尚自由体，语句精练优美。他的诗一般以表达内心对自然、生命、宇宙和时间的体验为主题。好多诗从局部看，显得节制、纤小、朴实、细微、生动。他善于从小处入手，描绘心灵的冲动、灵魂内部的激荡与和解。他的诗歌，还有一种少见的“沉思性的叙事性”，比如，他特别喜欢抒写短暂瞬间的感受和感情的迸发，大部分诗歌的主题，都涉及青春的体验、人生命运的感叹、生命细节的捕捉等等，非常富有感染力。

而且，他的诗有节奏感，还有一种奇特的大地属性，对大地母性、元素和大地上所有的一切，都充满了好奇和热烈的赞美，从本质上讲，他的诗是抒情的和浪漫主义的，又和他的青春体验与他作为哈萨克族人的独特文化结合了起来。

阅读他的诗，就是在和一个丰富的灵魂对话。这本书，是他的起点，让我们为他未来辽阔的前景而祝福吧。

月亮的朋友艾多斯，你呀，正在成为一个在大地上寻找心灵和风的影子的骑马浪游的歌手！

张学良的声音

——介绍《张学良口述历史》

张学良是中国近现代历史上的一个争议性人物，他在两次中国历史发展的关键时刻，改变了历史的走向。是非功过，多年以来评说者甚多。但是，很多年以来，作为当事人的张学良，却对包括“九一八”和西安事变在内的、他亲身经历的中国近现代史上的大事，都讳莫如深，从来不言说、更正、解释、反驳和陈述。这使得大家对他总是有着某种期待，毕竟，作为历史的见证人，在他活着的时候开口说话，将历史的迷雾澄清，是最好的了。可是，从1936年之后，他的声音几乎就不存在，巨大的沉默伴随着他的被幽禁，一直是他存在的形象和特征。

时间到了1990年，这个时候张学良已经快90岁了。可能是感到了来日无多，同时因为看到了历史学家唐德刚先生的口述历史著作《李宗仁回忆录》等，他大为欣赏，主动约见唐德刚，经过了几次磨合与相互的配合，再加上年老的张学良也迫切地希望留下一点自己的材料，于是，才有了这本《张学良口述历史》的诞生。

张学良自己曾经说过，“我的事情是到36岁，以后就没有了。真是36岁。从21岁到36岁，这就是我的生命。”在这段自况的话语当中，包含着他对自己的全部评价，里面似乎隐含着某种无奈和伤感。的确，自从西安事变之后，他就不再在中国现代史的核心部位起作用了。这段话，既是他对自己的总结，也是他对自己的嘲讽和不满。在这本《张学良口述历史》当中，他讲述了1901年他出生开始，经历生母病逝、进入陆军学校学习、直奉两次大战、在北京成立安国军政府、皇姑屯事件他父亲被炸死、中原大战、“九一八”事变、去欧洲考察、西安事变等等，到 1946 年他被蒋介石转移到了台湾的新竹，继续被幽禁。36 岁之前，他的生活具有浓厚的传奇性和高度的戏剧化，这本书的好处就在于他随兴而谈，兴之所至，趣味盎然，可以看出他挥洒自如和挥斥方遒的性格。这本书虽然篇幅不大，但是涉及的历史人物，比如他的父亲张作霖，比如顾维钧、汪精卫、蒋介石、孙中山、阎锡山、吴佩孚、张宗昌、孙传芳等著名历史人物，都有着栩栩如生的记忆与刻画。

1964 年，他和赵四小姐结婚，本书简单地描述了他被幽禁的情况，到 1990 年，宣布他重新获得了行动自由之后，他在美国访问、探亲和定居的情况。可以说，这本书是粗线条的，由当事人自己给自己画的一幅素描。在这本口述历史当中，基本上是按照他自己说话的口气和语感，来进行记述的。在这一点上，需要说明的是，唐德刚所做的工作，绝对不是只是录音机的功能。“口述历史”，是研究现当代历史的一种方法，是由历史当事人自己讲述，由历史学家进行巧妙的剪裁、加工形成的一种生动鲜活的文本。这和完全记录当事人的讲述不是一个意思。唐德刚也反复地向张学良解释，他所做的“口述历史”，不是“你说我写”和“你说我记”，而是有剪裁、取舍，有备注和释义的“口述”。不过似乎张学良并不清楚其中的区别，也许，他一直到去世都没有弄明白唐德刚的口述历史和“我说你写”有什么区别。

好在张学良的声音总算是留了下来了，在这本由中国档案出版社出版的书中，还附有他声音和影像的光盘，可以作为张学良这样一个复杂的悲喜剧历史人物的备注和纪念，也是为了给他这样一个历史人物的最后留影。

角落里的美丽

——评邓芳的小说《第四者》

天津作家邓芳一直主持《小说月报》原创版，终于有时间推出了自己的小说。她是最近几年崛起的女性主义小说的代表人物，她的很多小说，大都通过女性的视角，来观察这个急剧变化的社会转型期中，女性自身的处境和命运。这些小说注定成为解读我们的时代女性存在的独特的文本。

可以说，邓芳的写作有着强烈的社会责任心，和女性文学社会学的认知价值。她总是用一双特别冷静、但是实际上充满了悲悯之心的眼睛，来着重观察女性在分崩离析的道德和社会文化环境中的变化，在很多小说中，用审美之经纬来编织，在虚构当中再现了人性的复杂和生存的苍茫，笔力简洁有力。

她的长篇小说新作《第四者》，依旧贯穿了她的女性人类学般的关怀，和一个新闻记者的尖刻与细微的打量。这本书从形式上，有着鲜明的特点，它打通了纪实文学和虚构小说之间的界限，在今天这个信息的时代里面，兼顾了信息的传达和人们对真实事情的渴望了解，以及小说的虚构和描写、叙述与言情、白描与铺陈的笔法，是一本雅俗共赏的描绘当下一部分女性生存景观的揭秘与关怀之书。

这本书的主角是女人，一个叫四妹子的年轻女人，这个女人与作品中另一个年轻女人灵子，都是做过洗脚女的孤儿。不知道从什么时候开始，“足浴”的招牌已经挂满了大江南北，成为一种新的解除疲劳和放松筋骨的方式，很多人都有洗脚——足浴的经历，但是把目光真正放到洗脚女的脸上，揣摩她们的举止，打量她们的心灵的，却没有几个人。邓芳的这部小说，就是以一种美丽但是多少有些凄凉的语言，带领我们走进泡脚房、走进站立着活体模特的橱窗、走进侍奉别人的日式酒吧，进而走进了她们的世界，一个被爱无情抛弃又在苦苦期盼着爱的世界。

为什么？因为迅速分层的中国社会，已经分出来穷人和富人，小商小贩和大企业家，大学教授和职业官僚，中产阶级和小资产阶级，下岗工人和外企白领，自由职业者和失地的农民，城市乞丐与在校学生——他们之间很难有某种沟通了。而城市建设正在使相同社会地位的人居住在一个社区里，一旦一个人腾越到了更高一级的社会阶层，他很少把目光放到比自己低的社会阶层上来。只有记者和作家，才有可能真正把目光聚焦于那些挣扎在社会底层的人群中。邓芳就是这样一个侠骨柔肠的女作家，同时还具有新闻记者的观察能力和作家的虚构和结构长篇作品的能力，她把创作目光投向了社会角落，并从中开掘出人性的美丽，于是《第四者》就应运而生了。

从这本书的命名上，就可以看出邓芳的良苦用心。一个社会学的题目，讲述的却是孤儿尤其是女性孤儿的个体生命的历史，和她们的情感史，以及心灵史。邓芳当然认识并且熟悉和采访很多知识白领女性、女企业家和女性成功人士，但是她们在这本书中，都没有出场，成了遥远的时代背景上摇曳的鲜花影子而已。

我不想再去复述小说中十分精彩凄美的女性故事，以及她们为生存为证明自己存在价值的经历，这是读者应该自己去细细品味的东西，我只是想在这里再次强调作者的悲悯之心和社会良知——这恰恰是那些拥抱金钱和权势的作家所缺乏和汗颜的。作者在小说结尾的时候，说了一段特别点题也特别让人动情的话："……盆景和墙草的价值，是无法比较的。假如让我鼓掌，我一定会送给墙根下面的那一星绿色。如果可以像盆景一样给它们多一些滋润，它们或许是一棵参天的大树呢。"

杨朝阳和他的《盛世浮生》

我是西安作家杨朝阳的铁哥们儿，说起来，我们也有20多年的交情了。那还是在上中学的时候，1986年前后，当时，我们都是中学的校园诗人，不安心功课，却忙着写诗写小说，并且互相写信，很快就在全国范围内建立了一个文学的江湖网络。到后来，很多年的时间里，我们就仍旧到处走动，互相关心、慰问、激励、关注。我到西安，第一个见的人一定是他。我记得，1988年我去大学念书，在西安吃过当时条件很艰苦的他给我做的油泼扯面，非常好吃，结果从此爱上这一口了，现在我经常在北京的三联书店买书，完了就在旁边的一家陕西面馆吃扯面，只要是吃扯面，我就立即想到杨朝阳，他憨厚的笑容、诚挚的眼神，对待朋友无以复加的热情，以及他对情谊的那种笃信，都是今天这个商业社会越来越少见到的品质和特点了。

1989年，杨朝阳还差点被我的母校武汉大学破格录取了呢，因为当时学校也在考察他，但是，他似乎没有那么积极，也许并不相信自己会被录取，在递交材料的时候，在时间上过于缓慢，结果，我们没有成为校友。但是，那个时候我们建立的感情，一直延续到了今天，可以说是非常的珍贵，也是非常真挚的。我知道，后来，他在西安的发展也很不容易，但是他一直坚韧地走出了自己的脚印，结交了一大堆朋友，建设了自己的小康中康和即将大康的生活，房子车子票子妻子孩子，他都拥有了，但是，他还是最钟情文学与文字，写下了很多的文章——关于餐饮、旅游、友情、文人的文章，也一直在努力地写作诗歌和长篇小说，这在他内心里一直认为是本业的东西，出版了几部我很喜欢的长篇小说和诗歌散文集，在我的书柜里，我把它们珍藏在1980年代的一些资料里。所以，当朝阳又写完了他的长篇小说新作《盛世浮生》，嘱咐我写一点感想，我当然是当仁不让的。

他的小说产量并不算大，写作的历史却相当长，已经有20年了。他已经出版的这些小说，大都保持着相当的水准。他的小说所描绘和关注的人群，如同这部《盛世浮生》的书名所暗示的那样，都是我们也许根本就不太在意的身边的普通人、芸芸众生，那些大众和老百姓，或者说就是生活最底层的民众。由于他长期生活在宝鸡和西安，我想，他笔下的主人公，可以看作是对宝鸡和西安这样的西部城市中的人的标本取样。最近一些年，我们看多了描绘生活在北京、上海、广州的新一代时尚青年们的生活和快活的尖叫，但是，我们似乎很少把目光投向一个相对边缘的西部城市人的具体的生活和生存的困境，而杨朝阳，恰恰就在这一点上，给我们提供了鲜活的经验。杨朝阳的小说多少有些斑驳陆离，总是将生活的复杂性给你尽量完全地展开。他的过去的小说，大多都是有着刚烈的故事内核和刚性的结局，让人动容。

在他的力作《盛事浮生》中，他展开了一个很长的人物长廊，我们在里面看到的都是一些在生活的洪流中漂浮的角色。这些人的生活，从上个世纪80年代开始一直延伸到当下社会。人物命运曲折，他们总是在一种没有准备好的情况下，被推到了一种绝境的纠缠当中。他把人的绝境中的表现，一个个撕开给你看。有一阵子，我注意到，他写下的小说，迷恋对死亡的叙述，死亡总是在他的小说的一开始，就已经出场，在小说的结尾，却又像是某种回旋曲那样，依旧在缭绕不绝。

这部《盛世浮生》，可以说是他最好的小说，除了对当下已经失去了诗意的生活进行深度陈述，有时候，他处理自己的生活经验，还延伸到了自己少年时代的记忆。我知道，他对爱情一直非常的信奉，但是，在他的文字中，多少又显示他是一个男权主义作家，尽管他肯定不会承认。他的小说中的男性角色，都有着男人的进攻性，和弥漫着的男性气息，以及无所不在的男性视角。只是有时候，他也会突然地细微地表达对女性的迷恋和崇拜，他可以捕捉到女人的美好状态与复杂微妙的心态，与当下一些女人情感状态是如此的贴近。表面的生活和内里的生活，中间的鸿沟，都是瞬间转换和不断被逾越的。阅读他的小说是一件十分愉悦的事情，他很快可以通过平缓沉静的叙述语调，把你带入一种日常生活的氛围里。但是，突然之间，你还没有来得及感受他叙述和想象的甜蜜，他所描绘的那种宁静的生活水面之下，汹涌的暗流泛滥，风暴却在水面之下遽然兴起，立刻将你击中，让你惊悚和陷入无言的沉默，让你立即无法忘记杨朝阳这个名字。

写给成年人的童话

——林森和他的童话

当代童话应该怎么写？郑渊洁之外，谁还能够写出一种更可以称为是童话的东西？等到我看了林森刚刚出版的《一个叫窦唯的孩子》，我乃相信，这种童话可能是一个非常重要的方向。在这本书中，一只猪可以活很多次，而一只狗也可以爱上一朵花，在一个叫兰阳的地方，人们生活的规则是另外一种系统，这些篇章表面上稍微有些散，但是内在的一种清澈、纯真和对世界美好的打量，却是完全统一的。

林森说他写的东西是童话，是一种新型童话，我相信，一定是真的。因为这个人本身的存在，就像是一个童话。他的经历也很特别，出生在河南一个古代叫兰阳的地方，这个地方就成了他很多童话的故乡。他又在美国和加拿大呆了很多年，却从来不愿意去当高级打工仔，据说，一边开了一个商店，一边去读和童话有关的博士学位，自己活得挺自在。他又是集邮的行家，光是关于情人节的邮票收藏，就是国内的大家，很难有人能和他匹敌，还有大量战斗机和其他门类的邮票专藏。

因此，一个有收藏癖好的人，自然有着一种特殊的痴情和专注。这也是他可以写出让人惊讶的无比透明的童话的原因。他年龄比我大，但是这个人却很透明，是一个从不假装纯真的人，也只有这样的人，我想，才可以写出带有纯真的童心这样的东西。他还有一个宝贝女儿，如今已经到了能够给他写序言的年龄，当然，他还在寻找爱情，因为，他现在是单身。他的目光总是很清澈，他的皮肤有点黑，个子不算高，像某个童话中的人物。他爱激动，热衷于一些好玩的事情，尽管这样的事情从来和赚钱无关。他一直晃晃悠悠，在美洲大陆和中国大陆之间穿梭，从来不为生计发愁，但是，我却又没有看见他去挣钱。

他靠什么生活？这对于我一直是一个秘密。

博尔赫斯说过，人类文学的终极和最高标准，实际上是童话。他还说，如果你是一个真正优秀的作家，你必将写出一部美好的童话。我想，这种说法一定有很深刻的道理在里面，我也看到左拉写过《给尼努的礼物》，圣埃克苏佩里写过《小王子》，他们都是文学大师，也都写出来了真正的童话。而意大利当代作家埃科干脆编写整理了两大本《意大利童话》，他在这童话中，发现了一个符号化的、人类确定事物标准和边界的潜话语系统，所以，这童话可以说是人类文学的母本，是一个被大人所小看，但是里面乾坤广大的世界。当我们日益被现实的伪装和虚拟、游戏和双重面具遮蔽的时候，童话，对于我们的确是一个去掉一些虚饰的空间。

林森的这些童话，我刚开始读的时候觉得像是童话，可是再读下去又觉得不像是童话，但是似乎终归又是童话，因为，他在向往和给我们描绘一个纯净的世界，一个简单的世界。这个世界有自己的法则，有自己的颜色，也有自己的语言，自己的景物和山川，自己的构成：动物、矿物和植物。那么，他写的当然就是童话了。你看，在《一个叫窦唯的孩子》中，他建构了一个相当明澈的世界，人、动物、植物、环境，都是互相可以沟通的生命，在他的世界里，透明的风中所有的生命都是。他说，他写的是成人童话，他的童话的确是一种和成人世界对抗、他希望成人阅读的童话。在这种意义上，那么，他写的的确就是成人童话了。我却总是从他那张成年人的脸上，读出纯真来。

我希望我们这些成年人，在被信息污垢所遮蔽的心灵里，还存在着林森现在还浮现在脸上的东西，那就是，用一双单纯而嚣张的眼睛，去打量无比复杂的世界纯真。而阅读他的童话，就是去掉这个遮蔽、重新发现我们心灵空地和净空的过程。

那些美丽的才女传说

在中国文化史上历来有一群特殊的女子——才女，构成了一种美好的中国文化传奇。才女似乎是一个很特别的品种，从大家闺秀到宫闱之中的公主、侍女，从青楼女子到出家人，中国才女的传说连续不断，才女的形象非常逼真，比如薛涛、鱼玄机、李清照、柳如是，构成了中国才女连续性的传统和一个个的女性神话。而由于20世纪中国女性解放运动和普遍受教育程度的增加，在20世纪前半叶出现的才女，似乎更加集中，也让人觉得更加亲切，这很大程度上是因为她们距离我们时间上比较近的原因。这些才女的生命轨迹，和现代中国文化的发生发展，有着非常密切的关系，对她们的研究和发现，可以管窥到中国现代文化和文学生成的独特的一面。

眼下就有这样一本书，讲述了20世纪初期以降，在中国文化和文学史上叱咤风云的8个女子的生平。这本书叫《过往红尘》，作者曾静平是一位80年代曾经在诗坛上大放异彩的女诗人，我记得老诗人曾卓当年曾经专门撰文品评她的诗歌。《过往红尘》是一本图文典藏版的传记图书，由长江文艺出版社今年1月出版，收录了阮玲玉、张爱玲、陆小曼、萧红、胡蝶、潘玉良、林海音、林徽因等8个才女的传记，只是传记的写法上有作者非常独特的个人性体会和个人视角，这个视角是诗人的，也是女性的，是体验式的，也是观察性的。的确，仔细地读来，我们发现，这8个才女个个构成了一出出的生命传奇。

首先，她们所从事的职业有演员、作家、诗人、画家和建筑学家等，这些职业身份都是人文范畴里的，所以这些女子可以说个个都是女性艺术家。而她们的生平，更是成了现代文化史上的一个个的传奇。纵观全书，我们会发现，8 个才女的命运大都十分坎坷，而且，和时代的风云变幻密切相关，比如萧红，她那坎坷的命运和爱情，几乎就是 20 世纪三四十年代国仇家恨的一种象征性命运。而阮玲玉的自杀，更是宁为玉碎、不为瓦全的女性自尊的象征。而林海音在大陆、台湾和美国等地的奔走流徙，也是国家民族命运的缩影。另外，才女们和男人们的关系，更是值得大书一笔的。你看，才女陆小曼和诗人徐志摩的爱情传奇，可以说是现代文学史上最令人心动的佳话，而潘玉良，作为一个妓女出身后来留学巴黎的女画家，更是现代中国一种特殊文化的产物，是现代中国女性解放和自我实现的先驱人物，以至于到了 90 年代，由巩俐主演的电影，则仍旧继续书写着潘玉良的神话和传说；女作家张爱玲在发掘她的美国华裔学者夏志清的眼里，几乎是比鲁迅还要好的大小说家，可是，就是这样一个聪明绝顶的女子，她的杰出作家的地位，在大陆几十年的时间里不被承认，而她自己的爱情生活也是糊里糊涂，一笔烂账，先是嫁给了汪伪政权的汉奸“宣传部长”胡兰成，后来又孤独地游走于美国大陆，并且老死在异国他乡，其命运坎坷的确令人扼腕叹息。而林徽因和建筑学家梁思成伉俪的爱情和婚姻故事，则是非常美满和生动的，他们劳碌的身影，起到了中国现代建筑学的奠基作用，他们两个人一起走遍了中国大地，到处发现中国传统建筑的美丽，还成为新中国诞生时期，国徽和人民英雄纪念碑的设计者。而林徽因这样一个奇女子，更是让诗人徐志摩和哲学家金岳霖倾倒，他们对她的追求不成，不仅没有构成遗憾的故事，而是成了一个爱情的神话和佳话。

由于作者自己也是一个才女，所以，在抒写这些才女的生命历史过程中，注入了自己独特的体验和感受：“写这些文字的时候，是某个黄昏，某个深夜。这些女人总是能够唤起我生命中所有的激情来感同身受。”于是，正是因为这种感同身受，这本书的文字才透着一种沧桑的忧郁和浓郁的诗情画意，透露着人间冷暖的感喟和彻悟生命、解读人生的一种光明体验。而才女们的生命故事，也由此构成了中国20世纪动荡历史的特殊注脚，给那些风云变幻的幽暗历史，涂抹上了一层鲜亮的生命色彩，从而使得历史不再那么的僵硬和灰暗。

穿越时间的凄美之鸟

——读张悦然的长篇小说新作《誓鸟》

张悦然是在唯美之路上走得很远的小说家，而且，她的唯美中间总是掺杂着一种怪异的想象和残忍，在类似英国哥特小说的阴郁凄清的氛围中，结构出和时间、青春、历史有关的动人故事。在她的叙述中，小说的故事无一例外地被恍惚的情绪和语言的舞蹈所表面包裹，情节如同水墨画一样在慢慢地氤氲开来，在一种淡雅、忧伤和如同秋雨的苍茫中，告诉了我们一种时间之痛和个体生命存在的相遇之哀伤。你看她小说的名字《水仙已乘鲤鱼去》《葵花走失在1890》《樱桃之远》，无一不是在时间的距离和空间的尺度中，带给我们一种企图逃遁天定命运的遥远想象。

这部《誓鸟》，是张悦然迄今为止最为成熟的作品，之所以这么说，是因为她完全可以凭借这部作品，摆脱所谓的“80后”作家群——一个华而不实的被商业包装得过于耀眼腐化的喧哗群落，而成为一个有着独立审美贡献的特立独行的小说家。而且，《誓鸟》最为动人的地方在于，它拓展了中国小说家的经验讲述，就是那种黄土地上的经验讲述，将想象的时间之脉和空间的维度，扩展到了东南亚的大海之边上的国度，那是一个中国本土小说家很少涉及的题材，也很少触及的无论经验还是想象的领域。在这个领域中，她将时间的具体刻度模糊，又将人的生命中的无数细节仔细地打磨，使它发光发亮，然后，在人物命运的辗转中，让我们一面被她的想象奇崛所震惊，一面，又为她优美的语言所呈现的语调之美所缓慢地安抚。

《誓鸟》是一部广泛意义上的历史小说，尽管张悦然将时间的面纱舞动得非常朦胧，我们几乎无法判断小说的具体时间背景，但是，这恰好是张悦然有意为之的，她一定要摆脱当代中国历史小说的那种看上去时间确切，但是却没有生命存在的满溢与丰富感的僵硬之作，这样的“历史小说”实在是太多了，比如，那些畅销的、流行的帝王将相式的小说，无一不是这种东西，它们语调陈腐，形式僵化，最终不会逃脱被尘封的命运。因为，那都是一些没有人的生命感存在的小说，它们出现的功能，只是为了生命之外的东西，和中国人的政治、利益与现实生存有关，和人的内在生命则没有关系。所以，张悦然显然得益于法国作家尤瑟纳尔对历史小说的看法，她更注重描绘历史深处的裙缨、花边和褶皱，而不去描绘历史的样式和面料。这在今天的小说发展史上，可以说是最为重要的，也是张悦然在对历史小说的理解上带给我们的丰富贡献。

在《誓鸟》的故事情节中，我们可以仍旧依稀地看见，小说中，作为大将军的女儿的盲女春迟，在明代以降的苍茫的东南亚的大海上的国度中，经历了战争、流浪和迁徙、瘟疫与海啸，然后，像传说一样消失在美丽贝壳的花纹般的历史的烟云里。这是小说最主要的一个轴线，可是，张悦然没有用线性的小说结构方式来讲述，而是将小说分成了8个部分，分别是《贝壳记》《投梭记》《磨镜记》《纸鸢记》《种玉记》《香猫记》《焚舟记》，最后又回到了《贝壳记》，这8个部分的讲述者也不是同一个人，同一个视角，而是多种的叙述和多重的视角，从而带给我们一种非常炫目的阅读效果，时间的花朵缤纷地落下，而故事和情节也像藤蔓一样依稀地延伸。

而且，在现实生活中，2004年年底的东南亚大海啸，恰好被张悦然所经历，据她的讲述，那个时候，她正在为了写作这本小说而搜集材料，来到了印度尼西亚的一个小岛上。海啸发生的时刻，她正在一个网吧里和父亲联系，忽然，外面的人像潮水一样地乱了起来，海啸发生了。而她恍惚了一阵之后，就并不慌乱地和一个女友一起，赶紧乘上了一艘奔向茫茫大海的快船，在黑夜里，向大海驶去——对付海啸的最好的办法是向大海的深处走去，而不是停留在海岛上。我想，那个时候，被死亡和未知命运所围拢的张悦然，是不是就像她笔下的盲女春迟？也许，就是在那个时刻，在黑暗的大海上，这部《誓鸟》中的全部人物已然在她的眼前浮现。后来，天色渐渐地亮了，她和女友来到了一个更大的岛上，经历了几天缭乱的奔逃和失去联系的狼狈，最终回到了新加坡安谧的居所，开始写作这本穿越生死和时间的苍茫历史之书——《誓鸟》。

从时间上和叙述的节奏上，《誓鸟》构成了一个美丽的时间之圆环，将一个美好的、复杂的、狂暴的世界里，一个女人的命运和一个男人对她的追寻带给了我们。这种环形的叙述在小说结构上非常独特，如同花环一样绚丽平静，又如同圆形的包裹，把秘密和心灵的波动与黑暗全部包在里面，也如同被糖衣包裹的苦药，人生的百般滋味，尽在其中。按说，张悦然不应该有这么苍老沉浮的心境，可是，她却能够带给我们一个有阅历的人才写得出来的历史小说，这样的作家，的确有着更为辉煌和广阔的前景，也是一位最值得我们期待的拥有未来的小说家。她注定将在我们长久关注的视线中，行走得很远很远。

东西的反讽和悲悯

——《东西作品集》四卷本读后

四卷本《东西作品集》由深圳报业集团出版社出版了。最近几年，东西在60年代出生的作家群中强烈地显示出他卓然不群的姿态来。可以说，他正在成为当下最为重要的小说家之一。让我来历数收入这套作品集中的他的主要作品：长篇小说《耳光响亮》一册，中篇小说两册，收入10多篇中篇小说，包括他的代表作《没有语言的生活》《猜到尽头》《目光越拉越长》《原始坑洞》《祖先》等等；短篇小说有20多篇。加上人民文学出版社最近刚刚出版的他的长篇小说《后悔录》，放在一起看，可以说是“五册在手，阅读东西不愁”了。

这套作品集的设计与颜色十分鲜亮：用“玩世现实主义”画家方力钧的那些著名的光头来装帧封面和内文的插图，暗示了东西的作品传达出来的荒诞和黑色幽默感，和方力钧的这些笑得荒唐和暧昧的绘画在精神上是一致的。

长篇小说两部——《耳光响亮》《后悔录》，是他最为重要的作品。前者因为改编成电视剧而获得了更为广泛的瞩目。《耳光响亮》的叙述横跨了两个时代，从“文化大革命”一直到今天这个被金钱和权力所笼罩的时代中，整整一代人成长的历史。这是一部成长小说，看来里面凝结了东西自己十分痛苦而隐秘的成长经验。但是，有趣的是，任何痛苦在东西的笔下，都被涂抹了一层金黄色，这又使他在这种痛苦中咧嘴而笑了，这笑的内容却十分复杂。小说描绘在时代的进展和分崩离析时使得一些紧密地纠葛在一起的人物命运也分崩离析，而时代咆哮向前的动作也使很多人因此而深受伤害，他们自己彼此在一种宿命般的纠缠当中，最终达成了一种关系和命运的总平衡。长篇小说《后悔录》继续延续着欲望达成和破灭的时代主题，小说所描述的时代所跨越的背景和《耳光响亮》是一样的，也是分裂的：一个是禁欲的时代，而另外一个，则是纵欲的时代。在这两个时代里，一个人必须要面对并不多的选择，最终，人生和命运中荒诞感被东西有力地传达出来了。

东西的小说总是有着一种让你发笑，但是又欲哭无泪的阅读感觉。这种感觉首先来自他预先设定的小说叙述的语调。但是，其实，这是一个陷阱，因为早年的生活艰辛，东西总是不会让你最终笑得出来——比如，在他的小说《没有语言的生活》中，一个有三个人的家庭，父亲，儿子和儿媳妇所构成的无声的世界，他们因为聋哑而完全无法用声音和语言沟通的家庭，却要想着过美好的生活。于是，在这样封闭的环境中，人性的挣扎和生存环境的无比狭小与险恶，使得无比沉重的现实生存最终使人垮掉和毁灭了。在东西的小说《猜到尽头》当中，当下人的夫妻之间的婚姻生活和信任与背叛，又成为了他关注和叙述的焦点。妻子执着地要发现丈夫不忠的事实，结果导致了他们关系的分解。这样的求证和猜测，是多么的残酷，又多么的娱乐，像一部侦探小说一样有趣和生动。

不过，在东西的短篇小说中，他总是给我们一个很好的题目，你看——《我为什么没有小蜜》《送我到仇人的身边》《商品》《你不知道她有多美》等等，这样的题目使我们清楚地了解到他对现实生活中细节的把握是多么的精巧，在一个个叙述紧密和结实的短篇小说当中，东西带给了我们片刻的暖意和诗意的金黄。因为小说中的主人公纷纷找到了一个与困境和解的姿态，就是假装要笑，最后是皮笑肉不笑。这样的皮笑肉不笑，使得他们获得了再生的机会和苟延残喘的能力。

阅读这套作品集，你会发现东西很有叙事技巧，他在叙述的时候会故意给你设置一些鬼祟的陷阱，这是因为东西很机智，他很有顽强结构当下生活的能力，还因为，他摸到了时代的脉搏和屁股，摸到了时代内部的纹理和肌理，以及当下时代散发出来的分泌物和排泄物的气味，还有刚刚过去的历史，具体说就是1949年以后到“文化大革命”结束的历史，在中国人生命中打下的烙印所形成的阴影中腐烂的东西，那些东西仍旧有着强烈的腐臭气味。

阅读他的小说，我们可以感到东西正在变成一个无法忽视的文学存在和文化存在，他已经创造出来一个带金边的独特的虚构世界，这个世界正是我们在现实的威逼和追击下大口喘气的时候需要进入的。东西正在顽强地掘进，在历史和现实两个层面上虚构和重构着世界的金黄。

徐岩的短刀

徐岩是最近几年出现的单靠短篇小说就赢得了文学名声的小说家，这是相当不容易的，短篇小说相当难写，这是我们都知道的。短篇小说犹如一把短刀，锋利不锋利，作者在完成的时候，可以立即感觉到自己到底露怯了没有，而作者的文学才能，读者也是一眼就可以看见的。所以，一般聪明的家伙轻易不敢写短篇小说。加上现下因为长篇小说出版市场的相对火爆，作家们写作长篇小说的热情很高，但是佳作很少。在这个层面上，徐岩多年对短篇小说的情有独钟和死心塌地，潜心钻研和仔细揣摩，他创作出来的已经算是琳琅满目的短篇小说作品，肯定能够满足我们对时下短篇小说的某种阅读期待。

他一直在黑龙江的武警边防部队工作，所以，阅读他那些以当代生活为背景，却不断变换视野的小说，我想，他观察日常生活的心态和角度，总是在某种警觉和预防乃至期待有事件发生的境况中。故事和事件是他的小说的最重要的元素。这使他的短篇小说中，有着简单但是激烈冲突的人物关系，有着海明威般干脆利落的叙事语调和简洁明快的语言——北方那长时间覆盖了冰雪的大地，一定带给了他质朴和血性的气质，也使他的小说题材非常开阔，并且着重于把一种人性的冲突和深度，与当下激烈变动的我们日常生活中的事件完美地结合了起来。

假如故事是短篇小说的重心之一，那么徐岩的小说注定将成为范本。他的小说中总是有着一个精彩的故事和事件。有的小说，即使是一些现代主义大师的小说，你看完之后却是无法复述的，而徐岩的小说，却可以给你提供一个口口相传的机会。眼下的这篇《河套》就集中了他全部小说的特质：故事的坚硬、东北的自然背景和草根阶层的悲欢生活，巨大的生存压力下人性的变化和升华。还有，在短篇小说《别墅》中，女主人丈夫不在家的时候，被一个自称是泥瓦匠的男人胁迫强奸了。这成了女人的一个心病，她对自己已经出现了问题的婚姻产生了联想：难道这个强奸自己的男人，是自己的丈夫派来的？于是，在一种悬念中，徐岩给我们剥开了幸福婚姻背后，日常生活消磨人的东西的真面目。短篇小说《加油站》是他最好的小说之一，这篇小说完全有着一部经典电影的人物结构，悬念迭起：加油站经理马文博是个单身男人，他对自己手下两个女加油员小举和王丽敏都产生了兴趣，但是，当他得手之后，加油站上级领导要求他裁撤员工。马经理很为难。出租汽车司机金哥经常在这个加油站加油，他的生活异常不顺利，女友抛弃了他，父亲病重，他决定铤而走险，抢劫这个加油站。就在他准备实施的时候，金哥发现已经有另外两个劫匪，抢先对这个加油站实施了抢劫，他于是瞬间由一个预谋的劫匪，变成了见义勇为的英雄。最后，马文博和金哥死了，劫匪被抓到了，王丽敏调走了，小举的肚子里的马文博的孩子也在变大。

徐岩的小说中，充满了对在低层生活着的普通人的关爱和打量，悲悯和同情。普通人的生活已经相当不容易，但是就是这些普通人，却总是要和自己生活中的突然变故相遇，并且面临毁灭性的打击。阅读徐岩的小说，总是有很多快感。在这些短篇小说中，徐岩把故事讲得相当有控制力，他在一种叙事的悬念和历险当中，将故事推向了我们期待的高潮，而小说中的人们也重新找到了生活平衡点。我觉得徐岩值得关注和褒奖的地方，恰恰是他拾起了文学最古老的工具：精彩的故事，当下普通人的日常生活，以及一个作家的悲悯与天地良心。所以，徐岩是完全值得我们有所期待的作家，让我们注目于他的奋勇前行。

潘石屹：杂碎是精粹，不是零碎

在西北生活的人经常喝杂碎汤，这个杂碎汤可是很好的东西，一碗汤里面，看似杂乱，实际上都是内脏的精华。因此，杂碎是精粹，不是零碎。所以，西北娃潘石屹给一本背后有他的文化理念的书，起名叫《杂碎》，除了说明他对这本书的喜爱，也暗示了他的味觉乡愁。

中国青年出版社和SOHO中国有限公司合作出版的《杂碎》一书，赶在年前正式出版发行了。这本书的问世，可以说是“小资”和中产们的福音了。你过年的时候，买来一本《杂碎》在睡觉之前胡乱翻翻，都可以让眼睛吃一顿美妙的杂碎汤。

《杂碎》这本书，可以说是一本关于当下的都市生活、时尚生活的绝妙的读本。里面的信息量无比巨大。表面上看，这本图文书似乎有些芜杂和拼贴，就像是书名所指示的那样，是一个文化的拼盘、图片的拼接与信息的杂糅，但是，就是以杂碎汤的形式，它特别巧妙地把今天我们都市生活的丰富多彩和多元景观，完全纳入其中，给我们提供了大量的都市信息，提供了很多具有现代精神的图片和很多作家的奇妙文章。这些文字与图片，共同构成了刚刚过去的2004年的一幅可以说是全息化的全景图，既是一个文化风景的速写本，又是一个都市生活的备忘录。

有一种说法，说潘石屹很会作秀，很会炒作自己，又演电影又出书。其实，这很简单。当一个企业的老总会干很多除了挣钱之外的事情，那么这个老总就更加可爱、也更加可信了。你要说这本

《杂碎》又算是一个绝妙的炒作，并不完全说得过去。SOHO 中国有限公司是一家蓬勃发展的新型房地产企业，正因为它蓬勃与新颖，所以，企业也有着建立自身企业文化的强烈愿望，也有着向社会传达他们对当代文化的理解的强烈愿望。因此，这本书的出版，按照一种标准的说法，可以说抓住了时代的脉搏，展现了都市的风貌，提供了当下的信息，拓展了我们的视野，重新建立了一种基于人居文化意义上的新的生活观和城市观。

另外，从书籍的装帧设计上看，《杂碎》很有冲击力。中青出版社多年以来，一直都走在出版装帧的前沿，像这种没有书脊的设计，出版社在不久前出版的另外一本书《守望三峡》的时候，就使用过，那本书获得了中国一个书籍装帧设计的最高奖金奖，被评比为“中国最美丽的书”之一。而这本《杂碎》的设计，也是十分新颖的，甚至是有些超前的，多少超越了一般人对图书的理解，这里面既有图书美术编辑的功劳，也有出版社求新求变的诉求，更有 SOHO 中国有限公司追求前卫和时尚的内在愿望，可以说，这样一本无论内容还是装帧，无论合作模式还是推广方式都非常新颖的书，在这个迅速变化和革新的时代的出版，本身就会成为一个鲜明的文化标志，这本书也一定能够成为一本畅销的都市文化的新读本。

为你自己的岁月留影

——为《武大学子散文》所写

一晃我就从武大毕业13年了，想想我在武大读书的时候，还是上个世纪80年代末到90年代初那几年。那几年，整个中国社会似乎正在一个迈向市场经济社会的临界点上踌躇徘徊。那是一个思想激烈交锋的年代，也是一个属灵的年代，俗世世界和市民空间似乎还没有在我们的眼前出现，知识分子们似乎对文化、思想、理念、理论和灵魂这些务虚的东西更感兴趣，整天都在争论、讨论、研讨、论战，所有的论题今天看来都是又宏大又空泛，但是也很天真活泼。

我记得，在我1988年刚刚进大学的时候，正在展开关于电视片《河殇》的大讨论，学校里面举行的各种讲座，也都是大体上关于“中国文化和文明向何处去”的讨论。于是，我整天也穿梭在校园里，眉头紧皱，摆出一副忧国忧民的样子，每天想的都是十分巨大的问题，对自己袜子上的破洞和女朋友的小情绪毫不关心，对糟糕的食堂饭菜也熟视无睹，安之若素。然后，1989年之后，整个社会似乎犹豫了好几年，猛然地，在我毕业那一年，1992年，邓小平的“南巡”，使中国社会义无反顾地进入到了一个新的境地。我也来到北京工作一直到今天，经历了传统生活模式的分崩离析和不断重建的新生活，其间的滋味，十多年的体会，变成了我写的很多文学作品。但是，我觉得，我仍旧无法传达出我对这个急剧变革的时代的总体感受。也许需要一部大书来总结，这也是我仍然能够在未来坚持写作的动力和原因。

这本散文集收录的散文作品，跨度就是在这变化巨大的十多年的时间里，由武大的学子们陆续写成的，在校报编辑张海东老师极其细心和耐心的编辑下，呈现在校报副刊这个我们一代代武大校园作家、诗人们起飞的园地里，成为了岁月的见证，成为了一个个武大学子生命个体的瞬间留影。

而写作，我想说，它的巨大的意义和功能，就在于为你自己经历的岁月留影，为你经历的时代做一个见证。收在这本由武大师兄弟姐妹们写下来的每篇文字，使我看到了十多年来外面的世界的复杂和快速的变化，带给他们心灵的震动和变化，困惑与获得，带给他们所有的感叹和成长的痕迹。我想学校从来都不是封闭的，都是要受到时代氛围和环境的巨大的影响的。而时代的巨大车轮，正在义无反顾地向着一个大概确定的目标前进。在这本书中，我看到，一个个青葱的生命个体，在时代巨轮的轰隆隆巨响中，发出了自己微弱但真切的生命感受。所有的学子，最后都要被放飞到社会这个复杂的空间里，去寻找自己的位置。这个过程又是令人极其怀念和伤感的。多少年过去之后，你再来看看这些文字，你有几多的感叹和怀念在心头涌现？

毫无疑问，大学时光是一个人一生中最值得纪念、怀念和依恋的岁月。我记得，我自己在刚刚毕业的两年时间里，很难适应社会的复杂和多变，特别特别想念大学，想念武大的湖山凝重，想念武大的一草一木，想念武大的房子，人，老师，花朵和雨天里繁密的蜗牛。我甚至经常在梦中，恍惚地重新出现在武大的校园里，和早就分开的女友一起漫步与言谈，在校园里的各个地方穿梭与流连。可以肯定，多少年之后，校园生活注定会成为我们每个人生命中鲜活和难忘的记忆，成为我们奋力在生活中拼搏的、从后面投射过来的亲切而遥远深情的目光。

一拨拨的武大的学弟学妹们，拿起你的笔来，写下你在这个注定将消逝不见的美好时光里的感受，给你自己的岁月留影，给你未来的回忆增添一笔浓重的鲜亮吧。假如文字不死，你所经历的时光就将获得瞬间定格之后的永恒。

新大陆的逐梦人

——评金凯平自传《澳洲梦》

相对于热闹繁华的亚洲各个国家，从地理位置和文化性格上来看，澳大利亚似乎多少有些孤独和平静地悬浮在中国东南方几千公里外的海洋里。身处南半球的澳大利亚是一个人口只有1900万，地广人稀，但是法律法规和市场经济体制却相当成熟的国家。因为她的阔大和丰富，最近两百年，成为了很多背井离乡的人寻求美好生活的希望之地。

从19世纪开始，就有华人淘金者不断地乘坐轮船南下太平洋，在澳大利亚的土地上开掘山石，寻找黄金。那应该是华人最早在那片大陆上的足迹和梦想。这些华人淘金者曾经多达好几万人，后来，他们中间的一些人淘到了金子，衣锦还乡了，更多的人因为疾病、种族迫害和谋杀，尸骨却永远地留在了澳洲那片广袤的土地上。

再后来，在20世纪的各个时期里，来自中国大陆、香港、台湾地区和东南亚各国的华人移民，因为各种历史原因，通过了各种途径，来到了澳大利亚创业，在这个被桉树和褐黄色戈壁覆盖的美丽国家建立自己的新生活，留下了大量开拓的印迹。但是，这些华人因为种种原因，很少能够进入澳洲本土的社会上层，总是一种边缘性的存在，大多数华人都生活在澳洲社会的中下层，对澳洲社会还没有产生真正的政治影响力。

而真正开始进入澳洲主流社会的华人，是被称为“新华人移民”的一个群体。这个华人移民群体主要是中国大陆移民，受惠于中国的改革开放政策，从上个世纪80年代中后期开始陆续来到澳洲，总人数如今大约已经超过了 30 万。目前，全澳大利亚大约有接近 100 万的华人移民，主要分布在墨尔本、悉尼、布里斯班等澳大利亚东部沿海的大城市里。

华人移民群体和他们自身所有的文化，也成为澳大利亚多元文化构成的主要部分。这其中来自上海的金凯平先生，就是一个非常杰出的代表。他的这本自传《澳洲梦》，就非常详细地记录了他在澳洲实现自己梦想的曲折而又有趣的历程。

中国侨联海外联谊部部长林佑辉为这本书做的序言中说："新一代的中国移民，不是乘着三桅大眼船、红头船，卖到海外的，他们是乘着飞机，带着知识，带着想法，带着信念去异国他乡发展的，所以在他们创业、奋斗、开拓的过程中，就带着自强自信，就有自强自信的资本。这种信念表现在，当金凯平与人打交道时那压倒一切的气势与自信；当他穿着不协调的西装，拿着黑皮箱，与教授坐在办公室里讨论经济问题时的气宇轩昂；当在很多人的劝阻下，他仍买下霍克的总工会大楼时的胆识与气魄；当他打破在华人区域开中医诊所的传统，坚持把中医诊所开办在澳洲人区域里的执着与自信。无一不体现了他那善于打破传统思维模式，自强自信的魄力与胆识。"

1987 年，可以说是身无分文的金凯平先生，辞掉了在上海的稳定的工作，放弃了在上海的全部事业，以三个月短期学习英语的留学生身份，来到了澳洲的墨尔本市。那个时候，他随身携带的全部家当，只有两箱子关于中国经济的书籍，和 1000 澳元的现金。当然，还有两套勉强合体的中国式样的西装。从此，他开始了自己和别的留学生完全不同的创业道路。上海人一向以精明强干著称，金凯平也不例外，他懂得发挥自己的长处，扬长避短。由于他在国内的时候就研究中国经济，对中小企业发展理论非常熟悉，加上自己也做过企业的管理人员，他就以中国经济研究的学者身份，主动地和澳洲一些大学里的学者接触，在三个月里，就打开了局面，使自己成为澳洲大学里研究中国经济的学者的座上宾和合作者，在别的留学生还在打黑工的时候，他已经在大学里拥有了自己敞亮的办公室。他因此很快地获得了在澳洲长期居留的证件，按说，他可以一直在大学里搞研究，可是，金凯平接着来了一次漂亮的转型：他开始涉足中医诊所事业，用自己掘得的第一桶金，投资开办中医诊所。这可是一个冒险的举动，在澳洲，当时中医还没有被白人社会所接受，中医在某种程度上被澳洲白人认为是和巫术以及原始民族的朴素医学联系在一起的，金凯平先生敢于吃这个螃蟹，敢为天下先，不顾朋友的劝阻，在白人聚集区开办了自己的中医诊所，自己当了老板。他打破了过去华人中医诊所的开办模式，用西医诊所的格局和经营理念，来经营诊所，很快就取得了成功，不仅很快积累起大笔的资金，而且完全在澳洲站稳了脚跟。他一度想要在全澳洲开办中医诊所的连锁店，可是，由于他的成功，后来很多华人医师也开办了很多诊所，竞争激烈了起来。

这个时候，又显示出了金凯平卓越的判断和决断能力，他毅然决定转行了，一方面开始缩减中医诊所的数量和业务，另一个方面，开始涉足房地产业。过去，他曾经买过住宅房，他发现，澳洲的房地产增值非常迅速，里面大有玄机，大有可为，而且，澳洲的金融体制和法律法规相当完善，完全可以借助银行的钱，加上自己的自有资金，投资房地产业。此后的一些年，他把主要的精力都投入到了房地产业，他的资金和实力开始成倍地增长。到了 1996 年，也就是他来到澳大利亚 8 年之后，在这年的 7 月，他在墨尔本市的商务中心区的核心地带，他一举买下了一幢俗称“霍克大楼”的澳洲总工会大楼，这幢大楼当时市值是 2000 多万澳元，1.2 亿人民币，如今的市值，已经超过了 3000 万澳元，2 亿人民币。这个大手笔，令很多华人大吃一惊，也是过去的老华人移民连想都不敢想的事情，简直可以说是轰动一时。

于是，他加速扩张，以房地产业为龙头，拓展着自己的商业领域，买下了多幢商业楼盘，又开始进军住宅开发。同时，他还涉足了旅游、教育、新闻报业，继续开办着一个中医诊所，在进入21世纪的时候，他的澳中集团公司，已经是澳洲相当有代表性、有前景和有名气的一个华人企业集团了。他还发起成立了澳中工商会，担任这个商会的会长，组织了大量在澳洲和中国大陆之间的经济和文化交流活动，成为在澳洲有巨大影响力的华人杰出人士和企业家，他也因此作为澳洲的华人移民杰出代表，受到了江泽民和胡锦涛两任国家元首的接见。

从这本现身说法的精彩自传当中，我们可以看到，作为从大陆来到澳大利亚的新移民中间的一员，他和几十万华人移民一样，有着相同的生存遭遇、生活体验、创业经历和心路历程。但是，是他，而不是别人创造了一个在新大陆实现梦想的奇迹。在澳大利亚的第一个5年间，赚到了他的第一个100万澳元；在第二个5年间，他买下了澳洲总工会的大楼；在第三个5年间，买下了超过10座大楼和一批土地。如今，他的澳中集团公司旗下，还有一家报社、一家旅行社、一个中医中心和两个文化交流中心、教育移民中心，总资产已经达到了数亿澳元，人民币几十亿元的规模了。为此，澳大利亚维州建设局局长Dom Tassone说："他是我交往过的最成功的中国人之一。我真诚希望他的成功故事能鼓励更多中国的投资者来澳洲开创事业。金先生是一位杰出的榜样，让我们看到努力和坚持所能创造的成就。他参与了许多维多利亚州政府和地区发展部的出口活动的策划与实施，成绩卓著。特别值得一提的是由他倡议并主办的一年一度的'澳中房地产贸易与投资论坛'实现了他加强澳、中友谊、增进双边贸易和商业合作的愿望。"

他如此成功，有着什么样的诀窍和信条呢？这本《澳洲梦》中应该会给你一个答案。其中，最简单的一条，就是很多年以来，金凯平都坚信一个准则，那就是，即使你是一个普通人，但是只要你足够努力，最终也能成功。一个普通人，只要你足够努力，也一定能赚一个亿！维多利亚州州长 HON STEVE BRACKS MP 为这本书亲自给他发来了贺信："您的自传是鼓舞人心的，您的故事证明了一个真理——在澳大利亚维州，一个人只要有伟大的精神和非常努力的工作，就一定能取得成功。维多利亚州政府为曾经给予您事业方面的支持而感到自豪！"

如今，在澳大利亚和中国大陆之间，彼此的市场空白点很多，互补性也很强。在中国，通过房地产、网络和某些行业，现在还经常有一夜暴富的例子，而在澳大利亚，短时间内发大财，是有一定的困难的，像金凯平先生那样成功的，可以说是凤毛麟角的一个特例。可是，这里仍旧是梦想的乐土。金凯平在澳洲创业 18 年，可以说实现了自己的蓝色梦想。现在，还有更多的华人移民正在前往澳洲创业，阅读这本书，可以带给我们巨大的启示和鼓舞，毕竟，成功者的经验，永远比你自己的摸索要更有启发。

那么，金凯平在澳洲 18 年，是如何具体地从一个一文不名的穷留学生，在并不长的时间里变成了一个拥有数亿澳元资产的成功的实业家，并且在各个领域都有建树，创造了不少奇迹的呢？他的这本精彩的自传《澳洲梦》，将会给你全部的答案。

没有岸的人生风景

——评温亚军的《无岸之海》

温亚军的小说最近十分引人注目，是因为他有两把刷子，一把是对日常生活的着力描绘，比如《我的大舅》，这样的小说显示了他非凡的叙述控制力，和提升日常经验的能力。还有一把刷子，就是处理他的西北生活的经验。这种独特的写作资源，是别人没有的——他曾经在西北边疆当过兵，那里是一片不毛的沙漠和蛮荒地带，在这样的自然环境极其恶劣的地方，人生的风景、人性的呈现、命运的抗争与挣扎，也具有了酷烈的色彩，这就构成了温亚军近年西北小说的基本色调：在一种酷烈的颜色中，夹杂着人性的复杂的暖色调，故事都是相当干燥而又激烈的，仿佛是一抹鲜红，那是由爱情和死亡所构成的人物的最终命运所浓缩出来的璀璨。

这部《无岸之海》，就显示了他西北边疆背景小说的酷烈和扎实的风格。小说的故事发生在新疆的南疆，叶尔羌河流域的一个叫塔尔拉的地方，在一座军营里。军营是男人的世界，男人的世界大都是干枯热烈单纯的，也显得枯燥和单调，这是一种静态的环境。可是，就是在这样的环境中，出现了亮色，一个女人，而且还是一个艺术家，四川的女画家叶纯子，在一家花店里，偶然地遇到了去攀枝花接新兵的连长吕建疆，于是，满怀浪漫情怀的叶纯子，后来就来到了新疆这个地方。她带着一种十分单纯的梦想，就是希望在这里能够找到艺术灵感，能够画出美丽的风景。

叶纯子的到来，使整个环境发生了巨大的改变，小说的叙述张力也由此产生，围绕叶纯子，几对男女对照般的人生图景，相继展开：政委刘新章要帮助下属吕建疆，成就他和叶纯子的姻缘，政委刘新章自从当战士时，就在塔尔拉，塔尔拉的风沙弥漫了他的整个人生的记忆。当叶纯子来到塔尔拉后，刘新章的心里猛然有了一种异样的感觉，他想方设法要促成叶纯子和吕建疆的婚姻，他要让塔尔拉有一个美丽的、圆满的爱情故事。于是，他从喀什多次来到塔尔拉，亲自向吕建疆和叶纯子做工作，并且私下里给吕建疆下达了一定要攻下叶纯子这座“堡垒”的命令。

刘新章自己也有一段爱情故事，他爱上了根明叔的私生女——漂亮的秋琴，但是，在塔尔拉这块土地的肆意揉捏之下，刘新章和秋琴在人生的码头上只做了短暂的停留，然后，秋琴便萌生了逃离塔尔拉的念头。可命运却同秋琴开了一个玩笑，秋琴并没有真正离开塔尔拉，当她失去了少女之身，再次回到塔尔拉的时候，毅然嫁给了塔尔拉的泼皮无赖——段建生，并接二连三的生下了三个女儿。漂亮的秋琴既是段建生传宗接代的工具，更是他发泄原始性欲、任意虐待的对象。从此，秋琴过着苦难的生活，在人生的苦海之中艰难地行走着。刘新章虽然为此痛不欲生，但在残酷的现实面前，却无能为力。最终，秋琴的苦难结束了。那是在秋琴生下一个儿子之后，她毫不犹豫地把自己挂在了军息林中的一棵沙枣树上。秋琴走了，塔尔拉也因为缺少了秋琴被段建生毒打时发出的悲惨哭声，而显得越发孤寂。青婆在军息林中为秋琴日夜不停地叫魂，老军垦根明叔则抱着一坛老酒把自己灌得烂醉，他回忆起自己艰难坎坷的一生，还有自己的恋人——秋琴的母亲魏芳，为了她，根明叔失去了一只眼睛……最后，温亚军没有给我们撕裂开人生的残酷，但是人生特别苍茫的东西涌现了。塔尔拉两代人的悲惨爱情，使叶纯子非常震惊，站在这片悲凉的土地上，她的心颤抖了。

叶纯子来到塔尔拉一段时间后，她在心里除了盼望沙枣开花外，竟不知该做些什么。于是她拿起了画笔，但塔尔拉的气息太浓厚了，叶纯子不知该往画布上画些什么。少言寡语的吕建疆，瘸着脚忙来忙去的维族老兵阿不都，还有那个古怪的新兵林平安，以及中队长王仲军、指导员付轶炜……叶纯子在塔尔拉认识的每一个人，看到的一块石头、每一棵树木，甚至于每一粒灰尘，每一丝空气，都是那样的特别，那样的有味，都给叶纯子留下了深刻的印象。对于叶纯子来说，塔尔拉的一切简直太神奇了，神奇得使她感到世界上竟还有她所不熟知的另一面。一时间，叶纯子犹豫不决，不知第一笔该从哪里画起。也只有到这个时候，叶纯子才感觉到握在自己手中的画笔竟是如此沉重。

一声火车的鸣笛，打破了塔尔拉的沉寂，那是远方新建的铁路在试通车。火车的这种旷远的轰鸣声拨动了塔尔拉——这块南疆域土上所有人的心弦。出生在南疆的阿不都，没有见过火车，但他偏偏对火车产生了好奇心，火车究竟是什么样子呢？它怎么会比飞在塔尔拉上空的老鹰叫得还要响呢？一次，阿不都正和班长训练对打配套时，火车的轰鸣声音再次从远方传了过来，阿不都听得入了迷、走了神，以至于忘记了自己的动作，就在他一愣神的时候，班长飞出的一脚正好踢在了阿不都的左腿上……尽管伤好以后的阿不都腿有些瘸，但这丝毫没有改变阿不都想看看火车究竟是啥样子的想法。终于有一天，阿不都借着探家的机会，改变了坐汽车回家近的路线，绕道向着火车鸣叫的遥远方向步行而去。阿不都终于看到了铺在路基上的两根长长的看不到头的铁轨。阿不都激动地等候着火车的到来。火车伴随着巨大的吼声终于来了，兴奋的阿不都挥舞着双手顺着铁轨朝火车迎去……当火车呼啸着，带着一股气浪从阿不都身边经过时，他流下了眼泪。火车的汽笛声飘向遥远的荒滩，然后跌落下来，渐渐地消失了。阿不都从怀里掏出一块红丝巾，朝火车远去的方向不停地挥舞，心里默念着：我看到火车了。我终于看到火车了！

塔尔拉几乎是在大风摇曳的风沙之中一下子改变了模样，光秃秃的沙枣树竟冒出了嫩嫩的黄叶芽，这一切似乎告诉人们，塔尔拉的春天来了。有一天，新来的排长吴一迪突然来了兴趣，他把老兵阿不都养的两只鸭子赶进了蓄水池中，正所谓的“春江水暖鸭先知”，吴一迪他心里感到了一种从未有过的恐慌和沉闷。终于有一天，吴一迪实在无法再忍受下去，他跑到了营房后面的戈壁滩上，伸长了脖子，冲着遥远的远方，憋足了劲学着中队长王仲军的样子，像狼似的大声吼了起来：“嗷——嗬——嗬……”

阿依古丽送给阿不都的鸭子淹死了，但阿依古丽给阿不都的书信却从来没有间断。阿依古丽上的是汉语学校，而阿不都却上的是维语学样，他只会维文，他们可以用维语对话，通信时却有障碍。阿不都看不懂恋人写的汉字书信，经常找兵们念信，兵们念信时会加进一些话打趣他，弄得他非常难堪。为此，阿不都暗下决心准备学写汉字，他找叶纯子，说出了想跟叶纯子学汉字的想法。叶纯子看着眼前憨憨的阿不都，心里陡然有一股说不清楚的滋味。她首先教阿不都写他恋人的名字。后来，阿不都干脆在操场上练习写起了阿依古丽的名字，兵们也跟着瞎起哄，弄得满营区到处都写着“阿依古丽”。看着趴在操场上认真写字的阿不都，叶纯子产生了许多的冲动和想法，她为阿不都的恋人——阿依古丽而感到幸福。这是塔尔拉式的幸福，是独有的，也是纯真的，更是珍贵的。

小说最能够使我们动容的地方，就是叶纯子和她的眼睛里，看到的很多人的命运纠葛，大家因为某种无法摆脱的命运，在一个封闭的环境里出演了一出出人生的悲喜剧。她本来是怀着某种艺术家的理想来到了新疆南疆，但是，最终严酷的自然环境摧毁了她的梦想，也摧毁了她的生活，这样的人生确实是在没有岸边的生活大海里苦度，更加的让人嗟叹了。

塔尔拉就如同一片变化莫测的海洋，时刻不停地澎湃着激情，又时刻不停地演绎着故事。甚至塔尔拉的一阵风、一团云、一粒沙尘，都充满了神奇，让人不可理解。小说最后上升到了寓言的高度，在一个封闭的蛮荒之地，人生和人性的戏剧，一幕幕不停地演出。

收割诗歌的金黄

最近几年，由于互联网的发展，汉语诗歌也意外地繁盛了起来，在大大小小的网站上，自发写作的诗人，据说有几百万人。每天，在网络上发布的汉语诗歌数目庞大，数不胜数。这种情况是出乎意料的，因此，即使是你沙里淘金，也会从数目巨大的诗歌中挑选出来一些好诗来。

这不可避免地影响了诗歌类书籍的出版，所以，最近几年，诗集的出版可以说比较密集和茂盛，除去诗人们每年自费印刷的上千本诗集，几个大的出版社，也规划出版了系统的诗歌书籍。这里面最为有名、最引人注目的，就是河北教育出版社在不到三年的时间里，推出的“20世纪世界诗歌译丛”，全套50种，已经出齐了。这套书囊括了20世纪世界各大语种的重要诗人40多个，还有一些国家和语种的诗歌选本，蔚为大观。此外，该出版社还推出了诗人韩东主编的“年代诗丛”20种，收录了当代有影响的20个诗人的诗集，这在10年前是根本不可想象的。

眼下，这家出版社又推出了一本很好的诗歌选本——《中国当代青年诗人诗选》。主编杨晓民，是凭借诗集《羞涩》获得过鲁迅文学奖的诗人。这本诗选一共收录了43位非常活跃的青年诗人的代表作品数百首，细读之下，我感到了编选者的良苦用心和独特的视角。可以说，这本诗选是我近年看到的最精彩的诗选，每一首都是经过20年时间的淘洗，留下来的杰作。

上个世纪90年代以来，诗坛有“民间口语诗”和“知识分子诗歌写作”两派的争执，一度有些不可开交，势不两立。但是，当这本以呈现最近20年，中国实力派青年诗人的代表作出现在我们面前的时候，我发现，过去两个诗歌流派或者说观念的争执，在这本诗集中弥合了裂缝。是什么样的力量，使那些在诗歌观念上不一样的诗人们，在一本诗选中相遇相向，并且握手言和？

我想谈到收录进这本诗集的一部分重要诗人的名字：黑大春、韩东、万夏、西川、海子、臧棣、树才、沈苇、小海、伊沙、叶舟、余怒、蓝蓝、侯马、杨键、西渡、朱朱、尹丽川——我列举他们的名字，那些熟悉当代诗歌的人，一定会明白这意味着什么。这意味着当诗歌的金黄被时间和季节所收割的时候，所有的诗歌之外的东西，都会被清除，只剩下诗歌本身的颜色。

而且，这本书还收录了最近20年几篇最为重要的诗歌评论：谢冕教授的《在新的崛起面前》，全面肯定了当时“朦胧诗”崛起的价值；周伦佑的《“第三浪潮”和第三代诗人》，这篇文章是第三代诗人的檄文；还有韩东的《论民间》和吴思敬教授的《当今诗歌的圣化写作与俗化写作》，以及杨晓民的描述网络给汉语诗歌带来冲击、影响的重要论文《网络时代的诗歌》，从另外一个侧面，解读了整个时代的车轮碾过之后，留下来的关于当代诗歌发展思考的巨大痕迹。是的，只有诗歌本身所具有的太阳般的光芒，和诗歌语言内部刀锋般锐利地刺入时代和人的灵魂的力量，可以弥合诗人们的裂痕。所以，诗人杨晓民通过这本诗选，为我们呈现了一种非常难得的景观，一种真正呈现了20多年来，重要的汉语青年诗人的代表作的景观。

管中窥豹朱日亮

我很早以前就看过朱日亮的小说，似乎有几年，在间隔不长的时间里，《作家》杂志相当密集地刊登过他的小说专辑。他的小说，尤其是短篇小说，有着非常强烈独特的美学特征。于是，仅仅从小说的语调和背景上看，多年以前，我知道了他是一个东北人。

那个时候，我还有一个非常好的习惯，就是给我所关注的作家建立作品档案。我立即给朱日亮建立了作品档案，把能够看到的他的作品都搜集起来——我想我办讲座或者演讲的时候，会需要这些材料。但是，我和他一直无缘相见。最近，在鲁迅文学院的高级研讨班里，我们十分意外地竟然成了同学，而且不光是同学，我们还是门对门，彼此天天出出进进，都要热烈地打个照面，一时间，见面的频率相当高。我也拜他为师，开始学习太极拳。在拜他为师的同学当中，只有我坚持了下来，部分的原因是我早年有厚实的武术的底子。于是每天 6 点半，我们就已经起床了，在鲁迅文学院经过了细心绿化的院子里，一招一式地练了起来。

我慢慢地观察着他。这个曾经下乡当过知青、已经超过了 40 岁的男人，有着东北人强健的体魄，和还算高大的身材，他说话的声音洪亮，有着浑不论的东北人特有的幽默感。但是他又特别从容，有耐心，很快就能够和周围的人，形成一个共存共容的场，有大将风度，十分有亲和力。此外，我注意到他能够对人的微妙的心理状态，有着十分精微的把握——这是一个小说家所特有的敏感。

接着，很快，我们的学习和交流，就在鲁迅文学院奇特的课程安排，和课后的各种酒局饭局以及歌舞局之中展开了，我们成了投脾气的一群，我们一起出出进进，来来往往，一时间忙得不亦乐乎。而且，我得到了他新近出版的、由孟繁华教授主编的短篇王系列丛书中的小说集《走夜的女人》。花了三天的时间，我十分集中地阅读了他的短篇小说，这些小说，很多我过去已经看过了。

他的小说产量并不算大，写作的历史却相当长，已经有 15 年了。他已经发表了一部长篇小说《跑调子的王家安》，十几个中篇小说，和几十个短篇小说。这些小说大都保持着相当的水准。他的小说所描绘和关注的人群，都是我们也许根本就不太在意的身边的普通人、芸芸众生，那些人民大众和老百姓，或者说就是生活最底层的民众。由于朱日亮长期生活在吉林省四平市，我想他笔下的主人公，可以看作是四平市这样一个不大不小的地级市的标本取样。最近一些年，我们看多了描绘生活在北京、上海、广州的新一代时尚青年们的生活和快活的尖叫，但是我们似乎很少把目光投向一个边缘的、并不起眼的中小城市人的具体的生活和生存的困境，而朱日亮恰恰就在这一点上，给我们提供了鲜活的经验。

朱日亮的小说多少有些残酷，小说大多都是有着刚烈的故事内核和刚性的结局。在他展开的人物长廊里，我们看到的都是这样的角色。这些人的生活，总是在一种没有准备好的情况下，被推到了一种绝境当中。他把人在绝境中的表现撕开给你看。人物要么被强奸了，要么看见了远处上吊的女人，再就是自己准备去打劫了——这真是东北特定环境中产生的特定想象。像《玉米地的热情》，描述的就是在一条公路旁边的加油站里，辛苦工作的一个叫李娜的女人被强奸的故事。在《目击者》当中，叙述人、女友在国外的单身画家“我”和一个叫李夏的时装模特，在同一幢公寓楼里，有着有限的交往，但是这个李夏却被人杀了。

我注意到他非常迷恋对死亡的叙述，死亡总是在他的小说的一开始，就已经出场，在小说的结尾，却又像是某种回旋曲那样，依旧在缭绕不绝。比如在《会吹小号的男人》的开头，就传来了一个消息：南湖树林子里吊死了一个25岁的年轻貌美的女人。讲述这个案件的人的生活中，显然接着也要发生这样的惊悚事件了。但是后来却没有，一个叫马薇的女人，只是从小号手的生活中轻轻地擦身而过。

除了对当下已经失去了诗意的生活进行反复陈述，有时候，他处理自己的生活经验，还延伸到了自己插队时候的记忆，比如《那眼井有多深》，就是一篇非常独特的精神分析小说。主人公把自己隐秘的青春期的骚动，和对一眼井的热情联系了起来，结果“我”掉了进去，差点没有出来。这也可以看作是朱日亮对他自己的插队生活的一种隐喻——他自己终于从那该死的历史的一眼井中逃出来了。

朱日亮多少是一个男权主义作家，尽管他肯定不会承认。他的小说有着男人的进攻性，弥漫着的男性气息，以及无所不在的男性视角。只是有时候，他也会突然地体察到了女人的状态，比如他在小说《蝴蝶》当中，就处理了一个叫蝴蝶的女人，她复杂微妙的情感和身体的迷茫。而蝴蝶的这种状态，和当下一些女人情感状态是如此的贴近。表面的生活和内里的生活，中间的鸿沟都是瞬间转换和不断被逾越的。

阅读他的小说是一件十分愉悦的事情，他很快可以通过平缓沉静的叙述语调，把你带入一种日常生活的氛围里。但是，突然之间，你还没有来得及感受他叙述和想象的甜蜜，他所描绘的那种宁静的生活水面之下，汹涌的暗流泛滥、风暴却在水面之下遽然兴起，就立刻将你击中，让你惊悚和陷入无言的沉默，让你立即无法忘记朱日亮这个名字。

刘庆：长势确实喜人

——评刘庆的长篇小说《长势喜人》

出生于60年代的作家们，正在写出他们一生中最好的作品，这是我阅读刘庆的长篇小说《长势喜人》时最直接的感觉。此前，我问他在写什么小说，他语焉不详地在电话中告诉我，在写一部有关传销的小说。我就有些纳闷，心想，这传销有什么好写的？其实，你写写法轮功的成因，或者东北如今国有企业大量的下岗失业的社会现象，所带来的十分丰富的人生境况，倒是一个不错的题材。等到我拿到了小说《长势喜人》，才发现，他写的和他告诉我的，可以说完全是两回事情。

这部小说基本可以归入成长小说的范畴里面，刘庆十分耐心地讲述了最近几十年的发展变化，有着社会学的具体和巨大的认知作用。但是它的内涵和外延，显然都可以远远地扩大。表面上看，这部小说似乎讲述了一个心灵到身体都有些残疾的人——李颂国，本书的主人公，在最近几十年的人生经历：从“文革”的阴影中间诞生，到八九十年代中国搞市场经济所带来的正负面效应，对一个个体生命所打下的深深的烙印，一直到1996年，李颂国迎来了自己人生中最辉煌的高峰——成为了搞传销的大师傅，呼风唤雨，旗下聚集着大量的渴望一夜之间暴富的充满了希望和绝望的人们，和他因此招致的毁灭性结局。我感兴趣的是刘庆如何描绘我们一同经历过的最近30年，这30年，确实是狂欢般复杂和多变的时代，在小说中，刘庆是如此具体和生动亲切地描绘着中国社会，到底是怎样如同蛇和蝉蜕皮一样在进行着十分精妙的变化，他显现了描绘具体社会氛围和情境的非凡的能力。精彩的笔触比比皆是。

而且，小说描绘的地域性和环境非常具体，就是东北某个地方，甚至是刘庆生活的城市——长春，60 年代末，一个当时被称为“破鞋”的女人李淑兰，被一个退伍兵强奸之后，生下了带着原罪的李颂国。由此，李颂国这个虚构的、显然和作者同时代的残疾人，展开来的成长之路。这条成长之路，充满了欢欣与屈辱、发现和倒霉、自傲与轻蔑，以及最后的生命结局。这个人物原型甚至使我想起了鲁迅笔下的阿 Q，或者君特·格拉斯笔下的侏儒奥斯卡，小说有着辉煌沉稳的叙事笔调，在悲喜剧交加的情节进展中，给我们描绘了一个光怪陆离的当代画卷。

但是，似乎总有另外的一个潜藏的声调在提醒我，这个李颂国的成长史，不仅是当代社会风俗史和个体生命史的纠缠，而且上升到了一个象征的层次，除了我们看到的一个人的扭扭歪歪的成长故事，刘庆还给我们讲述了埋藏在显性故事中间的“潜叙事”。由此，我确实觉得，刘庆的写作目的，显然不仅仅是停留在成长题材上，和对当代历史的解读，而是另有深意，比如对当下信仰和精神缺失的中国，到处都是怪力乱神、见妈祖拜妈祖、见信息功夫茶拜信息功夫茶、见邪门歪道拜邪门歪道的一种深切的探询。

或者，刘庆实际上是在写着一个寓言？这个寓言是要描绘普通国人内心深处的一种疾病，是如何在传销这种西方的简单营销方式，在中国竟然变成了一种准宗教的真正成因？进而，刘庆的雄心其实是描绘中国人的普遍的精神境况？类似于鲁迅的阿 Q 一样，刘庆也给我们创造了一个极其丰富的典型人物？可刘庆的这个隐秘的写作目的，并不是那么明显，他似乎脚下稍微一用力，自己就踩着主人公成长历史的滑轮车走很远了，没有告诉我们他的真实意图，也许，假如你有足够的慧根，你才会觉得，这部小说显然是一个有着双重叙事结构和寓意的复杂作品。当然这一切，就全靠每个读者自己的精读或者误读了。

郭小橹：逼近记忆的核心

——评郭小橹《我心中的石头镇》

大体上，很多作家一生都在写着广义上的自传，成长题材的小说尤其如此，任凭你怎么绕着弯弯，埋着伏笔，小说中间还是有着蛛丝马迹，可以和作者的阅历联系到一起的。这其实一直是文学作品吸引读者的一个原因，这从读者接受美学的角度上讲，读者把作家的作品，当成是真实的作者自传来阅读，并且从中获得了极大的快感，是因为人人都多少有些窥视心理，人人都想看到别人内心真实的生活。今天我们的很多女作家的类似日本“私小说”和“好色文学”传统的东西，都是利用了这种阅读心理。

但是郭小橹的长篇小说《我心中的石头镇》，却和很多时下一些女作家的风格完全两样。虽然这部小说也应该算是作者的自传体成长小说，不过，我不大会完全按照自传的形式来界定它，因为它有着一种非常独立的孤傲品质。这部小说在草稿的阶段我就看过，因为我和小橹过去在一个社区居住，彼此的居所很近，我对小橹这些年的创作都很熟悉，她一直是一个职业的电影编剧和电影研究专家，专业就是这个，后来在北广教书，教的也是这个，最近在英国学习的也是这个。

我发现，她的小说其实非常克制，似乎有着一种冷度很高黑白片的感觉。小说是按照今天和过去两条线索来发展的，假如拍成电影，我看现在和过去，也可以按照彩色和黑白来交替讲述。我们很快就会发现，每一个人，原来都有自己记忆深处追逐作者的核心的黑暗地带，它就像是黑色的野兽一样，平时与黑色记忆完全模糊在一起，不被察觉，但是经常的，它伺机向现在行进中的人反扑，并且把你远远地带走。

小说的女主人公和郭小橹本人一样，来自浙江沿海的一个渔村，一个散发着强烈的鱼腥气息的小镇。某一天，15 岁的她，突然发现自己怀孕了——这当然是一个严重的青春事件，而使她怀孕的，正是她的老师。这是一个小女孩面临的人生最重要的一个关卡了。假如她能够逾越，那么她将所向披靡——最后，她不得不自己去医院，打掉这个婴儿，这个过程，也成为女主人公内心关于成长的黑暗记忆的核心，虽然此后她已经前行了很远，但是当时的那种强烈的撕裂感，和标志性意义，一直在主人公的内心闪耀。

小说的另外一条线索则在北京发展，女主人公和郭小橹一样，在北京的某处 25 层的高楼中的一套房间里，遇到了相同的问题：自己怀孕了，而女主人公和同居的男友，被这个事情所磕绊，引发了他们对两个人情感关系的重新审视与抉择。这部小说的叙述非常从容深切，对记忆的摹写和对当下城市生活的内部感情逻辑，都进行了有趣的然而沉重的解读，最后，上升到了一种存在之轻，如同两次被打掉的胎儿，最后肯定是升入了空中。这部小说是有气味的，它散发着一种记忆的腥气，是鱼腥和胎儿的腥气在里面弥漫，一条从故乡邮寄来的海鳗鱼，成为联系作者对故乡和自己成长历程的联系，也成了作者叙述的美妙起点，隐秘的伤痛地带和散发着腥气的故乡渔镇石头镇，完全成为了一个整体，构成了过去和现在乃至将来的一切象征。

在这部《我心中的石头镇》中，郭小橹找到了一种作者和作品本身之间的某种距离，找到了一种间隔的效果，和当下的时尚化写作完全不同，有着卓然不群的闪着冷光的气质。和那些与自己的作品纠缠不休的女作家相比，郭小橹在小说的叙述技巧上，当然是技高一筹的，这部小说好像是一经完成，就因为自己独有的美学特点，而成为了疏离作者的东西，成为了一种独特的自我存在，如同每个人的黑暗记忆，在咬了你一口的时候，又退回到黑暗地带，和黑暗本身重新模糊成一体。

两个人的诗经

我和这本诗集的两个作者大学时代都在一起写诗，刘晖后来成了《21 世纪经济报道》的主编，而江时强是新华社湖北分社的副社长。可到今天，我们三个人仍旧在写诗，这本身就够令人惊奇的了，其实惊奇的不光是别人，我想可能连刘晖和江时强都感到惊讶：我为什么还在写诗？

对于这两个家伙来说，循规蹈矩、忙碌不堪的日常生活之外，诗一定是他们不完全和老婆分享的东西，所以，我知道即使是他们结了婚，诗仍旧是他们忠实的、隐秘的个人空间，他们和这个情人在一起已经都有 20 年之久了。

有一个说法说一个人写了 10 年以后仍旧在写作的话，那么他可以当之无愧地自称为一个作家了，那么，写诗的年月已经达 20 年之久的这两个人，他们自称过是一个诗人了吗？我作为他们的好朋友，从来没有听说过他们自称过是诗人，但是，我知道，即使是他们（包括我）一生都可能在新闻媒体谋生，他们内心里也认为自己是一个真正的诗人。

但是在今天公开地自称是一个诗人，似乎是一个笑话，诗人这个过去光环闪闪的名词，在今天这个势利和笑贫不笑娼的时代，更加令人躲避不及。可是刘晖和江时强这两个在现实生活当中也混得如鱼得水的当代才俊，为什么仍旧要将写诗当作他们心灵的真正寄托和记录？

其实，即使是有人诅咒诗歌已经死了，诗在今天仍旧没有死，死掉的是诅咒和背叛诗的人，是把心灵的生活扔开的人。而真正认真生活并且拥有信念，在不断地寻找自我的人，和诗在一起成长着，刘晖和江时强就是这样的人。我是在读了他们的诗之后，感叹之余，进而认定这一点的。

在刘晖的诗中，我看到了一个赞美、歌唱和疑惧共生的形象，相对于江时强的饱满的激情，刘晖的诗似乎总是有着一些节制，像这样的句子："慢些，再慢些/遥远的地方，玫瑰盛开。/那种柔软的呼喊，/仿佛海涛声从叶子里回响。"这样的节奏和被克制的情感在刘晖的诗中比比皆是，而且刘晖往往被一个词、一句话或者一个标题打动，这些东西瞬间触动了他的心灵，于是他就写下了诗篇。比如《傻瓜的诗篇》，这是标题本身让刘晖写出了这整个的一首诗，因为我们在某一瞬间，难道不认为自己是一个傻瓜？当生活的荒谬和灰烬击中了我们的时候，我们还以为自己处处是个聪明人吗？我感到刘晖在写诗的过程中，处处都认识到了自己的有限，因此，他选择了节制，选择了较为低沉的声音。而且，他选择的诗歌意象都特别的小巧，饱含着水质，和旷远的一丝忧郁。就像是雾掠过幽深的河面。但是，他的一些诗又非常的明亮美丽，像《山坡上的野花》，有这样的句子："山坡上的野花，这小小的，碎的颜色/仿佛是时光的碎片，从春天的缝隙中/流出来，这令人心碎的美/甚至美得有一些偏僻。"多么美好的诗句！我被很多这样的句子深深打动了，读到这样的句子我的内心十分的甜蜜。

而江时强的诗，在表达上显得密集多了，这是他本人的气质。虽然这两个人都是湖南人，但是，江时强似乎强调了火的一面，他的诗在本质上属于火。你看这样的句子："夏天的第一个太阳，铜化了/夏天的第一个太阳，无所作为/我经过众人认不出自己了/太阳点燃了大地和空气/打开房子进入火海/我着了火"，显示了江时强诗歌的内核特征。对于一个钟情于火的人来说，诗句全都是红通通的等待淬火的钢铁，我时时被江时强浓烈的感情打动，因为某种程度上我和他的气质更为接近。在江时强的诗中，我看到的完全是一个高声歌唱的形象，只是这个歌唱的声音里也有悲伤。我非常喜欢他的诗句中一些写给自己的爸爸和妈妈的诗，当江时强回到他们的记忆经验时，一些他的童年时代的意象，那些饱含着农村土地的汁液的诗句涌现了，像“母亲走在黄昏的田野里/身后留下一阵风/她经过的那些地方/玉米和稻子露出了金黄的笑脸/红薯在秋天的田野里沉睡/……有机会注视一些好看的粮食/并用嘴真实地触摸和亲吻它们……”在他的另一首诗中，他这样写道：“油菜开花，豌豆开花/我在你们中间跟踪蜜蜂/一滴水怎样变为粮食喂养众生/这是我冬天就过早埋下的疑问”——这样的诗句中有的是对大地的真正的深情。此外，江时强可以把很多的日常生活经验都化做诗，这是需要相当的才能的。

我阅读这些写作时间跨度很大的诗，内心里时时涌现出我们在武汉大学念书时的情景，那个时候在今天看来，已经具有了回忆的性质，恍然间已经过去十几年了，在大学这个注定值得永远怀念的地方，我们在一年四季花开不断的武大校园里学习和恋爱，我们胸中的诗的激情是如此的澎湃，那个时候，我们甚至一天里可以写出好几首诗，诗的岩浆在我们的胸腔里奔涌，我们成群结伙，成立诗社，穿梭于校园的各个角落，挖掘和埋藏诗歌的种子与果实，打下了坚实的友谊的地基，捞取爱情的稻草，并且为之真诚地歌唱。当我写这篇文字的时候，我的眼前涌现的是他们两个在大学时代俊秀的面容，这样的面容在今天已经有了什么样的改变？

那样美好的诗情汹涌的年月当然是一去不复返了，随着时间延伸下来的是我们的友情，和各自的对诗的钟情。我知道即使是所有的人都离开了我们，剩下的还有我们不会离开自己的心灵的诗。

我想，要不是出这本诗集，我一定看不到他们两个人后来写的诗，也看不到他们后来的生活在诗中的隐秘投影。这些年，我们每一个人的生活都发生了很大的变化，在这个分崩离析的时代里，人们的生活很难守住一个地方，人们的心也很难属于一处风景，世界是不确定的和纷乱的，在刘晖和江时强的诗中，我几乎可以看到生活对他们的全部击打和塑造。我因而也发现，诗是完全不能够掺假的，它的酿造本身就是以真诚为原料的，当时间和岁月的利刃在他们生命中划过的时候，在惊慌和疼痛的瞬间他们留下了诗，这些诗如果不是用血肉写成的，也是他们生活当中凝结的盐。

所有的诗歌都只有一个主题：爱。在他们和所有以诗歌的方式言说的人中间，爱这个世界，以及一小部分具体的人，是他们吟唱的唯一的理由，这说明他们，以及这个世界本身还有救。像刘晖的《一个痛苦的人是幸福的》中，“今夜，一个无比热爱夜晚的人彻夜难眠/今夜，一个曾经发誓不相信爱情的人/在喃喃低语，我爱，我愿意深深地爱着。”我从刘晖和江时强的诗歌中体验了我们共同经历的这整个的时代，以及诗歌抵挡时代腐蚀人的巨大力量时的忧郁、激烈而又优美的声音，现在，我把这本诗集看成是他们两个人的诗经。

两个人的诗经，这是这两个人为他们自己和我们留下的心灵佐证!

樱花凋亡之美

——评李修文的小说《滴泪痣》

七八年前，我有一天突然接到了李修文的一个电话，他说他现在在日本——这使我很诧异，因为他那个时候还在一所大学上学，即将毕业了，怎么突然就去了日本了呢？在电话中，他对在日本留学的感觉不好，说是要很快回来，因为那里有很多留学生都在瞎混，根本就没有好好读书。

我觉得去日本挺不容易的，就劝他好好读读书，把心安下来，因为他刚去，想家的心情肯定特别的迫切。可是他回答，说自己最想干的还是写作。这个电话过后没有多久，他就突然回来了，而且并没有回到家乡湖北，而是直接到长春的《作家》杂志找宗仁发去了，在那个杂志当了编辑。

我就觉得这个家伙的内心一定对文学充满了某种狂热，之后的几年，他做了一个很好的文学编辑，而且也写了一些中短篇小说，题材大都是对古代文学资源的一些现代戏仿和滑稽解构，从所谓的“后现代”文学观念上来考察，那些小说技术成熟，姿态前卫，是有美学价值的作品。他在文学圈子里也以“70 年代”小说家群体之重要一员出头了。

所以，当我拿到他的这本长篇小说《滴泪痣》的时候，我首先想到的就是七八年前他从日本给我打电话的那一幕，阅读了这本书，我觉得李修文不仅动用了自己宝贵的人生经历的资源，而且在他的文学观念上也发生了很大的、甚至是令人惊喜的变化。李修文的这部小说的场景转移到了日本，描绘了两个在异域沦亡者的情爱故事，写出了一种令人揪心的樱花凋亡之美。我在四月这个樱花凋亡的月份读到了《滴泪痣》，这部小说的叙事特别的扎实，场景也在日本的一些地方转移，内底显示了李修文受到的日本文学的影响——一种阴柔之美从小说中弥漫开来。

中国作家描写异域生活的小说不多，早期的有老舍的《二马》，讲的是两个中国人在伦敦的故事，算是比较早也比较成熟的域外文学，这部《滴泪痣》，我觉得应该会成为“域外文学”新的一部杰作。此前，在上个世纪90年代初期，像是《曼哈顿的中国女人》那样的纪实小说，是很矫情的，不过就是讲了一个女人在美国如何混到绿卡（实际上就是嫁了一个美国人），并且“获得成功”的炫耀式的故事，便骗了很多人的眼泪和钱袋，而且没有太大的文学和美学的价值。后来又有什么《北京人在纽约》《上海人在东京》等等，都是这个路数，文字相当的粗鄙，这些东西随着时代的泡沫都一起消失了。

而李修文的这部《滴泪痣》，则有着特别鲜明的美学特征，做到了大巧若拙，看上去没有什么结构上的特点，但是却能够深深地打动你。我记得王安忆说过，70年代末、80年代初的很多“伤痕小说”，现在读起来的话，仍旧可以打动你的心，但是最近一些技巧华丽、语言奇异的作品，却并没有了那种质朴的打动人的力量。看来，小说的核仍旧是直接作用于心灵的。

李修文显然已经悟到了这一层，把自己过去迷恋文学技巧和形式的观念做了一个修正，他写这部小说的时候，一定是想，我想怎么写就怎么写，我怎么写着舒服就怎么写。当你做到了大巧若拙、大音希声的时候，实际上恰恰接近了艺术的本质、表达的本质，也会达到一个很好的阅读效果——据说一些女人看了这部小说泪雨涟涟的，就是说这部小说成功了。时下显露才气的人太多了，你到网上、杂志上、报纸上可以看到很多小孩写的短文短小说，都相当不错，但是要写出一本独特的书，并且把这本书当作商品推到市场上卖掉，就不是那么容易了。

李修文做到了这一点，我为他高兴，因为写作这个东西都是凭真本事吃饭，而且还是长跑运动，半途退场的才子佳人如过江之鲫，没有金刚钻，还是别揽这个瓷器活吧。李修文看来有了金刚钻了，他的瓷器活就是这个《滴泪痣》。他是出生于1970年代最好的小说家之一。

诗与真

——刘朝东的人与诗

我第一次见到刘朝东，是在电视上，当时我不经意地把电视频道调到了北京台的一个文化节目上，看到嘉宾席中，著名的电视剧导演英达和一个很瘦的小伙子在一起，竟然在谈论诗歌，而围拢的现场观众也很积极地发言和提问题，把一个关于诗歌的节目弄得很有声色，我觉得很有意思，就把频道锁定好，看完了这个节目，我也由此认识了刘朝东——北京郊区的一个很有意思的诗人。因为时下电视这种极其大众和庸俗的媒体，会用一个专题节目的形式来谈论诗歌，并且推出一个北京郊区的农民诗人，而且还要一个比较上档次的文化大腕英达作陪，是非常特别的。

我记得在那个节目中，刘朝东很大方地背诵了很多自己的诗作，而且刘朝东自认是“农民诗人”，虽然平谷已经变成了北京的郊区城区；还当场认为自己的诗是与爱情有关，所有的诗人至少在内心中都是情种。他谈话背诵诗歌都很坦诚大方，目光清澈思路敏捷，性格活泼，对着电视镜头也不发怵，一点也没有诗人的迂腐与不着边际的疯狂，现在在北京郊区还有这样执着和真切的诗人，的确是很少见的。

后来，在北京作家协会组织的一次文学会议上，我和刘朝东见面了，就在刘朝东生活和活跃的出生地——北京平谷区，他骑着摩托，带着我参观了他的一家自己很少过问的汽车配件商店，还飞快地掠过了另外一条街道上，他的前妻现在开的一家汽车配件商店。

因为他们已经很少来往，过去的生活成了他内心的一个疤痕，仍旧在偶然疼痛。我隐约地从他的生活阅历中，判断出他是一个很热情开朗，同时也不断地被生活锋利的刀刃伤害的人。好在他很少为自己的生存发愁，也通过文学找到了释放内心苦闷的渠道。

从个人生活上讲，刘朝东是北京郊区罕见的那种为了诗歌理想生活的人，与他周围几乎所有的人都在忙着赚钱完全不同，在刘朝东的内心，燃烧的却是诗歌的火焰，他衡量生活的标准，也是文学的标准，而不是物质与金钱。因为选择了写诗，实际上就是选择了一种生活方式，这种生活方式直接和精神有关，刘朝东似乎从来都没有过多地把精力用在谋生上，因为他没有太为这个问题所困扰。或者，他本来就认为，只有诗歌生活、只有精神生活，才是最值得追求的生活，才是最有价值的生活。

这是一个好的诗人的出发点，刘朝东显然有了这个本真的基础。而且，经过了十几年的时间，他写下了大量的诗篇，有时候甚至一天可以写好几首诗，他已经把自己的生活完全诗歌化了，这样的状态，对于平谷的一个汽车配件商店的小业主来讲，的确是一种全新的生活方式。通过十几年的努力，他真正变成了一个不折不扣的诗人。

所以，不管刘朝东的诗歌写到了什么程度，也不管他最终会取得什么样的诗歌成就，他已经是一个本质的透亮的诗人，因为他的生活态度本身，就是诗的态度，他不断地从每天的日常生活中那种庸常和可怕的、吞噬我们的巨大力量中脱身出来，然后用诗歌化解这个生存的困境与悖论，获得了诗歌的胜利与生活的升华。

我不想就他写的具体的诗歌作分析与评论，因为他的诗很淳朴，很好读也很好懂，刘朝东的诗有着鲜明的民歌面貌，乡土气息，和几乎可以传唱的简单明快的风格。几乎每一首诗歌都有自己的旋律、关键词，以及不断回旋的声音。他的诗大都有自己的核心的意象，在一种特别明快的吟唱中，完成了他对生活的提升与礼赞。

刘朝东完全是一个生活的酿蜜者，一个很有趣的人，他十分热情地迷恋并且生活在自己创造的一些词语中，心甘情愿地生活在这些柔软的词语中，从而不断地避开了生活的砍刀，顽强地创造了一个诗意的天地，找到了通向诗与真的唯一的道路。

回首苍茫岁月

——评潘婧的长篇小说《抒情年华》

一本书的钥匙就是这本书的书名，书名暗示了全书要表达的所有内容。因此，潘婧的长篇小说《抒情年华》本身，就已经包括了这本书里全部的重要信息：它肯定是回望式的，它还是抒情的，与个人的情感成长有关系的，它的叙述是个人化的，基调也是柔和生动的，就像是一曲哀伤的蓝调。果然，这本书以它独有的品质，描绘了人的个体生命在特定年代的成长，和记述了一片已经消失的文化记忆，吸引了我的视线。这是最近一本有着鲜明的艺术气质和不妥协的沉静风格的杰作。

小说是描写北京70年代文学艺术圈子的生活与叙述者个人的成长经历的，这两者紧密地纠缠在一起，成为一种复调的叙述。在70年代，甚至更早一些，北京就出现了一些用内心抵抗贫瘠和疯狂的时代的诗人和艺术家，他们成为一个紧密的圈子，像是一个秘密的宗教群体，把文学和艺术当作自己的宗教，来抵御外界的荒凉。这个圈子后来被称为“白洋淀诗派”和“星星画会”，再后来，一些成名的诗人成了“朦胧诗派”的重要组成部分。阅读这部小说，可以使我们从作者的隐性叙事中，再次体察到那个年代的政治事件对人造成的伤害，以及荒谬时代的蛛丝马迹。小说不是控诉，也不做任何简单的价值判断，只是把视点放在了个体生命的成长变化上。

因为这本书的作者是女性，同时她又亲身经历了她所描绘的生活，我有理由相信，这本书是一部充满了隐秘的符号和象征的自传，是一部经过了滤光镜增加或者降低了色彩的回忆录，是一部虚构的纪实文学，也是一部刻骨铭心的爱情小说。小说的结构很有特点，它分成了引子，和两篇当事人的小说，以及从另外一个人的视点来进行追忆的“维明的手记”，共同结构了一个时代的脚注式的记忆，小说是多声部的，显然，作者觉得必须使小说本身具有镜子的多个侧面，折射出本书人物的多个面孔，才能够拼贴复杂的人物的内心图景。

我被吸引的原因，还有作者对特定年代个体生命成长的细节，里面涉及女性身体的发育与苏醒，感受与缠绵。在此之前，我们读到了眼下太多的撒娇派女作者写的、关于当下生活中的身体叙事与身体文学，里面充满了矫饰的风骚和情欲的苍白尖叫。我们已经倒胃口了，而潘婧的小说同样触及了女性的身体成长，因为在任何一个时代，身体都是我们感觉的中心，只是我们过去被太多的历史那宏大的话语给遮蔽了。现在，我们看到了在贫乏的年代中，照样有身体的生长，这样的生长同样也非常的惊心动魄，它是如此的优美，也是如此的认真和内向，所有成长的呼啸只是向自身无限地靠近，它又是如此深刻地影响了当事人的一生，以至于她必须通过回忆才能够清理这个过程，并且放下自己的青春和情感记忆的包袱。

每一部小说都有自己的声音，这部小说的叙述声音宛如冰层下的水流，在表面的平缓中，孕育着激流跳荡的暗流。这波涛曾经在叙述者的内心汹涌澎湃，在时代的喧嚣中，呈现相反的流向。我们可以从这部小说中，读到一直延伸到当下的文学变化的脉搏和痕迹，这个痕迹也从来都没有消失。

我们应该感谢那些有真正的回忆能力的人，她可以帮助我们复原我们本来该有的最本真的记忆，那是一种对苍白历史的修复，是对个体生命成长的尊重，是在嘈杂的时代噪音中的清流歌唱，潘婧的这本小说就有着上述所有的品质与功能。

女性的审美触觉

——介绍徐虹的《有内容的眼神》

徐虹的散文随笔集《有内容的眼神》收入了王蒙主编的“文化名记者”丛书，最近由花山文艺出版社出版了。虽然是多年的同行和朋友，我还是为她出版的这本书感到惊奇：似乎她是不声不响就写出了这本书。北京的新闻界名记者出版文学作品的人有不少，像《北京晚报》的刘一达出过很多长篇小说，解玺彰也出版过杂文集和女性研究文集，《北京青年报》的大仙，一不留神就出了一本写得很好看的随笔集《一刀不能两断》，这些家伙平时都特别忙，忙于在滚动的新闻中打滚，所以能够静心写出这些著作，本身就是一个奇迹。有一种说法说报纸是流水，杂志是岩浆，而书籍是岩石，说出了这些纸质媒介的特性。所以，在流水中挖出岩石，仍旧是一个不小的本事，毕竟北京有十好几万新闻记者，他们写的东西大都随水东流了。

书籍是一种积淀，对于《中国青年报》的文化记者和编辑徐虹来讲，她的感受要更深刻一些。我很快就读完了她的这本书，一方面是对同行的尊重，另外一个方面是好奇，平时不太张扬的徐虹到底写了一些什么东西？原来，这本书实际上是徐虹多年从事文化新闻报道之余的产物，分为几个部分，有写自己作为女性对外部生活的感受的，有写内心复杂和细腻体验的文字，也有一些海内海外的游记文字，有的是小说雏形的东西，最后一辑是对文化界大腕的印象记，等等，信息量很多，共同构成了她这本书的几个部分。阅读这本书很轻松也很愉快，我最大的感受是徐虹作为一个女性，她在写这些东西的时候，都用女性特有的触觉，感受和抚摸了她所打量的对象，对所有的描写对象，无论是她内心的感受还是外界的风景，无论是社会事件在她的心中掀起的波澜，还是对今天一些发红发紫的大腕的印象记，都似乎经过了徐虹的心像的处理，变成了一种加了色彩和滤光镜的东西，打上了她自己的烙印。

像她的一些涉及在都市中成长的女性心理的文章，点出了心理问题是当下很多年轻人的病。确实，今天很多人心理都有问题，但是我们太缺乏心理医生，所以女性才有密友，这样可以向密友倾诉的时候，疗治自己的心理问题，客观上也担当了心理医生的职责。但是密友有时候会背叛倾诉的对象，她会咀嚼倾诉者的痛苦并且以此为乐，不像心理医生那么讲道德，毕竟人家是收了费的——徐虹的这本书中有很多这样机智智慧的文字，把我们今天的心理处境的尴尬，和真实的状态给写出来了。此前我读过她发表的一些中短篇小说，主题就是成长，和成长中的丧失与获取。和这本书中的一些文字对照，可以发现很多有趣的信息，她仿佛发现了镜子的两面，一面是灰色和不透明的，而另外的一面，则可以清澈地照亮所有的事物。

有时候我们的确需要看到那些有慧根的女性写下的文字，这样的文字仿佛在谈心和淡淡的独白当中，就完成了和你的一次真切交流。

远与近的不同

——评李颉的长篇小说《爱似米兰》

评论家写小说，很少有成功的，因为他们一般已经被一些理性的语言系统训练得没有了感性，而小说有时候却特别感性，小说要的是不明不白和生活的毛茸茸，要的是想象力和感觉的飞扬跋扈，而这些恰恰是那些追求要把所有的事物说明白的评论家所没有的。所以，我读李颉的长篇小说《爱似米兰》的时候，根本就没有抱太多的奢望，因为这些对作家颐指气使的评论家一般站着说话不腰疼，等到了他们自己写小说的时候，肯定是惨不忍睹的。

不过，阅读李颉的这部小说，是纠正我的偏见的一个机会。从一开始翻阅李颉的《爱似米兰》这部小说，我立即明白这是一本自传题材的小说，因为我们都知道李颉是 80 年代文学评论界的风云人物，也是一个才高八斗的狂狷之士。他小说浓厚的自传性质使我特别感兴趣，毕竟他是 80 年代的一个有趣的文化人物，经历了这些年的潮起潮落和人生的磋跌，里面的信息量是相当独特的。

我在一次讲座中曾经说，对于那些刚开始写小说的人来讲，最简单的写作，就是从自己的经历入手，写出自己亲身经历最打动自己的东西。另外，人类小说的一大母题就是成长，成长甚至是人类文学永远的母题。李颉的这部小说刚好和自传性以及成长这个母题有关，这是他聪明的地方，否则他一定写得惨不忍睹。我渐渐地被吸引了，因为长篇小说最关键的地方在于结构，李颉在这部小说的结构上采取了双线结构的办法，叙述者的人称分别是第一人称“我”和第三人称

“他”，第一人称叙述的是主人公成长中的一些特别微妙和隐秘的细节，第三人称则将时间的跨度放到了当下，也就是主人公“我”长大以后，经历一次成熟的恋爱婚姻，直到这个恋爱解体的全部过程，所以，小说的第三人称的叙事和第一人称的叙事，实际上是可以连起来，以时间的线形方式统一起来的，是小说主人公成长的全部的过程。

小说之所以这样结构，我想李颉一定是在回忆过去的成长，也就是用第一人称叙事的时候，是充满了欢乐和甜蜜的痛楚的，这样，在我的眼里，小说用“我”叙述的时候，调子就是金黄色的，尽情地展开了对成长中细节的赞赏和咀嚼，这个咀嚼是如此的甜蜜，以至于完全可以打动我们冰冷的心。而用“他”叙述的时候，小说则色调偏冷，是淡蓝色的，因为描述的是情感的热度由热到冷的过程，所以这个部分是相当的残酷的——李颉揭示了生活背后十分狰狞的一面，以及上个世纪90年代的商业社会对小说主人公的伤害，还有情感和人性的变化与裸露，最后点出了全书的主题：爱像米兰花，远看很好，闻着也香，可是靠近的时候，那米兰就丧失了所有的香气——我们很多的生活处境难道不是这样的吗？小说是很真切的。这是这部小说在结构上和叙述的语调上，带给我的综合的感觉，小说显然是很有章法，细节一下子很具体也很毛茸茸，是好看的。

另外，语言是小说最关键的部分，是小说的血肉和神经，李颉的这部小说的语言很密集，有张力，我想这是因为他急于要表达什么的需要，所以采取了特别让人有一点喘不过气来的语感来贯穿小说，逼迫你习惯他急切的叙述语调，从而顺利地阅读完这本书。

这应该是一部令我这个专业的作者和读者不讨厌甚至时时有一些阅读惊喜的小说，对于评论家出身的李颉来讲，应该是成功的作品。毕竟，他通过这部小说清理了自己成长的过程，告诉了我们他所理解和看到的生活的真相，也给我们留下了疯狂和浮躁的时代在一个个体生命中打下的烙印，也是我们刚刚经历的过去的一个脚注，我想已经实现了这些目标的小说是很不容易的了。

一个人和他的梦

——对张钧的回忆与怀想

张钧是一个有梦想的人，只是他要去实现自己梦想的时间太晚了。有一天，我接到了一个来自东北的电话，说他叫张钧，是一所大学的老师，要做一个“新生代作家”的访谈录，我是他采访的对象。他很快就来到了北京。是李大卫到火车站接的他，然后习惯上午睡觉的李大卫，就睡眼蒙眬地把他领到了我的家里，然后李大卫又回家睡觉了。于是在天色才显现了鱼肚白的时候，他对我的访谈就开始了。

因为做过多年的记者和编辑，我对他还比较不熟练的访谈方式做了一些纠正，因为他太爱说出自己的观点了，甚至喜欢和他的访谈对象我进行辩论——这个做派，可能因为他是一个大学学者的原因。我开始不习惯，后来就声调更高地和他热烈辩论了起来。不过，当访谈录整理出来的时候，我觉得还不错，他把自己的观点压缩到了最低的限度。那次见面，他告诉我他要开始这个关于“新生代作家”群体的工程：一部访谈录，一部印象记和旅行见闻，还有一部研究专著。此外，他兴趣盎然地说了他还有一部长篇小说要写，我还知道了他原来是一个广西人，后来到了东北，带了很多喜欢文学的学生，在大学里营造着关注当代文学尤其是关注年轻作家创作的研究氛围。

几个月之后，他来到北京治病的时候，当时我们北京的一些作家都到场了，有李敬泽、李冯、李大卫等十几个人，请他吃饭，此前，芊华女士赞助了我们一笔不菲的饭钱，我是出纳，那顿饭是在张钧到一家很好的医院检查完毕之后的晚上吃的。大夫告诉他没有事情了，打开胸腔，发现他没有肺癌，于是那天他满面红光地吃了很多东西，也喝了很多啤酒，大家也很为他高兴，食欲很旺盛，我结账的时候发现带的钱都差一点不够了。其实，后来我才知道，那次医生打开张钧的胸腔，一看就知道他已经没有救了，只是为了瞒住他自己。那是我们见过的最后一面。之后几个月，传来了张钧在加紧工作，然后，就是他病逝的消息。

关于我的访谈录发表在《作家》上，其中还有一个小插曲，我在谈论上辈老作家的时候，说到山东作家张炜要出一套叫《你在高原》的由十部长篇构成的"巨著"，就讽刺说张炜太想当大师了。这个闲话发了出来，结果张炜很恼怒，他在《作家》上刊发一则声明，说自己根本就不想当大师云云。还害得中国青年出版社的本来准备要出版"《你在高原》十部曲"的编辑骆军吓得赶紧给我打电话，说你怎么乱说话？我笑了，心里觉得这张炜不知道是因为脆弱，还是生活得太紧张，简直是太可笑了，他真是离大师太远了。

所以，当我接到在张钧去世之后出版的这本《小说的立场》的时候，首先想看关于张炜的谈话那一段还在不在，果然，这一段不见了。于是联想到被张钧访谈的这 30 个人，这些"新生代作家"们，他们仍旧在艰难生存着，要和那些文霸和学霸抗争，还要抵御市场经济那锋利的大刀——青年作家原本就不容易的，而做这个访谈的人却很快就去世了，我忽然很伤感。

感谢陈思和先生、张燕玲女士、施战军先生等等对张钧遗著的整理和联系出版，使我们看到了一个人的梦想之果实的一部分。张钧原本可以开始得早一些，可是他却走得太早了。

徐庄的《废黄河》

徐庄是一个读者还不太熟悉的名字，但是我认识他已经有16年了，而且，这16年来他一直在断断续续地写作这本叫《废黄河》的书，这是当代作家中相当罕见的。16年以前，我还在新疆的一座小城市上高中，就和徐庄等几个朋友，一起阅读和学习写作现代派的小说，那个时候徐庄就已经显示了他卓越的文学判断力和写作能力。现在，我可以丝毫不夸张地说，他的这本《废黄河》，是一部完全可以和拉丁美洲的文学巨匠胡安·卢尔福的小说集《平原烈火》，还有俄罗斯作家巴别尔的小说集《骑兵军》相媲美的杰作。

进入90年代，他这本书的出版相当的艰难，我自己的手头，就有三个版本，其中两个版本是他自印的：一个是银色封面的插图本，手工装订，是徐庄为了叫出版社排版省心而专门制作的，这个版本中的插图相当的繁复精美，徐庄只印了几本，我有幸拥有一本。这个时候这本书的名字还叫做《二十四气》。我和李敬泽为了他的这本书的出版，想了很多的办法，也找到了一些机会，但是徐庄总是运气不好，没有出成。去年，因为出版社担心他这本书出版之后赔钱，突然决定不出了，于是徐庄一气之下自己印刷了二百本，里面的插图没有了，封面变成了红色的，名字仍旧叫做《二十四气》，他灰心丧气，想就用这种形式来送送朋友，就算了结了。没有想到，今年终于有人慧眼识书，给他出版了，只是名字变成了《废黄河》。于是，一本已经自我诞生多年的书，终于领到了合法的出生证。

和《二十四气》这个名字相比，我一点也不喜欢《废黄河》，因为黄河有着太多的超出了这个名字的含义，而“废黄河”也太直白，没有“二十四气”那样有着很多的暗示，比如农业与节气，比如时间与土地，比如人类的劳作与繁殖，比如太阳与大地的流转。而徐庄的这部小说，就有着这样的信息、气息与品质。

一个人用16年的时间来写作一本书，那么这本书中一定有特别独特的或者执拗的东西。从结构上讲，徐庄的这本小说集，类似于一本由系列小说构成的长篇小说，它的结构和乔伊斯的《都柏林人》有异曲同工之妙，是由一系列中短篇小说构成的。它描绘了在已经废弃的旧黄河故道上的一个典型的中国村庄里面发生的故事。小说的时间跨度很大，基本上有接近百年的时间，一直到今天农村的当下生活，仿佛是历史的丰富切片。但是在单篇的小说中，你只是能够通过小说中细微的细节，才能够了解到小说的历史背景，它确实可以算作是一部简明的、断代的中国乡村肉体史，一部简明的乡村个体生命的画廊史。在开始的几篇小说中，我还可以看到胡安·卢尔福的影响，到了后来，就完全是他自己了。从这本书中，你可以看到一个作家成长期间的微妙痕迹，一直到他长大成人。也许从小说的基本特征上讲，这本小说应该是一部乡村小说，这也是为什么在今天这个时代，这本书的出版如此的困难的一个原因——今天还有谁愿意阅读描绘农村的小说呢？都市的“美女作家”们那充满情欲的尖叫，和身体写作，已经吸引了很多人的窥视与注目，这是一个欲望和满足欲望的时代，垃圾比精品更容易出版甚至叫座的时代，谁会关心有真正文学品质的书籍？这是我们时代的困境与特征。

他的这本书，给我们提供了一些极其鲜明的人物形象，这些形象就是乡土中国人的基本的形象，很多篇章，都有着令人发笑和落泪的遭遇和命运，都可以使我们看到在我们自己的意识深处的那种劣根与可悲可叹之处。可以毫不夸张地说，徐庄的这本书的效果类似于一剑封喉，用了一本书，就达到了一个令人炫目的文学高度，无论是语言还是小说的技巧，都是精心锻造的。徐庄写作这本书，有时候一天只写几十个字，雕琢得令人恐惧。一本书出版了，只有我知道这本书背后的那么多的故事，我想有慧根的读者是不会遗漏品位一本绝佳的小说的机会的。

沧海一粟刘海粟

传记的写法有很多种，总的写法就是为传主树碑立传。既然是树碑立传，那歌颂和为传主掩饰与夸饰，则是时下传记的主要特征，那司马迁的传记风格是早已经失传了的。所以，我一直觉得传记没有什么可看的，尤其是一些中国作者写的传记，虚伪造作，很多都是无法卒读的。

不过，我最近读到了一本《沧海》，觉得传记可以这样写，真是很令人惊奇。这是美术大师刘海粟的一本传记，作者简繁是刘海粟生前招收的唯一一个研究生，现在是旅居美国的画家。这本回忆录属于口述实录文体，基本上是根据录音整理出来的。前年的时候出过一个三卷本，分别叫做《背叛》《见证》和《彼岸》，因为涉及很多当下还活着的美术界人士，引发了很多私下里的笔墨官司，虽然印刷了五千套，但是人民文学出版社好像都没有怎么发行，反正市面上很少见，据说内部都已经消化完了。后来经过删节，新近出了这个两卷本。

我是两个版本都读了的，我觉得这是一本奇书，尤其是那个三卷本，拿起来你就放不下，这本传记是我见到的少有的人物传记，主要是这本书真实生动到了残酷的地步，语言叙述十分生动，而且，对于一些历史事件的叙述，由于多个人不同的回忆，竟然产生了类似《罗生门》的效果，读起来真是惊心动魄。作者声称对所有的内容负责，声称拥有所有的录音资料。所以，即使惹了一些笔墨官司，到底也没有打起来。

作者简繁从自己考上了刘海粟的研究生开始写起，通过对刘海粟和他妻子夏伊乔一生各个阶段的探访，和他与中国现当代很多历史人物的交往与评价——那些人物全部都是中国近现代史上的风云人物：康有为、蔡元培、蒋介石、汪精卫、周佛海，以及后来的包括现在还在台上的一些政界、文化界的人物，所以，信息量十分巨大。刘海粟早年在上海创办上海美术专科学校，今天已经成为中国现当代美术巨匠的人，很多都是在他的美术专科学校起步的。有趣的是，一些人后来不承认是从他的这个学校里面出来的，比如徐悲鸿。确实，这个公案到现在也没有完全了断，成为刘海粟备受争议的原因，也在美术界形成了派系。我后来又查阅了黄苗子的《画坛师友录》，发现黄苗子唯独没有记述刘海粟，而写徐悲鸿的文章，也没有提上海美专的事情，觉得很有趣。

简繁从刘海粟 84 岁重新复出开始叙述，通过对刘海粟的讲述和他周围人的讲述，勾勒了一个大师全部的生平轨迹，以及他对美术的探索与思考，包括对很多美术界大师的毫不留情面的评判，像李可染、傅抱石、潘天寿等等，以及和徐悲鸿几十年的恩恩怨怨，描绘出来一个美术大师人格极其丰富和复杂的一面，人生经历极其丰富和复杂的一面，以及人性极其复杂甚至是黑暗的一面。这是一个美术大师被时代、历史和政治扭曲的历史，也是一代人创业艰难的写照。

前些时候，《南方周末》发表了一篇文章，排列了影响 20 世纪中国美术的十个大师，他们是黄宾虹、齐白石、徐悲鸿、刘海粟、林风眠、李可染、董希文、吴冠中、陈丹青、徐冰，这些人物基本上勾勒了一百年来中国美术发展的粗线条。从这个排名上面可以看出来，即使刘海粟和徐悲鸿有着很多年的恩怨，他们仍旧共同成为影响中国美术的巨匠。这个排名中，有些人是可以替换的，比如陈丹青，我觉得也可以换成罗中立，徐冰也可以替换成蔡国强，现在这两个艺术家在国际上火得一塌糊涂，展览和计划已经排到了很多年以后了。这是题外话了。

这是关于中国现当代美术史的一本很好的脚注式的史料，因为刘海粟是百年来中国美术发展的见证人，是一个对中国美术史和中国美术教育史都产生了影响的人物，作者的写法和一般的传记完全不同，他试图以对历史负责的态度来做到对历史人物的真实描绘，他做到了，也带给了我们一个让人更加敬重的刘海粟大师。和时下的很多粉饰和矫揉造作的传记相比，由于它的真实生动和毫无掩饰，这样的书可能很多年不会再见到了。

收获的季节和收割的标准

对于已经成长了20多年的中国当代文学，用什么样的方法进行总结，一直是一些出版社的心思所在。这些年，比较有名气和有规模的当代文学丛书，有这么两种：长江文艺出版社的“跨世纪文丛”，它已经出版了超过60个人的当代作家的中短篇小说自选集，出版的时间跨度，也有10年之久。它几乎把所有当代的走红作家，都囊括了。而在前年，时代文艺出版社也一次性推出的“中国小说五十强1978年-2000年”，则把重点放在了长篇小说的遴选上，检验了20多年以来，汉语长篇小说所取得的成绩，可以说和以中短篇小说为主的“跨世纪文丛”相映成趣。

现在，又有一套规模严整的当代文学丛书面世了，它就是江苏文艺出版社的“二十世纪作家文库”，第一批出版了十种，所收的作家都是公认的文坛最有活力和实力的作家，在艺术上也都有自己鲜明的贡献：莫言、贾平凹、王安忆、苏童、刘恒、池莉、方方、铁凝、叶兆言、韩少功等。这套书的特点是带有一些文献本的性质，主要是遴选了作家在各个时期的中短篇小说代表作，附录有十分详细的作者创作出版作品的版本目录。而且，由于最近几年书籍的版本升级，这套书的装帧和印刷得非常漂亮，很值得收藏。

对于所收入的作家，应该说大都是当之无愧的，不过，因为当代文学的动态性质，丛书反映的，还是出版社对当下文学状态和文学成绩的把握与评估。其所收入的这些作家，我注意到，都是名气巨大，而且目前还有创作活力的。

比如莫言，他是现在公认的当代最重要的作家之一，从他那本书的附录上我们可以看到，莫言的小说，光翻译成各种外文版的，就有60多种，这在当代中国作家中，应该说是很少见的了，说明了我们的作家，已经参与到全球化的出版市场当中去了。

贾平凹是一个贯穿性的作家，他的创作其实从“文革”时期就开始了。他的作品的国内各种版本，就有接近两百种。池莉主要的功绩是，描绘了当下丰富的市民社会和躁动的民间空间的肉感生活，同时得益于影视的传播和对她作品的互动。而刘恒显然仍旧可以依靠他在影视上取得的名声和资源，以及数量稀少但是分量不轻的作品，获得了这样一个经典作家的地位。苏童的短篇小说，是当代作家中少数几个写得最好的，他的这本书收录的，大都是令他自己满意甚至有些夸耀的短篇小说，应该说可以代表当今短篇小说的水平，其洗练和干净的程度，你是很难找到一个废字儿。

王安忆最近代表作家当选了中国“十大女杰”之一，她的长篇小说、中篇和短篇小说都获得了各种国内最高奖项，甚至可以说，王安忆是不是最杰出的当代作家之一，这个问题完全可以当作政治正确的问题来看待。方方的作品一直很扎实，写得稳中带着狠劲儿，在历时二十多年的创作中，越写越好，有着顽强的生命力，和开阔的视野与深厚的文化积累，这样的作家是罕见的。韩少功无论在文本探索和思想资源的寻求上，都是一个重要的解剖批判对象，而叶兆言和铁凝，其创作上的“具有现代主义特征的现实主义”特点，是当代文学的重要取向。

不过，我注意到，出生于1949年以前的作家，就不在这套书的收入范围，这是不是意味着，他们已经从出版者的视线中渐渐退隐了呢？我因此有些疑问，这套书叫“二十世纪作家文库”，那是不是应该包括20世纪的所有重要作家？那像鲁迅、沈从文等等现代杰出作家，是不是也应该收入？如果不收20世纪前半叶的作家，那为什么不叫“21世纪作家文库”，要更好些？

显然，江苏文艺出版社很有魄力。当下的出版当然是一个积累性质的文化事业，不过，它也是功利的。不过，这套书也给我带来了一些疑问，比如我就注意到，一些在大众影响上逊色但是文学圈子里评价非常高的作家，就不在这套书的选择之中。而王蒙那一代作家，似乎也不在选择的范围之内。此外，还有一些名气巨大的作家，像王朔、余华、刘震云，就还没有入选，而一些女性作家比如张洁、徐小斌、陈染、林白、迟子建等，也还没有入选，一些保持探索精神的作家，像马原、格非、孙甘露、残雪等等，也不在其列，以写作的社会性和地域性著称的作家毕淑敏、周大新、阎连科、尤凤伟等，也没有踪影，而新生代以降的青年作家，一个都还没有进入——可能是太年轻，这些人还要等些时候。

在这套丛书刚刚开始出版第一辑，我对它就有了很多的期待——想来也是很多读者的期待。

女人的小零碎与大境界

说实话，我从来没有给人写过什么序言，我也基本上没有找过别人给我自己的书写序，因为我一向觉得，除了作者自序和翻译家给他翻译的作品写的译序，一般的序言都没有太大的意思，大多数都是前辈对后辈无聊的吹捧与拉扯，或者是同辈之间互相抬庄，他们自己自得其乐，全不管别人多么肉麻和无趣。

可是，我为什么给千积雪的这个小说集，写这么一篇文字呢？因为我从来没有见过她。如果所有的作家都是下蛋的母鸡，你确实只是需要吃他们下的蛋，而根本就不用去认识这个母鸡，这是一个十分简单的道理。我是先看了千积雪的很多鸡蛋——就是在你的眼前的这一筐小小的文字的，所以，也请你先吃这些鸡蛋吧。

我得说我首先看到了一个女人的各种美好的小零碎，从这些小零碎和百宝囊中，女人看待男人的视线，以及她内心和外部世界的全部风景，都一览无余了。这些文字主要是和情感有关。千积雪的优点是，她还没有找到一个拉开她本人和她作品的距离，这些介乎小说和散文之间的文字情绪非常饱满，可以完成读者对一个女人的猜想。缺点同样是这个，她的情绪，她的期待、欢乐，和她本身非常贴近，没有文学文本应该有的那种间隔效果。因为文章短小，我还看不出她的结构能力。我在想，好的女作家都有一些女人的歇斯底里和精神状态的异常，以及女人古怪的巫鬼气息，还有一些完全不同于男人的奇崛妙想，我觉得千积雪有些太正常了，正常得有些像是一个男人，如果还要接着写下去，就应该考虑一下不要太正常了。

当然，可能这样比较正常的东西，会有更多的人接受。我同时还感觉到千积雪有些大气的成分，这种成分肯定首先在于她是一个北方人，她的作品的底色是那种来自不斤斤计较地区的豪爽，即使她是一个百般柔肠的女人，这种大气也是这些作品的底色。而这种大气恰恰可以当作是千积雪起步的一个很好的出发点，因为你大气和不斤斤计较，你就可以扔掉各种不值得留恋和重视的东西，再次轻装上阵，找到通向文学欢乐的唯一故乡。

一个汉族跳蚤在西藏

最近几年，关于西藏的书是热门读物，我不久以前刚刚看过三联书店出版的《雪域求法记》，那是“解放前”一个汉族喇嘛邢肃芝（洛桑珍珠），在西藏学习藏传佛教很多年，拿到了藏传佛教最高学位——拉然巴格西的传奇经历。格西就是藏传佛教的博士，邢肃芝老人的经历，绝对是一个时代的见证和独一无二的精彩回忆。

最近，又有一个汉人出版了四本记事体著作，都是关于他的西藏生活的，书的作者叫温普林，过去在一些小圈子里名气很大。他的书，也是很好看的。

温普林这个人我很早就听说过，前些年和前卫戏剧导演牟森合作的时候，经常听他说一些他们当年在西藏生活的人和事，这其中就有温普林的故事。这下因为新近出版的他的一套四本书，一口气读来，算是把温普林的多年西藏的“隐秘”生活，给一览无余、全部窥见了。

确实，在今天，像温普林这样选择一种率性而为的生活方式，不去按照牌理出牌，按照社会规定的生活模式来生活，来活着，已经在很多人那里能够做到了，比如现在有各种自由职业者，还有职业旅行家、职业“小资”和白领，甚至还有“国际自由人”——就是在国际上瞎球转的那种人，四处看看，顺便捞点世界。但是温普林，应该不客气地讲，算是这种生活方式的先驱。

一个人有一个人的活法，人就是那么一辈子，人人都想活得精彩绝伦，但是几乎很难办到。这里面还有一个决心的问题。一句话，谁敢立刻辞掉工作，到荒郊野岭一去10年？没有多少人。

温普林十几年前是怎么下了做“文化自由人”，或者说做“文化浪游者”的决心的，我们根本就不知道，也许他就是举重若轻，就那么选择了。到今天一看，瞧瞧，这个家伙活得多么潇洒，多么带劲儿，多么与众不同。

他的这四本书，都很好看，生动极了。其中我最喜欢《巴伽活佛》。这本书把西藏的一个活佛巴伽，和温普林的相识相知过程，写得非常生动，描绘了当今的西藏活佛，具体和细微的真实状态与处境。

《茫茫转经路》是讲他在西藏，和各种各样的宗教虔诚者，在精神和旅途中相遇的事情。而《苦修者的圣地》，则讲述了朝圣者对青朴山的朝圣经历。《我的堪卓玛》，则是对西藏今天在全球化浪潮中的变化，引发的作者的感想，这些感想情绪矛盾、复杂，似乎还有些无可奈何，但是温普林终究是接受了这样的变化。

西藏的人民在今天，生活和艺术，现实和想象，宗教和道德，信仰和传说，都还没有分家，所以，西藏的生活永远都有着那么一种魔力，让投奔她的人得到一种照耀和沐浴，得到对生活的新鲜理解。

温普林的书，就是他本人对西藏的全解读，也是自己的自供状。虽然少了一些人类学的深度，文学的虚构与想象，社会学的精确调查，但是我们完全可以把他的书，当作一等休闲读物来看，在轻松愉快的阅读体验之后，我们可能也要考虑一下，我们是不是早就应该换个活法儿了。

噪音时代的喘息

——评周瑟瑟的长篇小说

我的好朋友周瑟瑟的两部长篇小说一起出版了，这对我是一件很高兴的事情。上个世纪 90 年代初期的时候，我们还在武汉上大学，虽然不在同一所学校，但是各个学校的文学青年和文学爱好者，就像是地下党一样，彼此都喜欢来往，喜欢串门，喜欢一起喝酒闲谈，并且在武汉的一些高校组织的各种文学活动中扎堆儿出现。我就是在那种情景下，认识了周瑟瑟。

周瑟瑟是湖南人，湘人的气质很浓厚。起先我们是通信联系，我开始还以为他是个女的，因为他的名字听上去，太像是一个女孩的名字了，但是一天见到了人，才发现他是一个男人，并且是一个很有活力的男人，热情、义气，还有些跟各种人打交道的社会经验。他很早就写诗，那时候就是一个在本校很有名的校园诗人。

当时，我们在一起，在学校之间，断断续续搞了一些文学活动，也策划了一些出版的事项，有的成功了，有的失败了。当时他和台湾、香港、新加坡的一些诗人作家有联系，他做了很多关于海外华人诗歌的研究，也写了几本专著。那些日子，是我们的青春岁月和诗歌结合在一起的时候，即使现在回想起来，那个时候仍旧是有声有色的，虽然贫穷，但是却充满了激情和我们对未来即将展开的岁月的强烈渴望。

后来我大学毕业到了北京，他在武汉干了几年，当过记者、编辑，在公司里也干过，结婚了，当父亲了，胖了，诗写得少些了。

后来来北京，在一家软件公司当管理人员了，房子和孩子都更大了。但是，他接着写起了小说，这使我很兴奋，而且一上来就是长篇小说，我就更兴奋了。因为我们当初的一批文学同好，坚持下来的并不多。我还有一个同学，好像是一个插班旁听生，姓曹，他后来毕业了，出于生计，养过家养野猪，还养过家养野鸡，生意非常好，可是他仍旧没有放弃写作，前些日子，还给我邮寄过来他写的一部中篇小说集，写的全部都是农村基层生活，那些乡霸县霸，县官现管们的事情，很有意思。也是一个坚持下来的范例。

我就觉得，文学对于我们来说，就像是一种永远的理想，一种对现实生活的校正，一种对梦想破灭的补偿，一种对形式和回忆的迷恋，一种对隐秘内心的重新编码。为什么生活在今天如此动荡的转型社会，时代的噪音如此强烈，城市的喘息如此焦虑，我，曹姓同学，还有周瑟瑟，我们仍旧愿意并且相信以文学的方式可以继续构筑我们的精神生活？答案不言自明。

我发现，这两部小说有着完全不同的质地，写作时间稍早的《诱惑我》，虽然名字今天已经被修改得十分煽情了，但是却是一部内省的作品，是他诗人身份没有消退时期的写作，充满了想象和幻想的成分。小说里面出现了一个医生，这个医生喜欢出没于一个叫“企鹅大街”的大街，这样的含有隐喻成分的设定，都和现代主义文学的影响有关，和小说诗学有关。小说中的医生，可以看成是作者内心投下的一个影子，这个医生不仅要给别人治病，而且还要面临自己的疾病——今天，谁又不是病人呢？这部小说的叙述语调很轻巧，阿拉伯数字分列的章节并不长，所以规定了小说本身发出的声音，必定是愉快的，短促的，带着一些稍微抑制的快感的呻吟和喘息，尖叫和尖叫了一半的尖叫。而且，这部小说我可以看见周瑟瑟语言上和诗歌训练的关系，诗的语言使小说的语言充满了透亮的色彩，类似于突然被透明的玻璃割伤了你的手，虽然有瞬间的疼痛，但是透明的快乐和些微的受虐感，恰好地表达了他对内心逐渐敞开的生活的一种欣悦展示。

我喜欢这部作品，虽然它有对当下生活的分裂观察，如同再回望蝇眼中分裂开来的世界，但是却有着诗心与诗的意象，类似瓶子里的水轻轻地晃荡。而且，这部小说还把我带到了潮湿和燥热的武汉，那些已经一去不返的岁月，那些雨天的蜗牛爬满了草丛中、春天到处都是法国梧桐呛人的绒毛的日子。这部小说是一部幻想和隐喻之书，一部诗人内心影子投射的经过快速剪辑的画册。

而他另外的一部小说，《暧昧大街》，则是如此的和当下生活有关系。我不想重复这部小说的故事，我只是描绘对小说的印象与它自己的气质。它完全和周瑟瑟的北京生活经验有关系，甚至在地理上，具体到和北京的中关村，都有着密切的联系。这是一部北京地理奔袭之书，体现了作者在物质空间转换之后，带来的不适应症和故意解放自己的欲望疯狂；一部心灵突然被时代的焦虑和欲望所俘获的挣扎之书，重现了隐私时代的情感碎片；是噪音时代的反抗噪音之书，在叙述的噪音中我听到了一种清晰的求真之音；更是肉体沉重喘息，但是精神却已经出壳，并且在一边发笑之书，割裂了我们的肉眼看到的整个世界，组合了当下生活的多重影像。

两部小说，分别呈现了周瑟瑟不同的生命状态，也将带给读者不同的阅读体验。一种是前现代的，无论是语言还是故事，无论人物还是场景，都有些古典主义即将死亡的预兆，而另外的一种，则是后现代的，是对当下生活的镜子完全破碎之后的拼贴和杂糅，是对情感马戏的戏仿和再戏仿。

我很高兴地看到了多年的老朋友的作品的出版，它们成为一个小小的脚注，见证了他个体生命的踪迹，见证了噪音时代的喘息和梦境，也见证了文学魅力的疯狂揪抓，和我们几乎牢不可破的文学友谊。

赵波：出入滚滚红尘间

——赵波的《路上的露》读后

说实话，我想不到赵波会是一个相当有生命力的作家。过去那几年，呼呼啦啦出现了一堆女作家，赵波在里面还不算最显眼的，可是眼下几年过去了，那些15岁的美女，20岁的明星，30岁的老不死，很多都不见了，而赵波依然在写作，她自己的生活也发生了很大的变化，从阴雨的南方，到了干燥空旷的北方，甚至还延伸到了欧洲。这些生活空间的变化，不可避免地影响到了她写作的视野和气质。她的小说和随笔文体杂陈，构成了丰富的成果，她的最大特点，是可以在很多文体之间自由地来回穿梭，随笔、散文、小说之间的界限很容易被她打通，她统摄生活的能力、想象力结合虚构的能力，文体的自觉意识，文字的空灵与跳跃，都很让人惊讶。

此前，我读过她发表在《小说界》杂志上的一部小说，那是对她过去的一次短暂的婚姻的一种文学追忆，一种小说重构，一种对阴柔的上海的缅怀，很多熟悉小说背景的朋友包括我看到了，私下评价很高。个人生活提升到一个让人看见了生活的智慧，看见了文字背后的悲悯与怜爱，和人性复杂、人心单纯但是依旧坚忍的困难的一面，能够从日常生活中酿出文学之蜜来，赵波做到了。

这部小说《路上的露》，在三个月之前，我曾经听她说了一嘴。当时是一个晚上，虹影、我、赵波，还有几个人，一起去北京大山子798工厂的艺术家仓库，看虹影的一个老朋友，顺便也是看看那些艺术家们。在一家空空荡荡的咖啡店里面，我使劲地扭动着颈椎和脖子，一边问她最近在干什么，她告诉我们，她写了这么一部小说，还说了确实有这么一个外国人，非常喜欢她，他们彼此在欧洲和中国来回了好几趟，也不嫌累，但是最终没有在一起，倒是使赵波写了这样一部小说。

我一口气就看完了这部语言优美飞腾、扎实但是想象力飘逸的小说，它很好看，但是也相当的复杂。因为是在电脑上看的，全部文字只有一段，所以效果非常奇特。这部小说当然和她的个人生活有关，是赵波欧洲旅程和个人情感的一次真实纪录，也是在真实的基础上，又加上了她随心所欲的想入非非，比如关于欧洲，关于流浪，关于青春，关于爱情，关于生命等等。这部小说有些像是一个画家写的，颜色与场景非常鲜艳。这本书，又是赵波的一次爱情的碰撞，她自己的完成和失去，是一个忏悔和纪念，是一种不可言说的伤感和隐痛。但是，这本书又是属于个人的，你可以不感兴趣，它在写完的时候已经独立完成，以孤寂的姿态宣布自己的存在。

这个小说里面可以探究的很多，信息量相当大。对于我这个专业的读者来说，可以“解读”的方法有很多种。比如，我觉得女性主义研究专家们，可以把她当成一个范本，从中读到中国新女性的真实状态，此前，还没有哪个女作家，如此具体地描绘了女性，在今天如何自觉和自决地选择自己的生活的复杂状态。一瞬间，我看到了从张洁、张抗抗，到方方、池莉，到陈染、林白、徐坤，再到赵波的一路的女性文字。在描绘和表达今天的女性成长方面，赵波找到了一个制高点。可以说，这部小说是探讨关于当下的爱情状态的，地理背景跨越了欧洲大陆和中国大陆，是沉重的肉身和轻逸的灵魂之间的诘问，是地理空间的西方和东方之间的暧昧和摩擦，是男人和女人之间的确信和游移；是现实之烦琐和想象之梦幻之间的勾肩搭背，是文学的魔幻和生活之实在之间的上下翻腾。

这本书是一部女性成长之书，这个多变又坦然的女人在许多选择的当口，是否抓住了她要的幸福，或者说还是又一次让幸福擦肩而过，留下自己独自叹息，或者说独自叹息其实正是她要的自恋的姿态，她将保留一生的姿态。我觉得赵波因此成精了：一个女人因为懂得放任自己，宠爱自己，珍惜自己，不怨天尤人，自己给予，自己满足，在这样一种心态和姿势下，终于芳香四溢，含笑成莲，这是我读到的赵波写得最好的一部小说。

都市丛林中的智侠神探

——读白天的侦探小说

白天应该算是一个写侦探小说的老手了，出道很早，1970 年代他在海外华人圈子当中就非常有名，但中国内地的读者是最近几年才知道台湾还有这么一个写侦探小说的高手，此次团结出版社推出的两套白天的小说系列（20 本），一套以“温柔陷阱”为总题，另一套就冠以“白天作品集”为名，读者可以从这两套白天的作品集中体会到他的独特魅力。

通俗小说一般也就分两种：言情小说与侦探小说，而武侠小说又是近代中国特有的通俗小说，这一点可以和美国的西部牛仔传奇小说相媲美。如今市面上的热买通俗小说，大都是这几类，此外还有黑幕小说、财经小说、历史小说等等，都是市民喜欢看的小说种类。因为今天已经是一个大众商业社会，大众文化空前发达，人民群众对文学的娱乐性要求比较高，因此通俗文学空前繁盛，加之文学的内部分工也日趋细化，要求小说家要专业化，类型化，和职业化。而出版商业化的加剧和拓展，也使得文学产品具有了很强的商业性，文学出版物日益变成了一种商品，供需两旺，小说在多元化的局面下也变得更加繁荣。

台湾的出版市场就是这样一个情况，而白天的侦探小说就应运而生了。读了他的作品，我觉得他的小说的最大特点，是他将侦探小说和中国传统的武侠小说的一些元素融合在了一起，创造出了一些性格鲜明的都市智侠形象来。

从他的小说背景来看，大都以香港、新加坡、东京、马尼拉和台湾地区为小说的故事背景，这些亚洲发达的城市和地区中，人们为了满足金钱和欲望而变得更加贪婪，人性也变得更加扭曲，黑社会势力猖獗，走私贩私、绑架抢劫、高科技犯罪比比皆是，而白天的主人公就活跃在这些亚洲的都市丛林中，是一种典型的“新亚洲侦探小说”，描写了近几十年来亚洲的经济腾飞的负面背景，这使得他的小说增强了社会性。

因此，他塑造了一些身兼侠客和智勇双全的侦探的优点的智侠形象。在他的小说中，都会有一个智侠主人公，以都市侠客的勇敢和大无畏，与各种黑势力和犯罪现象做斗争，最后，以邪不压正、正义终于战胜邪恶为大结局。他塑造的这种智侠形象，是在传统的侦探小说中不多见的，这是白天的作品胜出其他不少侦探小说作家的地方，也是他的小说的最大成功之处。

这是一种全新的侦探小说写法，而这类小说还没有一个作家能够像他那样，对城市犯罪那么熟悉，这一类作家当中，像香港的倪匡，也写过一些有关都市犯罪题材的小说，但是他的小说有一种科幻小说的元素，不是那种严格意义上的侦探小说。因为侦探小说的写作要求作家也必须是一个犯罪心理学的专家，既要对城市的大量信息非常了解，也要熟悉当代的城市犯罪，在这一点上，白天做得非常出色，他的小说主人公一般都有着非凡的意志和判断力，他一般是一个都市硬汉，像他塑造的主人公方天仇就是这样一个人，既有古代侠客的风姿，也有现代都市侦探的机智与魅力，同时集武艺和现代高科技武装于一身，又有着智者的直觉，因此读来十分吸引人。

在这两套“白天作品集”当中，他的“温柔陷阱”格外好看，因为英雄爱美人，而美人也爱英雄，但是为了完成破案并与犯罪分子斗争的使命，他必须斩断情丝，暂时放下儿女情长，在他的这些小说中，爱情线索穿插在侦破行动当中，扣人心弦，一环套一环，十分好看。白天的小说语言比较简单明白，流畅通俗，也符合大众的阅读习惯，因为他的小说是一种新派侦探小说，就像金庸的小说是一种新派武侠小说一样，他所塑造的现代都市智侠形象，一定会得到读者的认同。

死亡的颜色

——评陆幼青《生命的留言》

死亡在我们的想象当中是有颜色的，对于我来说，它一定是黑色的，漆黑一片，仿佛进去以后就再也出不来的黑暗，那是真正的黑洞一样的深渊。

我小的时候，最早见到的死亡是我的一个邻居的死亡，当时他的家里突然地传出一阵哭嚎，原来，这家的男主人去世了，我拉着父亲的衣襟，看见了死去的男主人的灰色的僵硬的面容。而这个昨天还喜笑颜开的人，从此以后就再也不见了，从我们的视线当中消失了。所以我害怕死亡在我的身边出现。

死亡就是不可逆转的消失，就仿佛跌入了一个真正的黑洞，但是，人类就是向死而生的，从出生的这一天起，你就必须要面对可能迎来的死亡。可是正是因为这样，人们忌讳谈论死亡，人们怕死，死亡已经是我们日常生活当中的禁忌，即使我们随时会接触死亡，我们也很少真正地去面对它。

但是，现在有了这样的一本书，这本书的作者是在一天天走向死亡的最后的路途当中写下来的，它是一个人面对可怕死亡的真实的记录。这本书我们都知道是陆幼青的《生命的留言》。

一开始陆幼青写这本书的时候，由于媒体的疯狂炒作，我非常讨厌，因为我自己就是媒体中人，我对今天的媒体不负责任的道德失范十分痛心，因为表面上媒体在关心着陆幼青的死与他写书的事情，但是背后却有着仅仅只是抢夺新闻资源的麻木与冷漠。对那些电视台、报纸、出版社的想法，我太了解这一套了，因此对陆幼青临死写书比较反感，因为死亡由于它的不可逆转的原因，是一件有尊严的事情，绝不是十分热闹的一场闹剧。再说，我对陆幼青面对死亡表现出来的达观和超然也是十分怀疑的，因为我根本不相信死是可以被卑微的人类所超越的。

直到陆幼青去世很久以后，在这一场新闻的盛宴结束以后，所有的声音都暗淡了，有一天的夜晚，我才翻阅了这本《生命的留言》，但是看起来就有些放不下，这时我已经在看着一本死者写作的书，它的确打动了我。

这本20万字的死亡日记的全选本，记录了一个活生生的生命在面临死亡时的所思所想，写作的时间大约是三个月，内容涉及一个人生活的各个侧面，是一本标准意义上的随笔。陆幼青的文字十分的清新漂亮，我根本看不出这是一个危重病人写的，整本书中处处显现着生活的热情和智慧，期盼和幽默。文字相当的老道准确，而这个作者并不是一个职业作家，他在此之前可能很少写过这类文字。而当死亡一天天来临的时候，陆幼青散发出来的却是生命消殒的最后的热情和亮色，而没有一点恐惧和害怕。我相信这是陆幼青的真实的体会，并为他的文字流下了热泪。

在这本《生命的留言》当中，我再次看到了死亡的颜色，这种颜色不再是黑色的，也不再是深渊，而是一种热情和明亮的颜色。这是一种缤纷的杂色，甚至是橘红色的，透露着生命渴望着生存的一切愿望和能量。因为这本书，我们终于可以真正承认我们每一个人都是向死而生的，我们有了一个很好的文本，这个文本将教会我们如何学习死亡的温情和诗意，以及死亡的黑暗颜色的相反的另一种璀璨的颜色。

接龙小说怎么写

1998 年，我和作家李冯、李大卫弄了一个接龙中篇小说《网上跑过斑点狗》，我们写了一个开头，由读者自由接续，分别在新浪网和我所就职的《中华工商时报》上连载，进行纸质媒体和网络的互动，据称这是国内第一部网上接龙中篇小说。

在此之前，我看到消息，说是美国著名作家约翰·厄普代克在网上也搞了一个接龙中篇小说，由他写了一个开头，后来有 44 个人续写了这篇小说，把它续写完成了。约翰·厄普代克写这篇小说的开头的报酬是 4000 美元。我们三个人担当评委，负责将读者和网友的续写文章进行挑选和评判，将符合要求的文章在报纸和网上连续刊登。这项活动进行了几个月后，大约连载了十几次，有两万多字，我发现这篇小说已经离题万里，给写飞了，所以建议停止刊登。后来就停了下来，使得《网上跑过斑点狗》变成了没有结尾的一篇网络小说。

但是，我觉得这是一次十分有趣的尝试，因为网络作为一种下一个世纪最重要的信息甚至是生活通道，我们必须能够掌握进入它的钥匙，所以完全算是玩了一把。单就文学写作来看，因为文学写作是一种真正的个体劳动，所以几十个人续写一篇小说肯定要将一篇小说写得惨不忍睹，我们的《网上跑过斑点狗》没有续写成功，就是因为它已经枝杈横飞，不像个样子了。我不知道像后来《北京晚报》和一家网站合搞的小说接龙是不是要好一点，好像是续写完了，但是我估计也不成个样子。由此可见，网络与文学似乎一开始就在寻找接口，但是怎么接，还要多磨合磨合。

1999年开始，很多网站开始购买作家的作品，我碰见的作家都在问："你卖了吗？"意思是你把作品卖给网站了吗？据我所知，几乎所有有点名气的作家，都把过去已经发表的作品分期分批地卖给了各个网站，从新经济当中也捞到了一点油水，成为风险投资的终端受益者之一。当然，网站给的钱很少，也就千字几十块钱不等。作家的心理是反正已经发表过的，再拿一遍稿费，同时又占住了一个新的信息通道，何乐而不为？于是也就便宜卖了。

我就更向前一步，把我新写的一部长篇小说《正午的供词》的首次发表权，给了一家文化网站——博库网，在网上连载了两个多月，近期快连载完毕了，纸质书籍也将于今期出版。过去，一般作家的新作都会在杂志上先刊登，可是现在的文学杂志，上万册的才十几家，影响已经越来越小了，而且大都很难刊登篇幅较大的长篇小说，作家今后肯定要将网络作为发表新作的重要媒介。美国的畅销书作家史蒂芬·金今年也做了一个实验，他将他的一篇篇幅很短的小说放在了网上，让读者付费阅读，结果赚了大钱，比他用纸质媒介出版收入要多得多。所以，作家一定要找到通过网络与读者沟通的渠道。作家虽然是一个个体手工劳动者和独立思考者，但是当世界已经全部网络化了，你还能够拒绝它吗？

不过，我特别反感将网络神话化的种种说法，像所谓"传统作家"和"网络作家"的区别，认为网络作家会取代传统作家。这完全是扯淡。作家是一种独特的生命现象，不管他是在网上还是在网下写作，他都是一种独特的精神现象，现在的网络文学垃圾之多让人都眼晕，成了很多人的公共汽车和公共厕所。当然，网络文学的自由发表规则可以使人人都满足他的发表欲，但是缺乏专业编辑的专业把关，真的是杂草丛生。很多有点才华的网络写手都把他的才华放在各种调笑文章、搞穿越文章上了，要不然就是抒滥情，这是目下我看到的大多数网络文学的面目。如果网络文学中诞生不了马尔克斯或者是君特·格拉斯，那么网络文学就是一个你不必认真对待的东西。

2011年，孙睿、丁天、金子、我、徐则臣五个人，又在盛大文学的号召下，写了一个接力小说《北京故事》。我们写的是一个上海姑娘来到北京之后的情况。五个人最后接到一起，我感觉是不忍卒读。可能后面的人都没有怎么看前面的小说，包括我，因此，个性的统一、情节的连贯，都有些问题。但是这也是一个很有意思的尝试，就是五个作家的风格和关心点，语言和对世界的看法那么不一样，又不得不因为小说接龙而联系在一起，真的是十分有趣。但这最终是不成功的。毕竟文学创作，讲究的就是不可替代性，就是你就是你自己，谁都无法替代你的风格。

丢失的与找不到的

——评田熹的长篇小说《没有河 没有岸》

现在是一个新人辈出的时代，虽然每年有几百部长篇小说问世，其中也有很多新人，但是好的小说仍旧并不多见，这主要是最近一百多年来西方的小说家已经把小说的各种技法都练得差不多了，很难有新近的作家写出了让人眼睛一亮的东西来。比如我的眼界就是让这十几年的大量的阅读经验把胃口给吊得很高，入眼的好小说实在是太少了。

有人宣称从来都不读当代作家的作品，这种态度从某种程度上说是对的，因为当代作家的大部分作品都还没有经过时间的检验和淘洗，垃圾占大多数，而且很多人连短篇小说都没有写过，一上来就干长篇，但是长篇小说的标准却更高更复杂，所以废品率实在是特别的高。

可是如果不读当下的作品，有时候就会忽略了当代正在成为文学史的那部分小说，所以保险的做法就是既读经典的作品，也读当下最新的写手的最新作品。我就是这样的，每一个新的陌生的作家写的小说，我都会搜集到手，看看他有什么新花招。

最近，作家出版社的善于发现新人的杨葵向我推荐了田熹的长篇小说《没有河 没有岸》，说这是北京的一个新手的第一部小说，我很快就读完了，觉得这部小说不算坏，一个没有怎么写过小说的人，一上来就写成了这个样子，还是很不错的。到底好在哪里，我先从别人说起。北京这两年涌现了一些算是“后王朔”类型的作家，像石康、狗子、丁天等等，实际上这些人也是老作家了，他们的写作时龄一般都在10年以上，像狗子和丁天，8年前我们聚会，说是哪个作家对自己影响大的时候，当时我记得包括我说出的都是王朔。

这几个人现在是北京本地涌现的最年轻最有生气的作家，他们笔下的主人公大都像王朔笔下人物的90年代的翻版，人物都是社会的边缘人，似乎比较的非道德，没有什么责任，整天晃晃悠悠，在醉与醒之间，并且乱交男友和女友，把性看成是特别平常的一件事情，已经没有了津津乐道的热情和神秘感。总之石康、狗子和丁天们向我们展示了纯粹北京本地年轻作家的新风貌，写出了有认知价值、美学和文学价值的作品，虽然老同志并不能完全接受。

田熹的这部《没有河 没有岸》大致也可以划入北京的“后王朔”一代的小说范畴，但是这部小说的感觉就像苏联时期的一个诗歌流派“轻诗歌”，无论文字还是传达的感觉和经验，都在一种吊儿郎当的叙述当中，呈现了城市新的一代年轻人的生活的面貌，这种面貌的状态，可以说就是一种四处不着调的“没有河 也没有岸”的生存状态。田熹的这部小说，就写了当下的几个在宽泛的影视圈和文化圈混的北京男女的生存景观，他们在生活的过程中丢失了一些东西，当他们在寻找的时候，又发现有很多又是根本找不到的，它们甚至从来没有存在过一样。而丢失的东西和找不到的东西，对于他们来说都是同样的遥远。

俄罗斯去年有一本小说，叫做《百事一代》，特别的畅销，卖了几百万册，写的就是当下的俄罗斯年轻人的状态，这一类的作品在日本有村上春树的《挪威的森林》，而中国的这类小说，不知道是不是会出现在“后王朔”一代的作家的笔下？我是看出了一点苗头，所以，读一读新作家的作品仍旧是有好处的，至少你会亲眼看见一本可能的经典的诞生。

那么，既然田熹是一个陌生的新作家，我们为什么不去读他？

罪犯与人性

——评胡月的长篇小说《危机四伏》

老实说，如果你只是阅读这部长篇小说而不去管它的作者是谁，那你就根本不会想到它的作者是一位女士，因为这部犯罪小说没有多少女性的气质，倒是像一个写侦探小说的老手写的，而且精到得当的叙述显得老练准确，几乎没有多余的废话，与不久前流行的女写手们写得极其自恋及私小说中国版一类的小说大相径庭。但是在小说的扉页上的作者照片表明，这部小说的作者还是一个妙龄女子，只是这个妙龄女子的经历当中，有当过警官的阅历，难怪这部小说的总体风格是一种冷和硬的风格，就像是冰冷的湖面上插着一把纹丝不动的铁锨。

把罪犯写得有人性的一面，已经不令人新鲜和惊奇了，这部出自前任女警官之手的犯罪小说在这一点上犹有发扬光大之处，但是这不是这部犯罪小说的最亮点，我觉得这部小说的亮点在于它的主人公都是警察，是一部好警察和人性复杂的警察之间的较量，从这个意义上来说，这样的小说在我们的阅读经验当中还不多见。

把警察写坏也很容易，因为今天我们听说了太多的“警匪一家”的故事——如果这样写小说，那就又失之于简单和武断，因为人性和社会现实要复杂和繁复得多。这部犯罪小说自然有一桩桩命案，小说一开始，就交代了故事展开的源头：在北方某城市，有三个警察相继被害，他们的手枪也被抢了，而且银行也遭劫，又有几个无辜的人被杀，于是全城的警察出动，但是找不到任何犯罪的线索和罪犯的踪迹。

这就是这部小说的叙述动因，后来的叙述都是围绕着小说开头展开的线索往下交代与铺陈的，在这个揭开锅底的叙述过程中，我们知道这个大案一沉数年，几乎成了银行呆坏账一样的死账，负责侦破此案的公安局长也换了好几个，后来，一个年轻的警官，运用现代推理和缜密的探察，终于锁定目标，和一群有着不同凡响的智慧的警探，一起将浮出水面的犯罪分子捉拿归案。

作者讲了一个很好看的犯罪故事，这个故事里有人性的掺杂，有爱情和家庭的烦恼，也有80年代到90年代社会变化的缩影，以及一座北方小城黯淡的气氛。总之这是一部社会类的犯罪小说，它已经将一个简单的凶杀案延伸扩展成了一部社会推理小说，表现了当下社会物欲横流之中的人性搏杀与善恶较量，以及警察世界鲜为人知的内幕。

由于是一部写警察对警察的书，这部小说在出版之际就已经被改编为20集的电视连续剧，它的影响还在扩大，但是，有一点我要强调的是，这部小说的语言的文学个性不强，有电视剧化的倾向——虽然比那些直接由电视剧改编成小说的东西强多了，但是从语言上看它太规范，缺乏真正的艺术个性。这也是很多作家要警惕的，在一个大众传媒时代，保持与创造新的语言艺术更是一个作家的责任，而不是向影视投降——我拿这句话和作者一起共勉吧。但是，不管怎么样，这部小说讲了一个精彩的故事，这可能就已经足够了——对一部犯罪小说，我们为什么要要求那么多？

文学有多大的力量？

——评张英的作家访谈《文学的力量》

张英是我的老朋友，20 多年前，我们都还是文学青年的时候就认识了，因此，当他的这本《文学的力量》出版，我很高兴——很少有像他这样十多年都为一件事而忙碌的，而且，他干的很可能还是吃力不讨好的事。要是做一个娱乐记者，除了可以得到不菲的红包，最起码还能得到明星的签名照片，但把作家当作星儿来追，除了可以得到几本签名著作，别的什么也得不到。而且，我知道，有的作家的毛病比较多，并不是很好打交道，最起码他们要亲自修改访谈录，把自己刚刚说过的话再修改得面目全非，滴水不漏，所以，我知道他的这本当代作家系列访谈录的第一本的出版，是十分不易的。

张英有他的长处，就是比较容易放低身段，比较容易接近人。因此，金庸、余秋雨、王朔、刘震云、贾平凹，随便你说得出的文学大腕，他全部采访了。我就听到一个老作家对我说，张英的本事挺大的，什么难见到的人，他都能够见到，什么样的人，又都能够接受他的采访，这个家伙怪神的。比如余秋雨和王朔，这些文坛大腕并不是说见就能够见到的，要么四处嚷嚷封笔，假装和盗版商过不去，要么对谁都开骂，似乎人人不得近他的身，但是，他们接受张英的采访时，大都聊得很多很透，连平时对记者的起码戒心都丢掉了，虽然事后可能有些后悔，但是已经向张英掏了心窝子了，只好让张英彻底访谈到底，这样，我们就有了一个系列的关于当代最优秀作家的访谈备忘录了。

我想，他这是在为文学史准备资料呢，肯定会乐坏了100年以后的文学教授。我当时是一家报社的副刊编辑，几年间刊发了张英的几十篇访谈，深受读者的欢迎，可见他的访谈是下了功夫的，这是因为张英也写作，他十几岁的时候就出过诗集和散文集，后来也写了不少小说，只是很少发表，所以，他实际上也是一个作家，他的对文学的专业的理解和敬业精神，导致了他的访谈录的成功出笼。

张英的作家访谈已经几乎将国内的重要作家一网打尽了，这样的工作对读者来说，是一件很省心的事，一群文坛牛鬼蛇神的面目，我们在两三本书里都看全了，这真是一件好事。而这个好事，就是这个叫张英的干的。

张英后来到了《南方周末》当了多年的文化记者，亲眼目睹和采访了大量当代文化人。他对作家的关注不像过去了。也难怪，作家在这个时代，除非你像莫言那样获得了诺贝尔文学奖，或者像刘震云那样和电影结合得好，再不就像阎连科一样去碰艾滋病等敏感题材，一般受到社会广泛注意是困难的。我后来听说的，就是他在采访张艺谋、冯小刚、陈凯歌、巩俐、潘石屹、冯仑、方力钧、蔡国强、张晓刚这些非富即贵的人物了。作家他不怎么搭理了呵呵。

可是，不管如何，张英留下这本访谈录，那些作家的思考，作家的声音仍旧是重要的。因此，我期待更多的、更好的作家访谈出现。因为作家的思考和写作，有时候会穿越时间的隧道，抵达未来的空间。在这个层面上，我要说，文学的力量仍旧存在，因为文学是改变世道人心的力量，尽管这种力量可能是润物细无声。